Hasta que la verdad te encuentre

Amelia De Dios Romero

Hasta que la verdad te encuentre

1ª edición: octubre 2015
2ª edición: enero 2016

© Amelia De Dios Romero
www.ameliadediosromero.com

ISBN: 978-2-9554434-0-8 (Versión papel)
ISBN: 978-2-9554434-1-5 (Versión Kindle)

Cubierta: ©John Seckler
Maquetación: InfiniaBooks

A Jorge, Alba, Luca y Diego:
mi fuerza, mi apoyo, mis ganas.

ÍNDICE

PRIMERA PARTE

SIN PASADO

En cierto modo mi vida empezó hace siete días.

Hace siete días sobreviví a un accidente de avión que resultó mortal para el resto de los pasajeros y la tripulación. Sobreviví, pero perdí la memoria. De todo lo que viví hasta el momento en que desperté, dolorida y desorientada en medio de un escenario catastrófico, no queda más que una página vacía en mi memoria. No recuerdo quién soy, ni por qué estaba en ese maldito vuelo con destino a algún sitio que tampoco recuerdo. Y lo que es peor, no sé si entre los cuerpos destrozados y dispersos entre la carcasa desventrada del avión, se encuentra algún miembro de mi familia, un amigo, un hijo...

No recuerdo quién soy, ni de dónde vengo, ni a mi familia, ni a mis amigos, ni mi trabajo, ni mis gustos... Me siento como un recién nacido, desprotegido y sin pasado.

Poco a poco, y sin darme cuenta, he empezado a analizar cada mínimo detalle que pudiera proporcionarme información sobre quién soy. Intento hacer una especie de retrato robot de mí misma. Mi lengua materna parece ser el castellano y, por el acento que escucho en mi pensamiento, creo que soy de España. Pero la lengua a la que recurro naturalmente cuando juro y maldigo —lo que en mi actual circunstancia, sucede bastante a menudo— es el inglés, por lo que es probable que viva en un país de habla inglesa.

La desconocida que me mira desde los trozos de espejo que encuentro tirados por todas partes debe de tener unos treinta y pocos años. Su piel es blanca, sus ojos grises y su cabello castaño claro. Una chica del montón: ni alta ni baja, ni gorda ni flaca, ni fea ni guapa. Dudo que sea muy deportista pues, aparte de la ausencia de músculos marcados, me cansa andar, me cuesta levantar cosas pesadas y tengo agujetas por todas partes. Y parece que soy bastante torpe, a juzgar por la frecuencia con la que me tropiezo o se me caen las cosas de las manos. Aunque quizás esta torpeza sea pasajera y se deba a la situación en la que me encuentro.

El asiento en el que me desperté era de primera clase. El tipo de ropa que llevaba puesta —pantalones de yoga negros, camisa amplia sobre camiseta oscura y zapatillas de deporte oscuras— podría indicar que me gusta viajar cómoda y que debo ser una mujer práctica.

En el cuello llevo un colgante con una "L", que podría ser la inicial de mi nombre, aunque ningún nombre que empieza por "L" me resulta familiar —bueno, en realidad, ningún nombre me resulta familiar, independientemente de la letra por la que empiece—. También podría ser la inicial de un hijo o de una abuela, o de la ciudad donde nací, o algo mucho más genérico como "L" de "Love" o de "Lesbiana". Hasta ahora no me he sorprendido con ninguna habilidad especial y a estas alturas dudo que vaya a averiguar que, como Jason Bourne, soy una máquina de matar que perdió la memoria durante una misión secreta —qué misterioso mecanismo el de la amnesia que borra detalles fundamentales, mientras atesora detalles banales y totalmente desprovistos de utilidad—.

14

Aunque sólo han pasado siete días desde el accidente, mientras intento sobrevivir, una y otra vez reviso mentalmente todo lo que estoy viviendo, esforzándome por retener la crónica de acontecimientos que se acumulan y cuyo desenlace desconozco. Creo que, como no recuerdo nada de mi pasado, necesito aferrarme al presente, que sí recuerdo. Desconfío de mi memoria y temo despertar cualquier día y haber vuelto a olvidarlo todo.

Sé que quizás no salga viva de ésta. Tengo miedo y me siento perdida, pero no quiero permitir que el terror me paralice. Así que respiro hondo, me relajo y dejo que los ruidos de la noche y el crepitar del fuego acompañen las divagaciones de mis pensamientos, mientras veo desfilar ante mis ojos sucesos todavía demasiado recientes como para permitirme evaluar las consecuencias que tendrán en esta nueva vida sin recuerdos.

DÍA DEL ACCIDENTE

El dolor y el latido de la sangre en mi cabeza me obligaron a abrir los ojos y salir de una especie de estupor que una parte de mí se negaba a abandonar. Boca abajo y aprisionada en el asiento, sólo veía el cuadrado de suelo que había delante de mi cara, como si la providencia quisiera posponer el horror que descubriría cuando mirase a mi alrededor. Magullada, dolorida y asustada me quedé quieta, sin moverme, intentando escuchar algún sonido humano, la voz de algún superviviente. Pero la ausencia de lamentos que me rodeaba era el augurio de lo que iba a encontrar una vez que me pusiera en pie y empezase a investigar los restos de lo que parecía ser el fuselaje destrozado de una avioneta grande o un avión pequeño.

De repente me di cuenta de que mi memoria estaba en blanco. No recordaba cómo había llegado hasta ahí. ¿Quién era? ¿Por qué estaba en aquel lugar? ¿De dónde venía? Supongo que el instinto de supervivencia detuvo el hilo de mis pensamientos antes de que me invadiese la angustia y la desesperación. Ya tendría tiempo de torturarme con cuestiones metafísicas; ahora lo importante no era saber quién era sino intentar salir con vida de allí.

El cinturón de seguridad, al mismo tiempo que me oprimía el estómago, me mantenía atada a un asiento volcado que parecía haber sido arrancado de cuajo y lanzado contra la parte delantera de la cabina. La presión en el abdomen y el instinto hicieron que, sin pensarlo dos veces, me desatase. Caí de bruces contra el suelo, me mordí el labio y la boca se me llenó de golpe del sabor metálico de mi propia sangre. Con cuidado me escabullí del asiento y apoyé la espalda contra lo que parecía ser la puerta del lavabo. Empecé a moverme lentamente, pasando revista al estado de mi cuerpo: una marca roja en la cintura provocada por el cinturón de seguridad, un par de roces en la frente y la muñeca izquierda. Aunque todo me dolía, incluso el respirar, nada indicaba que pudiera tener alguna lesión grave. Estaba magullada pero entera.

Mis ojos comenzaron a recorrer finalmente el escenario catastrófico del accidente, un caos silencioso formado por las entrañas desgarradas del avión: asientos arrancados, cables sueltos, maletas volcadas, columnas de humo. Olía a quemado. Tardé unos segundos en darme cuenta de que la nota más aterradora de aquel desastre la ponían los cuerpos sin vida que daban a la escena un toque macabro. Cuerpos dispersos... rotos... algunos en pedazos... todos sin vida. No quería ver aquel horror y al mismo tiempo no podía dejar de mirarlo. Me levanté con cierta dificultad. Cerré los ojos, tragué saliva y volví a abrirlos con determinación: tenía que haber sobrevivientes entre los restos del avión... al menos uno... no quería estar sola.

El fuselaje, que ahora parecía mucho más grande de lo que pensé en un principio, se había partido en dos. La vegetación que nos rodeaba era espesa y exuberante, como una selva o bosque tropical. Lo que quedaba de la cola, a unos cien metros de donde yo me encontraba, se había quemado por completo. Desde mi posición, lo único que podía distinguir era un revoltijo de indefinidas formas negras. El olor a combustible y plástico quemado era intenso y agrio, pero le estaba agradecida pues disimulaba el olor a carne quemada que prefería ignorar.

La parte delantera no se había incendiado pero, por como había quedado, deduje que había dado varias vueltas de campana antes de detenerse en seco al chocar contra un peñasco imponente. El caos era absoluto; unas cuantas filas de asientos seguían fijadas al suelo del avión que ahora se erguía como pared lateral. Algunos pasajeros sin vida habían quedado atrapados y colgaban de sus asientos con muecas grotescas de terror. Otros asientos habían sido, como el mío, arrancados de cuajo y lanzados hacia delante.

De repente oí un gemido no muy lejos de donde estaba. Dejé que el lamento guiase mis pasos. Atrapado debajo de un carro de comida había un chico joven. Levanté como pude el pesado objeto de metal y le ayudé a incorporarse. Tenía la cara destrozada y respiraba con bastante dificultad; el carro le había aplastado el tórax por lo que era de temer que sus daños internos fuesen bastante más graves que sus heridas exteriores. Me quité la camisa y le limpié la sangre que brotaba de la frente y le caía sobre los ojos impidiéndole abrirlos del todo. Trató de decirme algo pero su boca estaba totalmente seca. Cogí una de las botellas de agua que habían caído al suelo al volcarse el carrito, con una mano le sujeté la cabeza y con la otra le ayudé a beber. Se atragantó y empezó a toser sangre. Leí pánico en sus ojos: se estaba dando cuenta de que iba a morir. Le cogí la mano y comencé a tranquilizarle con mentiras: todo iba a salir bien, los servicios de emergencia estaban en camino...

Quería que se salvase porque era joven y no merecía morir así, pero también porque, egoístamente, no quería quedarme sola en aquel lugar siniestro. De repente su respiración se detuvo y la expresión de miedo de su cara se transformó en paz. Se me hizo un nudo en la garganta y los ojos se me llenaron de lágrimas. Ahora sí que estaba sola y en medio de la nada.

Sabía que no debía derrumbarme. Aunque la vegetación impedía ver el cielo con claridad, los colores de la tarde indicaban que no me quedaban muchas horas de luz. Tenía que salir de allí. Alejarme de aquel lugar donde sólo quedaba muerte y desolación. Empecé a explorar la zona en busca de algún refugio donde poder pasar la noche. Después de caminar un rato en línea recta, oí el sonido del agua al caer. Incluso suponiendo que la ayuda no tardase en llegar, tener agua sería una buena cosa. Sabía que en el avión podría encontrar provisiones para pasar algunos días, incluso semanas si me organizaba bien. Además, si había un río cerca, en el peor de los casos, siempre podría seguir la corriente que me llevaría a una zona poblada; otra información aleatoria de la que me acordaba, mientras que era incapaz de recordar quién era.

El sonido del agua venía de una cascada de unos cuarenta metros que iba a parar a una poza bastante amplia. A partir de ahí, un río del agua clara y caudalosa seguía su cauce escalonado montaña abajo. A unos cuantos metros de la cascada se abría en la roca lo que parecía ser la entrada de una cueva. Me acerqué con cuidado para no resbalar sobre la piedra mojada. Más que una cueva era un amplio agujero en la piedra: la entrada era ancha, lo que permitía que la luz exterior iluminase la casi totalidad de lo que sería un refugio perfecto, suficientemente profundo para protegerme de la lluvia, pero no lo bastante para ocultar animales peligrosos. Parecía un buen lugar para refugiarme hasta que alguien viniese en mi ayuda. Sólo tenía que volver al avión y buscar todo lo necesario para pasar mi primera noche en la selva.

Junté las provisiones que encontré: barras de cereales, agua, refrescos y zumos, pan y galletas, frutos secos, chocolate, y hasta uno de esos termos con los que las azafatas reparten el café y que, milagrosamente, se había salvado. También cogí otras cosas útiles como mantas y almohadas reposacabezas, un botiquín bastante bien surtido, un par de linternas, jabón líquido, cerillas, vasos de plástico y una sudadera que me vendría muy bien si la temperatura bajaba por la noche. Para evitar hacer varios viajes, vacié una de las maletas de ruedas que se habían caído de los compartimentos superiores y la llené con mi improvisado botín.

Después de dejar todo en el refugio, me puse a recoger ramas secas y yesca que amontoné en la entrada de la cueva para poder hacer fuego cuando regresara. Aún era de día y decidí volver al avión en busca de algún teléfono —aunque dudaba que en aquel lugar sirviese para mucho—, radio o artilugio que me permitiese ponerme en contacto con el mundo exterior.

Según me acercaba al avión me fijé con más detenimiento en el sendero de destrozos que el enorme aparato había dejado tras de sí. A varios metros del fuselaje yacía el ala izquierda del avión que había sido arrancada de cuajo al chocar contra un tronco gigantesco que se cruzó en su camino. De repente, mi mirada se detuvo en las ruedas de un vehículo volcado que había quedado medio escondido tras unos árboles partidos. El corazón empezó a latirme con fuerza y la esperanza de encontrar a alguien más puso alas a mis pies. Corrí hacia el lugar donde se encontraba un desgastado *jeep* verde oscuro.

Aparentemente el avión había arrollado al vehículo en su caída. A primera vista parecía que sus tripulantes también habían fallecido. Un hombre sin vida, probablemente el conductor, yacía en el suelo con la mirada hacia el vacío y la mitad de su cuerpo aplastada bajo el automóvil. Un segundo individuo había sido lanzado contra el parabrisas rompiéndolo en mil pedazos. No podía ver su cara y quería estar segura del estado en que se encontraba, así que apoyándome en una de las ruedas trepé hasta el asiento del copiloto. Le puse dos dedos en el cuello tratando de identificar un latido por débil que fuese. Pero lo único que sentí fue la ausencia que transmite la carne muerta.

Bajé al suelo y rodeé el vehículo para inspeccionar la parte trasera. Un reguero de cajas de madera desparramadas y abiertas marcaba la trayectoria del accidente. No necesité acercarme demasiado para darme cuenta de que los paquetes grises que transportaba el *jeep*, muchos de los cuales estaban ahora reventados, contenían droga —para ser más precisos, una cantidad indecente de polvo blanco—. Aquel hallazgo no era una buena noticia: fuese quien fuese el propietario de aquel botín iba a echarlo de menos y vendría a buscarlo. Cuando eso ocurriera, no me convenía que me viesen rondando por allí. Así que decidí dejarlo todo exactamente como lo había encontrado y alejarme a toda prisa.

Pero en mi huida, descubrí un tercer cuerpo tirado a pocos metros del *jeep*. Al acercarme vi que se trataba de un hombre atado de pies y manos, al que le habían tapado la cabeza con un burdo capuchón de tela oscura. Me arrodillé a su lado y, con cuidado, le retiré el saco de la cabeza: aunque estaba inconsciente, respiraba y el latido de su corazón era estable. Era un hombre joven. Le habían destrozado la cara a golpes, por lo que era difícil distinguir sus facciones. Tenía una profunda brecha en la frente, el ojo izquierdo completamente cerrado, la nariz probablemente rota y el labio inferior hinchado y ensangrentado. Traté de desatarle pies y manos pero los nudos estaban demasiado apretados. Entonces recordé que en el cinturón del conductor me había parecido ver un cuchillo.

Con una sangre fría que podría deberse al *shock* o quizá era parte de mi olvidada personalidad, volví al *jeep* y no sólo cogí el cuchillo, sino que también le quité la funda en la que se encontraba y me la colgué a la cintura: por desgracia para el conductor, ya no lo necesitaría más, y dudaba mucho que quien viniese en busca de la mercancía notase la ausencia de ese objeto. No obstante, de lo que sí se daría cuenta era de que alguien había desatado al prisionero. Con esa idea en mente, corté las ligaduras con todo el cuidado posible, tratando de conservar la mayor parte de la cuerda intacta; si por desgracia mi compañero de tragedia no salía de ésta, lo mejor sería volver a dejarlo tal y como me lo había encontrado.

Una vez desatado, le tumbé boca arriba y le observé con atención. Era un hombre blanco de unos veintitantos, de complexión atlética y parecía bastante alto. Además de las heridas de la cara, todo su cuerpo mostraba signos de maltrato. Su ropa —vaqueros, camiseta gris y camisa azul de cuadros— estaba manchada de barro y sangre seca. Tenía lo que parecía una herida de bala mal curada en el hombro izquierdo y un corte largo pero poco profundo en el muslo derecho. Las ligaduras habían dejado sus muñecas en carne viva.

Debía llevármelo lejos de allí lo antes posible pero no tenía ni idea de cómo hacerlo: era imposible que una mujer de mi estatura y peso —en torno al 1,60 y unos 55 kg— pudiera cargar con un hombre de su corpulencia y tamaño. Me acerqué al *jeep* y vi que en el asiento de atrás había una lona grande y gruesa, seguramente la que cubría la carga antes de que se desparramara durante el accidente. La extendí en el suelo junto al herido. Con cuidado giré su cuerpo hasta que lo situé en el centro de la lona y até los extremos inferiores de ésta alrededor de sus piernas. Después anudé cada una de las esquinas superiores a uno de los extremos de una rama larga y robusta que encontré allí mismo. De pie, con la lona y el herido detrás y la rama delante a la altura de la cintura, empecé a empujar; me sorprendió la relativa facilidad con la que estaba moviendo aquel cuerpo inerte.

Durante todo el recorrido hasta la cueva, no podía dejar de darle vueltas a lo que pasaría cuando los traficantes volviesen a por la droga y descubriesen que su prisionero había escapado: lo buscarían por todas partes y terminarían por encontrarnos. Fue entonces cuando se me ocurrió una idea descabellada, digna de una película mala.

Una vez en la cueva, desaté la lona. Con todo el cuidado que pude y no sin cierto pudor, empecé a desvestir a mi maltrecho compañero a quien, con dificultad, conseguí quitarle los pantalones y la camisa. Luego extendí unas mantas y almohadas en el suelo y giré su cuerpo hasta que quedó encima de la improvisada cama. Lo cubrí con las mantas que me quedaban, e inmediatamente después, cogí la lona y su ropa y volví al avión tan deprisa como pude. Las sombras de los árboles, alargadas por el sol de la tarde, cambiaban por completo el aspecto del camino que ya había recorrido tantas veces.

Volví al lugar donde había dejado al chico que falleció en mis brazos. Tal como recordaba, su altura, edad y constitución eran muy parecidas a las del herido. Tenía claro lo que iba a hacer, así que, del mismo modo que lo había hecho apenas unos minutos antes, desvestí a aquel joven sin vida. Luego, con bastante dificultad, le puse los vaqueros y la camisa del hombre que ahora descansaba en la cueva. Rápidamente envolví el cadáver en la lona y lo arrastré hasta el lugar donde había encontrado a mi herido. Con toda la fuerza y destreza que pude le até de pies y manos, le puse el capuchón de tela y le coloqué en la misma posición en la que había encontrado al prisionero del *jeep*.

Se estaba haciendo de noche, así que corrí hacia la cueva; encontrar el camino de vuelta en la oscuridad habría sido casi imposible. Llegué exhausta y temblando. Mi cerebro era incapaz de asimilar lo que acababa de hacer. De repente sentí náuseas; respiré hondo y tragué aquel sabor amargo que me había subido hasta la boca. Encendí una de las linternas y bebí un trago de agua, sintiendo caer sobre mí súbitamente un enorme agotamiento físico y moral. Necesitaba descansar; quería dormir para no pensar en todo aquello. Pero antes tenía que hacer fuego; la noche había hecho caer en picado la temperatura y los ruidos de la selva parecían ahora más amenazadores que nunca. Usando las cerillas que había traído del avión, prendí sin dificultad las ramas que había amontonado a la entrada del refugio. En apenas unos minutos la hoguera llenó de una cálida luz el interior de mi guarida.

Eché un último vistazo a mi invitado que seguía inconsciente. Quería limpiarle las heridas e intentar hacerle beber algo pero, dado su estado y el mío, pensé que sería mejor dejarlo para el día siguiente. Esta noche no me quedaban fuerzas. Me puse la sudadera que había encontrado en el avión y me acurruqué al lado del fuego. Mis ojos se cerraron hipnotizados por el baile rítmico de las llamas.

SEGUNDO DÍA

Desperté temprano, tiritando y con la humedad pegada a los huesos. El profundo cansancio había terminado por ganar la partida haciéndome dormir de un tirón, a pesar de la pesadilla recurrente en la que huía por un pasillo interminable de cadáveres.

Aticé el fuego que casi se había apagado —iba a necesitarlo para hervir el agua antes de limpiarle las heridas a mi compañero de aventuras—. Llené en el río un recipiente de metal que había encontrado en el avión y lo puse a calentar sobre el fuego. Necesitaba comer y beber algo antes de dedicar total atención a mi herido que, a un par de metros de mí, seguía en la misma posición en la que le había dejado la noche anterior. Me serví un vaso de café, que aún estaba templado gracias al termo que había encontrado, cogí una barra de cereales y me senté a la entrada de la cueva a contemplar cómo el sol aparecía sobre las copas de los árboles. El desayuno me sentó de maravilla y sin darme cuenta me encontré disfrutando del amanecer sobre aquel paisaje paradisíaco, hasta que un sentimiento de culpa se apoderó de mí: ¿cómo podía disfrutar de aquel momento en medio del caos y la tragedia en la que me encontraba? ¿Quizás fuese una vía de escape a toda la tensión que llevaba encima.

Dejando de lado aquellos pensamientos inútiles, me acerqué al enfermo. No tenía ni idea de lo que debía hacer para ayudarle; era evidente que no había sido médico o enfermera en mi vida anterior, pero bueno, tampoco había que ser el Dr. House para saber que el hecho de que siguiese respirando era buena señal. Dejé que la intuición y el sentido común guiasen mis acciones. Lo mejor que podía hacer era evitar que se infectaran sus heridas y mantenerlo, en la medida de lo posible, hidratado y alimentado. Cogí del botiquín que logré rescatar del avión compresas de alcohol, vendas, esparadrapo, pomada antibiótica y todo lo que creí que podría necesitar.

Su cuerpo estaba tan maltrecho que era difícil decidir por dónde empezar. Así que me puse unos guantes, mojé una toalla con agua hervida y jabón líquido y empecé a lavarle la cara. Desinfecté la brecha de la frente con alcohol, le puse pomada bactericida, le cerré la herida con tiritas mariposa y para terminar la cubrí con gasa y esparadrapo. Le lavé la nariz con un buen chorro de suero fisiológico. El labio inferior no parecía necesitar ninguna cura especial.

Sin darme cuenta, mientras llevaba a cabo aquellas tareas de manera casi mecánica, empecé a hablar en voz alta con mi compañero de infortunio.

"Bueno, querido —dije—, puesto que vamos a pasar un tiempo juntos, creo que deberíamos presentarnos. Yo no tengo ni idea de quién soy o cuál es mi nombre, así que puedes llamarme *Ele* como la letra que llevo al cuello. Si no te importa, hasta que nos presentemos formalmente, yo te llamaré Wilson, como el compañero de Tom Hanks en *Náufrago*; no es que tengas cara de pelota de voleibol, pero es que hasta ahora tu conversación ha dejado bastante que desear".

Con una tijera le corté la camiseta gris que, a juzgar por el estado de suciedad y el desagradable olor, debía llevar puesta desde hacía una eternidad. Le limpié el cuello, el pecho y los brazos. Le incorporé con cierta dificultad y apoyé su cabeza sobre mi hombro para frotarle también la espalda; en la zona de los riñones tenía un moratón alargado, como si le hubiesen dado un golpe fuerte con una barra metálica o un palo. Después de secarle, le volví a tumbar y me ocupé del hombro. Antes de vendarle la herida, con unas pinzas y grandes chorros de Betadine retiré los restos de suciedad que se habían acumulado en toda la zona, embadurné bien toda el área con la pomada antibiótica y por último, vendé el hombro como pude. Lo mismo hice con sus muñecas.

Comparado con el resto de su ropa, los *boxers* azules que llevaba estaban relativamente en buen estado, así que decidí ignorar la zona —bastante estaba violando ya su intimidad— y concentrarme en sus piernas. De la misma manera que había hecho con el resto, limpié y vendé el corte del muslo. Cuando terminé, apoyé su cabeza sobre un par de almohadillas y le cubrí el cuerpo con una manta; el frescor de la mañana había dejado paso a un calor pegajoso, pero dentro de la cueva la temperatura era agradable, tirando a fresca.

Aunque seguía teniendo mal aspecto, al menos ahora estaba limpio y sus heridas protegidas. Lo que debía hacer a continuación era tratar de que bebiese algo. Si hubiese estado en un hospital le habrían puesto suero, pero intuía que hospital o no, era necesario tratar de hidratarle y nutrirle de alguna manera. Cogí una jeringuilla del botiquín y la llené con uno de los zumos que había traído del avión. Le eché la cabeza ligeramente hacia atrás y con una mano le abrí la boca haciendo presión sobre las mejillas. Muy lentamente le fui echando gotas de zumo sobre la lengua.

—Vamos Wilson, sé bueno y bébete esto, ya verás cómo luego te encuentras mucho mejor.

Todavía recordaba con horror como el chico del avión se había puesto a vomitar sangre en cuanto le di algo de beber, y temí que le ocurriera lo mismo a Wilson. Afortunadamente no pasó nada. En total debí de darle el equivalente de un par de cucharadas de líquido. Pensé que sería mejor repetir la operación un poco más tarde, en lugar de tentar a la suerte dándole demasiada cantidad de golpe. Miré a mi paciente satisfecha. De momento no podía hacer nada más por él. Así que pensé que lo mejor sería volver al avión para buscar una radio, algo de ropa limpia y quizás algún documento que me dijese algo sobre mí misma.

El calor y la humedad estaban acelerando el proceso de descomposición de los cuerpos. No era un lugar agradable por el que pasearse, así que cuanto menos me demorara, mejor. Empecé a buscar entre los asientos registrando cada bolso, maleta y mochila que se cruzara en mi camino. En un momento encontré media docena de teléfonos apagados; no me servían de nada. Traté de marcar los números de emergencia pero, como era de esperar, no había cobertura. Tampoco tuve éxito buscando fotos mías en pasaportes y billeteras. Seguía igual que ayer: ninguna información nueva que pudiera ayudarme a saber quién era.

Después de revisar un montón de bolsos de mano llenos de cosas sin utilidad para mí, encontré una mochila cuyo contenido me iba a venir muy bien: esterilla y saco de dormir, brújula, cuerda, estuche con lo necesario para hacer fuego, linterna, silbato, prismáticos, fiambrera... Aquel kit de supervivencia inesperado me hizo sentir como un niño en Navidad. Me colgué la mochila a la espalda y seguí revisando algunas de las maletas caídas y abiertas que se encontraban por doquier: cogí productos de aseo, ropa interior y camisetas para mí y para Wilson, un vaquero que parecía de mi talla, un polar de cremallera y una cazadora talla XXL. Fui metiendo todo dentro del amplio macuto del que me había apropiado, obligada por las circunstancias. En estos momentos de nada servía andarse con miramientos. Cualquier cosa que me fuera de utilidad podría salvarme la vida. A aquella pobre gente de nada le servirían ya sus posesiones. En uno de los bolsos de mano encontré amoxicilina 500 en cápsulas que me guardé en el bolsillo. No había visto ningún antibiótico en el botiquín y podía ser que Wilson lo necesitase.

Debía llevar algo más de una hora rebuscando entre las pertenencias de los pasajeros, cuando oí a lo lejos el ruido inconfundible de un motor. Mi primer instinto fue alegrarme y salir al encuentro de mis salvadores, pero inmediatamente recordé la droga y pensé que tal vez no era el equipo de rescate. Con la mochila a la espalda, y tan rápido como pude, salí del avión y me escondí entre la maleza en una colina que permitía ver con cierta amplitud el escenario del accidente; no sólo el del avión sino también el del *jeep*.

El ruido de los motores se hizo más fuerte y pronto aparecieron en mi campo de visión tres vehículos todoterreno. Era evidente que sus ocupantes, varios hombres vestidos de camuflaje y armados hasta las orejas, no formaban parte de ningún equipo de rescate. La mayoría de ellos eran blancos o mestizos; hasta ahora, dada la densa vegetación tropical que me rodeaba, había deducido que lo más probable era que me encontrase en Sudamérica, África o el Sudeste Asiático. El aspecto de estos individuos me hacía pensar que lo más probable era que me encontrase en algún país de América central o del sur.

31

Comportándose con una disciplina casi militar, el grupo se desplegó sobre el terreno. Unos se dirigieron a la carcasa del avión y pronto los perdí de vista. El resto no tardó en encontrar los restos del *jeep* y su malogrado cargamento. El que parecía estar al mando de las operaciones empezó a dar órdenes —yo estaba demasiado lejos para oírlas y no conseguí identificar en qué hablaban—. Tres hombres robustos recogieron los paquetes desparramados en las cajas, que posteriormente cargaron en uno de los 4x4. Mientras tanto, otros levantaron los restos del conductor y el copiloto y los metieron en el maletero de uno de los vehículos.

Alguien dio una voz para llamar la atención del jefe. Había encontrado el cuerpo del falso prisionero. Sentí como si el corazón se me fuese a salir del pecho. "Por favor, Dios mío, haz que se traguen la farsa", rogué para mis adentros. "Que no se den cuenta de que no hay herida de bala ni corte en la pierna, ni de que las ataduras de las manos y los pies están menos apretadas de lo que deberían, ni de que los zapatos están demasiado limpios". ¿Cómo había podido pensar que mi absurdo plan iba a funcionar?

El chico que había encontrado el cuerpo le dio la vuelta con el pie y con un movimiento brusco le arrancó el capuchón. La cara hinchada y ensangrentada del desafortunado pasajero había comenzado a descomponerse; para cualquiera que no lo hubiese conocido muy bien sería casi imposible reconocerle en aquel estado. De manera totalmente inesperada, el jefe se acercó al cadáver, le escupió en la cara y con rabia le metió una bala en la frente. La sorpresa y el estruendo hicieron que todo mi cuerpo se encogiera y quisiera sacudirse a la vez en un espasmo. No sé cómo pero conseguí ahogar el grito que casi escapa de mi garganta.

Los traficantes metieron el cuerpo sin vida del prisionero junto con el de los otros dos, rociaron de gasolina el *jeep* y lo incendiaron. A continuación, se subieron a los todoterreno y desaparecieron en la espesura de la selva envueltos en el estrepitoso ruido de los motores. Yo me quedé inmóvil, mirando con incredulidad cómo el *jeep* se consumía bajo las llamas, deseando que todo aquello no fuese más que una pesadilla. No podía moverme, ni reaccionar. Todo esto me superaba.

La violenta explosión del depósito de gasolina me sacó de mi aturdimiento. Gracias a Dios estaba lo bastante lejos del incendio para que la explosión me produjese algo más que un ligero zumbido en los oídos. Me levanté atontada y empecé a caminar lentamente hacia la cueva. Pensé en el pobre chico que había muerto en mis brazos. La única persona con la que había establecido contacto desde que me desperté a esta desastrosa vida. Recordé cómo me había suplicado con la mirada que le ayudase. Yo no sólo había sido incapaz de hacer nada por él, sino que había profanado su cadáver y se lo había echado a los perros. ¿Cómo se lo explicaría a su familia? Era una situación límite. No había tenido otro remedio. Aun así, era difícil no sentirse culpable.

Lágrimas amargas empezaron a rodar por mi rostro y pronto dejé que el llanto se apoderase de mí. Sentí sobre mis hombros el peso de todo lo que había vivido en las últimas horas. Lloré por todos aquellos que habían perdido la vida en el accidente de avión, por la frialdad con la que había actuado hasta ahora y, sobre todo, lloré por no tener recuerdos agradables a los que recurrir, por no poder reconfortarme pensando en la vida que me esperaba si conseguía volver a casa. Cuando ya no me quedaron más lágrimas, me sequé la cara con la manga. Este estallido de pena me había servido para dejar escapar la tensión acumulada. No tenía intención de derrumbarme. Iba a salir de ésta o morir en el intento. Iba a hacer todo lo posible para que Wilson, fuese quien fuese, también saliese de ésta conmigo.

Al entrar en la cueva oí un susurro incomprensible. Aparentemente Wilson había vuelto en sí pero algo andaba mal. Me arrodillé a su lado y me di cuenta de que tenía el rostro cubierto de sudor y estaba aún más pálido que cuando le dejé unas horas atrás. Tenía la frente ardiendo y deliraba repitiendo incesantemente algo que yo no conseguía entender. Llené un vaso de agua y le hice beber unos sorbos. Tenía que conseguir que le bajase la fiebre. Saqué un par de comprimidos de paracetamol del botiquín, los diluí en agua y, con una cuchara, se los hice tragar. Le destapé por completo. Mojé en el río un par de servilletas de tela que había traído del avión: le puse una en la frente y con la otra empecé a frotarle el cuerpo. Repetí la operación unas cuantas veces. Al cabo de una media hora, la fiebre cedió y Wilson se quedó dormido de nuevo.

Le sequé el cuerpo y le revisé las heridas tratando de buscar algún signo de infección que pudiese explicar la fiebre. Nada llamaba la atención, al menos no a una enfermera inexperta como yo. Era evidente que la herida más grave era la del hombro, pero no tenía peor aspecto que cuando se la había limpiado por la mañana. Recordé que había metido en la mochila el tubo de amoxicilina que había encontrado. Era arriesgado darle a alguien una medicina sin saber si era alérgico, pero valoré la situación y pensé que sería aún más arriesgado no frenar una posible infección galopante en medio de la selva. Tal como había hecho con el paracetamol, disolví el antibiótico en agua y se lo hice tragar a mi paciente, confiando en que no tuviese una reacción alérgica. Afortunadamente no ocurrió nada, pues de haber sido así mi conciencia hubiese tenido que añadir el homicidio involuntario a la colección de faltas graves que parecía estar acumulando en las últimas horas, y entre las que el robo y la profanación de cadáveres ocupaban un puesto de honor.

Al cabo de unos minutos, mucho más tranquila, cogí unos cacahuetes, una ensalada de frutas y un refresco de la maleta de provisiones y me fui a comer junto al río. Hacía una tarde calurosa y agradable. Me descalcé y metí los pies en el agua. Estaba bastante fría, pero el calor y la humedad exterior me hicieron agradecer la sensación de frescor. Los rayos del sol atravesaban las gotas que la cascada lanzaba por los aires creando un montón de arco iris. A esta distancia, el ruido del agua escondía el resto de los sonidos del concurrido bosque tropical.

Mi ropa estaba sucia y me sentía pegajosa, así que decidí darme un chapuzón. ¿Por qué no disfrutar de uno de los raros placeres que este lugar ofrecía? Busqué todo lo que iba a necesitar, me quité la ropa y me tiré a la poza. Era un auténtico deleite bañarse en aquellas aguas transparentes. Después de nadar y juguetear un poco, me lavé la cabeza y la ropa que había llevado puesta. Salí del agua y me tumbé a secarme sobre la cálida roca. Al cabo de un rato, el cielo se llenó de nubes negras. Apenas había terminado de vestirme y recoger la ropa que había tendido, cuando empezó a caer un fuerte aguacero. Corrí a refugiarme en la cueva. Wilson seguía sumido en un apacible sueño. Llovió sin parar durante un par de horas, y después el cielo se abrió dejando paso a una noche clara y estrellada. Encendí el fuego sin dificultad; aún me quedaban cerillas, pero ya veríamos cómo se me daba cuando me tocase usar el pedernal que había encontrado en la mochila del avión.

Una vez más, la llegada de la noche hizo bajar la temperatura. Antes de acostarme me aseguré de que Wilson no tuviese fiebre y de que estuviese bien cubierto por las mantas.

Me quité el vaquero, desenrollé la esterilla y el saco de dormir y me tumbé junto al fuego. Me dormí inmediatamente. Soñé que el avión en que viajaba se caía y que al mirar a mi alrededor descubría con espanto que todos los pasajeros estaban muertos, incluso antes del impacto. Me desperté de golpe con el corazón encogido. Respiré hondo para tranquilizarme. Con un palo aticé el fuego que había empezado a apagarse y añadí unas cuantas ramas para alimentarlo. La luz de las llamas me permitió descubrir que Wilson, medio despierto, medio dormido, tiritaba violentamente.

Le toqué la frente y no parecía tener fiebre. Desde que le limpié por la mañana no le había vestido, así que sólo llevaba puestos los *boxers* azules. Traté de ponerle alguna de las prendas que traje del avión; a pesar de estar semiinconsciente, cada leve movimiento le hacía retorcerse de dolor. Manipularle cuando estaba inconsciente había sido relativamente fácil, pero hacerlo ahora, mientras sentía que le hacía sufrir con cada gesto, era todo un reto. Al cabo de un par de intentos me rendí; tenía que hacerle entrar en calor de alguna otra manera. Puse agua a hervir y preparé té. Intenté que Wilson bebiese un poco con la esperanza de que la infusión caliente ayudase a subir su temperatura. Apenas conseguí que tragase unos sorbos, los temblores que se habían apoderado de su cuerpo hacían la tarea casi imposible.

Estaba quedándome sin recursos. Wilson seguía tiritando y los labios se le estaban amoratando. Desesperada, abrí la cremallera del saco en el que yo había dormido y lo extendí junto a Wilson. Giré su cuerpo y lo moví hasta situarlo en el centro del saco. Me tumbé junto a él y, con todo el cuidado que pude para evitar hacerle daño, cerré la cremallera dejándonos a los dos dentro. Me abracé a su cuerpo tratando de transmitirle todo el calor del mío. Los violentos temblores se fueron haciendo más suaves y pronto dejó de tiritar. Su respiración se hizo más lenta y poco a poco volvió a quedarse dormido.

Yo también empecé a relajarme. No me atreví a salir del saco hasta estar segura de que lo peor había pasado. Tenía mi brazo y pierna izquierdos alrededor de su cuerpo. La posición era incómoda y se me estaba durmiendo el brazo, así que, muy despacio y haciendo el mínimo número de movimientos posibles en aquel reducido espacio, giré sobre mí misma dándole la espalda a mi compañero. Traté de dejar mi mente en blanco y descansar, pero los acontecimientos del día asaltaron mis pensamientos. Si los traficantes volvían no les sería difícil encontrarnos. Aunque en un principio mi disparatado plan parecía haber dado resultado, no podía estar segura de que no se fuesen a dar cuenta de que el cuerpo que se habían llevado no era el del prisionero torturado. Y en ese caso no tardarían en volver, lo que quería decir encontrar y eliminar a Wilson y a quien le había ayudado, es decir, a mí...

Lo peor era que no había nada que yo pudiese hacer en esos momentos, aparte de confiar en que el equipo de rescate llegase cuanto antes. Si no fuese por el posible regreso de los traficantes, lo lógico sería quedarse donde estaba, cerca del avión, y esperar a que me encontrasen —lo que sucedería tarde o temprano—. No obstante, la amenaza que pesaba sobre nuestras cabezas aconsejaba alejarse lo más posible, y cuanto antes, de aquel lugar. Imaginar que iba a ser capaz de orientarme en aquel laberinto de árboles y lianas, superar los obstáculos naturales, esquivar los peligros y llegar a la civilización a través de la selva era muy optimista; pensar que iba a poder hacerlo cargando con un herido semiinconsciente de semejante tamaño era totalmente absurdo —ni Bear Grylls sería capaz de tal hazaña, y nada de lo que había visto de mis habilidades de supervivencia me permitía pensar que Bear y yo teníamos algo en común—.

El movimiento brusco de Wilson a mi espalda me sacó de mis pensamientos. Mi compañero de infortunio se dio media vuelta y se aferró a mí como a una tabla salvavidas. Traté de liberarme de su abrazo, pero sin despertarle no iba a ser posible. Me quedé inmóvil y de repente me sentí a salvo. Por un instante fui consciente de lo vulnerable y sola que me había sentido desde que desperté en medio de aquel terrible accidente; el hecho de que me sintiese tan segura entre los brazos de aquel maltrecho desconocido era la prueba evidente de lo desesperado de mi situación. Pero fuera cual fuese lo extraño de aquel sentimiento, quería aferrarme a él, creérmelo mientras pudiera.

Sin darme cuenta, mientras me dejaba llevar por la quimera de la seguridad, fui despertando al contacto del cuerpo de Wilson contra el mío. Pegada a él en aquel espacio estrecho, y de manera involuntaria, dejé de pensar en él como en el superviviente asexuado al que debía ayudar como fuese. La suavidad de su piel, su cuerpo musculoso y su cálida respiración en mi nuca me estremecieron; un cosquilleo en la entrepierna disipó cualquier duda que hubiese podido existir sobre mi inclinación sexual. Totalmente relajada y tranquila fui dejándome arrastrar por el cansancio. Dormí profundamente sin que me molestara ninguna pesadilla.

TERCER DÍA

Al día siguiente me desperté enlazada a un desconocido cuya respiración tranquila se acompasaba a la mía. Durante unos instantes no recordé dónde estaba, ni tampoco me importó: el universo se limitaba al interior del saco donde habíamos dormido. Entre sueños sentí su miembro erecto contra mis nalgas; me froté contra su cuerpo tratando de perderme aún más entre sus brazos. Perdí el sentido del tiempo. Me dejé llevar.

De repente, como un chorro de agua fría, recordé dónde estaba, la cueva, cómo había llegado hasta ella y los acontecimientos recientes. Me levanté indignada conmigo misma, tratando de recobrar una cierta compostura. La brusquedad con la que salí disparada del saco de dormir no pareció molestar a mi bello durmiente que, tras un breve movimiento, siguió sumido en una calma total. No tenía fiebre, su respiración era profunda y relajada, y el latido de su corazón regular; supuse que la erección matinal de la que yo había sido testigo accidental demostraba que se estaba recuperando con normalidad.

El sol iluminaba gran parte de la cueva y pude comprobar que la inflamación de la cara de Wilson había cedido casi por completo, dejando tan sólo un montón de rasguños y moratones. A pesar de todo, su pelo rubio oscuro, corto y desaliñado, sus prominentes pómulos y la barba de tres días le daban un toque muy viril.

"¡¿En qué demonios estás pensando, querida?!". Aquella fue la primera vez que escuché una voz en mi cabeza: una voz insistente y mandona que no se callaba nunca, ni perdía la oportunidad de criticar mis acciones y pensamientos. En aquella ocasión, mi voz interior detuvo en seco el rumbo de mis inapropiados pensamientos: "¿Te parece apropiado sentirte sexualmente atraída hacia un desconocido inconsciente, mientras estás sin memoria, en medio de la jungla, después de un terrible accidente, rodeada de cadáveres descompuestos y acechada por narcotraficantes?".

Avergonzada, me entregué en cuerpo y alma a actividades más constructivas como buscar leña para el fuego que necesitaría por la noche. No me atreví a volver a los restos del avión. Me daba miedo pensar en lo que encontraría si lo hacía. Junté suficiente cantidad de madera para hacer fuego un par de noches más. La extendí sobre unas piedras para permitir que el sol la secara lo más posible, pues el chaparrón del día anterior lo había empapado todo y la espesa vegetación impedía que los rayos llegasen al suelo del bosque. Como mi paciente seguía tranquilo e inmóvil, salí a reconocer el terreno en busca de alternativas para salir de allí. Con un poco de suerte, Wilson recobraría la consciencia antes de que volvieran los narcos, y juntos decidiríamos si nuestra mejor opción era ponernos en marcha e ir en busca de la civilización o esperar a que llegase el rescate.

Desde la poza junto a la que se encontraba mi guarida, el río descendía cuesta abajo entre rocas formando pequeños rápidos. La orilla en ese tramo era estrecha y poco practicable, pero con un poco de cuidado y sujetándome a las múltiples lianas a mi alcance, fui capaz de llegar a una zona donde la pendiente se suavizaba y el cauce se abría dejando a ambos lados una orilla ancha de cantos y arena. Seguí sin dificultad el río durante un par de kilómetros más; luego di media vuelta y volví sobre mis pasos hasta el remanso donde estaba mi improvisado campamento. No es que tuviese mucha idea del asunto pero, por lo que había visto hasta ahora, seguir río abajo parecía la mejor opción; en todo caso era bastante más sencillo que adentrarse en la selva y orientarse entre la densa maleza.

Regresé a la cueva para cambiarle los vendajes a Wilson. También quería intentar reanimarlo lo suficiente como para evaluar su estado; con un poco de suerte podría decirme algo acerca de la región donde nos encontrábamos. Además, sería agradable dejar de llamarle Wilson y, sobre todo, que dejase de comportarse como una pelota de voleibol —peor que una pelota porque, que yo recordara, Tom Hanks nunca tuvo que transportar a Wilson en una manta, curarle las heridas o bajarle la fiebre—.

Saqué del botiquín todo el material que me quedaba. Adecentar a mi amigo formaba parte de las prioridades que me había impuesto para hoy, así que también cogí una camiseta marrón ligera de manga larga, unos *boxers* negros y un pantalón de deporte que había tomado prestados del avión —bonito eufemismo, desde luego mucho mejor que "robado a algún muerto"—.

Abrí el saco de dormir hasta exponer por completo a mi compañero de desgracias: no pude evitar recorrer con la vista su robusto y bien proporcionado cuerpo de manera mucho menos distante y profesional de lo que había hecho hasta ahora. Limpié primero el corte del muslo, después la herida del hombro y por último la de la frente; las quemaduras de las muñecas estaban secando sin problema, pero aun así, preferí volver a vendarlas. Después, con cierta dificultad, le puse la camiseta. Tan rápida y discretamente como pude le quité los *boxers* azules que había llevado hasta ahora y los remplacé por los negros que había traído del avión —aunque traté de no mirar, lo que vi confirmó que la naturaleza había sido generosa con Wilson también en ese departamento—. Por último le puse los pantalones y un montón de almohadillas debajo de la cabeza para que estuviese cómodo; aunque aún podía notar que los movimientos le causaban dolor, sus reacciones eran mucho más leves de lo que habían sido la última vez que intenté vestirle. Ya le había desvestido una vez y vestido otra: ojalá que no tuviese que volver hacerlo.

Había llegado el momento de intentar despertarlo: le llamé en voz alta, le di palmaditas en la mano y en la cara, le sacudí el hombro sano, pero lo único que conseguí fue que entreabriese ligeramente los ojos y mirase a su alrededor aturdido antes de volver a perder totalmente la consciencia. Al cabo de un rato, convencida de que todos mis esfuerzos serían en vano, desistí del intento.

Desmoralizada, me senté junto a la cascada a compadecerme de mí misma y a lamentarme por todas las incomodidades que hasta ahora había estado ignorando. Los mosquitos que abundaban y hacían que tuviese algunas partes del cuerpo deformadas por las picaduras, o la constante cacofonía selvática compuesta de pájaros histéricos, insectos zumbadores y monos chillones; los sustos que me daban los insectos enormes que constantemente pasaban volando a mi lado, o las culebras y serpientes que se paseaban, como si nada, por todas partes.

La espiral de autocompasión me llevó a darle vueltas a lo mucho que me dolía el cuerpo por culpa de las agujetas, lo cansada que estaba por pasarme el día yendo de un sitio a otro por este terreno implacable, o lo difícil que me estaba resultando atender a mis necesidades fisiológicas —lo más seguro es que en la vida que no recuerdo sea una estrecha o tenga algún complejo de infancia, a juzgar por lo que me revienta tener que orinar al aire libre—. Dormir en el suelo era muy incómodo y me moría de ganas de comer algo caliente.

Después de darle muchas vueltas a estos pensamientos tan poco constructivos comprendí que, en el fondo, si hasta ese momento me había negado a quejarme por menudencias era porque reconocía lo afortunada que había sido: la única superviviente de un terrible accidente de avión. No estaba herida y me sentía con fuerzas suficientes para atender a un herido, que quizás sin mi ayuda no habría sobrevivido.

Tenía comida y bebida, ropa y techo y, sobre todo, tenía la determinación de salir airosa de ésta. No tenía intención de rendirme. Iba a recobrar mi identidad y retomar mi vida. A partir de ese momento decidí que iba a apreciar cada respiro, cada momento de calma: se acabó sentirme culpable por disfrutar del paisaje, del frescor del agua clara sobre mi piel o por regodearme en un falso sentimiento de seguridad. Cada minuto cuenta y puede ser el último —si no que se lo pregunten a cualquiera de mis desafortunados compañeros de vuelo—.

Desde que desperté, había intentado con todas mis fuerzas recordar cualquier indicio, por pequeño que fuera, de mi vida pasada. Pero, hasta el momento, todos mis esfuerzos habían fracasado. No me acordaba de quién era y sin embargo recordaba con todo lujo de detalles películas, libros o programas de televisión. Como si lo único que se hubiese borrado de mi mente fuese todo lo que se relacionaba directamente conmigo —fechas, nombres, lugares y recuerdos de mi vida—.

Me hubiese gustado poder pensar en ese alguien que en algún lugar estaría llorando o rezando por mí. La noticia del accidente sería ya de dominio público y los familiares de las víctimas estarían esperando noticias con el corazón en vilo. Cada día que pasaba la esperanza de encontrarnos con vida iba disminuyendo y el dolor y el sentimiento de pérdida iban ganando terreno. Ojalá pudiera decirle a los míos que no se rindiesen, que no perdiesen la fe...

A veces me entretenía pensando en lo que ocurriría una vez que nos encontrasen los equipos de rescate. Sabía que conocer mi identidad sería relativamente rápido: bastaría con mirar el registro de pasajeros. A partir de ahí, y después de reunirme con mi familia, empezaría el proceso de recobrar la memoria, de descubrir quién era. Tal vez, el simple hecho de encontrarme en un lugar familiar hiciese volver de golpe los recuerdos enterrados.

También pasaba tiempo imaginando quién sería Wilson y cómo se habría visto implicado en la situación en que le encontré. Puede que fuese un rehén secuestrado por las guerrillas para reclamar un rescate con el que seguir financiando actividades paramilitares; o quizá fuese un agente de policía infiltrado en una red de narcotráfico. Aunque también podría ser miembro de una banda de criminales al que habían castigado por traición o un camello que quiso pasarse de listo. Lo cierto es que no sentía temor: un optimismo ingenuo me hacía pensar que Wilson se despertaría y que no supondría una amenaza para mí; al contrario, tenía ganas de que despertase y me ayudase a pensar, a tomar decisiones.

La soledad me pesaba. Echaba de menos el contacto humano, interactuar con otras personas. Creo que habría llevado muchísimo peor mi situación si no tuviese a Wilson conmigo. Ocuparme de él me distraía y daba un cierto sentido a esta situación. Su sola presencia alimentaba la esperanza de que las cosas iban a ir mejor. Y habría sentido exactamente lo mismo si Wilson fuese bajito y regordete; el hecho de que fuese un macizo de revista tenía además la ventaja de alegrarme la vista —una vez más tenía que reconocer que, a pesar de todo, era una mujer afortunada—.

El secreto de la felicidad consiste en saber apreciar lo que tenemos en lugar de desear lo que nos falta. Si ésta es la filosofía con la que había vivido hasta ese día, estaba segura de que, fuese quien fuese, debía ser una persona feliz. Si eran los acontecimientos que estaba viviendo los que estaban cambiando mi actitud hacia la vida, no me cabía duda de que el futuro sería mejor y que, con el tiempo, cuando mirase hacia atrás e hiciese balance de lo vivido, consideraría este accidente como el momento crucial en el que cambió por completo el curso de mi existencia.

"Tampoco te pases, querida" —oí decir a la voz en mi cabeza—. "Cualquiera diría que te has fumado una liana. Esta situación es un asco, lo mires por donde lo mires. Entiendo que quieras ver el lado positivo, pero tampoco hay que exagerar".

Se me cerraban los ojos, pero antes de acostarme quería comprobar cómo seguía mi paciente y darle el antibiótico. Mañana sería otro día.

CUARTO DÍA

Aquella mañana amanecí más animada. Había conseguido dormir sin pesadillas y tampoco había pasado tanto frío. Me despertaron los rayos de luz matutinos sobre la cara. Me levanté y miré a Wilson que seguía durmiendo plácidamente. Cogí un zumo y unas galletas y salí a desayunar al pie de la cascada. El color rosa del amanecer estaba dejando paso al azul intenso de la mañana, destacando aún más la sinfonía de verdes del paisaje. El agua se veía más clara y tentadora que nunca. Decidida a poner en práctica las resoluciones de la noche pasada, sin pensármelo dos veces, me quité la ropa y me tiré de cabeza, sintiendo cómo se apoderaba de mí una fuerza revitalizadora.

Alargué mi baño mientras el calor de la mañana se hacía más intenso. Salí del agua y me tumbé un rato al sol. Mientras sentía la caricia de la brisa sobre mi piel, dejé que el sonido de la cascada invadiese mi mente y ahuyentase cualquier pensamiento desagradable. Estuve un buen rato disfrutando de aquel estado de calma total; cuando noté que el sol empezaba a quemarme la piel, me vestí y volví a la cueva para refugiarme del calor.

Nada más entrar tuve una sensación extraña, un vacío. Wilson había desaparecido. Salí de la cueva gritando el nombre que le había puesto, sin pensar que las posibilidades de que en realidad se llamase Wilson eran bastante remotas. Sentí un terror parecido al que imagino siente una madre que de repente no encuentra a su hijo en un supermercado. Me sentía responsable de su bienestar y culpable por haber permitido que desapareciese y quizás estuviese en peligro.

"Cálmate y deja de pensar estupideces" —me ordenó mi voz interior—. "Recuerda que tu protegido es un hombre hecho y derecho. Si ha salido de la cueva por su propio pie es buena señal, ¿no crees? Quizás, lo que te asusta es que ahora vas a tener que enfrentarte a él."

En ese momento, Wilson, que por el ritmo rápido de sus pasos debía de haber sido alertado por mis gritos, apareció de detrás de unos árboles. Nos miramos con aire inquisitivo. Era mucho más alto de lo que me había parecido tumbado —debía de medir más de un metro ochenta— y tenía los ojos de un azul intenso.

—*Calm down* —dijo con voz ronca—. No habla español, *I needed to pee, you seemed relaxed and I didn't want to disturb you*[1].

"No cabe duda de que, además de macizo, este chico es eficaz: en cinco frases breves te ha dicho todo lo que tenías que saber; bueno, incluso algo más, pues francamente no necesitabas saber que había satisfecho sus necesidades fisiológicas" —oí decir a la voz burlona que no se callaba dentro de mi cabeza y que yo trataba de ignorar.

El verdadero nombre de Wilson resultó ser Jesse Morgan y era americano. Nos comunicamos en inglés. Lo primero que

---

1 "Cálmate... tenía que mear, parecías relajada y no quise molestarte."

me preguntó era dónde estaba y cómo había llegado hasta aquí. Le ofrecí el poco café que quedaba en el termo del avión y algo de comer, y después le conté lo que había deducido sobre el accidente del *jeep* en el que le encontré y la muerte de sus raptores; también le di detalles sobre el estado deplorable en el que le había encontrado, cómo le había transportado hasta la cueva y prestado los cuidados que había creído necesarios.

—Tenemos que irnos de aquí cuanto antes. Los tipos que me cogieron deben estar buscando el *jeep* como locos —me interrumpió alarmado.

—No te preocupes; ya lo han encontrado —le tranquilicé.

Entonces le conté el regreso de los narcotraficantes, mi descabellado plan y la manera en que aparentemente se lo habían tragado. Escuchó con atención, entre sorprendido e incrédulo. Preferí no pedirle detalles de su vida o las circunstancias que precedieron al accidente pues, por mucho que mi optimismo me hiciese pensar que Jesse era una buena persona, tanto si lo era como si no, iba a pasar algún tiempo con él, así que era mejor no saber demasiado, de momento.

Más tranquilo, me preguntó por mí. Darle detalles sobre el tema fue bastante fácil, pues aparte de explicarle cómo desperté después del accidente, no había mucho más que pudiese contarle.

—¿Así que no recuerdas nada? —me preguntó con cierta incredulidad.

—Nada, ni siquiera sé cómo me llamo, de dónde o hacia dónde viajaba. Creo que soy española.

—Bueno, no será muy difícil encontrar información sobre la procedencia y el destino del avión revisando entre los restos y, con un poco de suerte, también encontraremos tu pasaporte.

Jesse pensaba que debíamos de estar en algún lugar entre la frontera de Guatemala y Honduras, en una región totalmente tomada por guerrillas y narcotraficantes. Consideraba que nuestra mejor opción era tratar de alejarnos de aquel nido de avispas cuanto antes. Decidimos que a esas horas no era razonable ponerse en camino; la tarde avanzaba su curso acortando por momentos las horas de sol. Además, aunque Jesse decía encontrarse bien, me parecía arriesgado dejar el refugio sin comprobar al menos que pasaba una buena noche. Sugirió entonces ir a investigar a la zona del accidente, pero le expliqué que ya lo había intentado sin mucha suerte y que preferiría no tener que volver allí. Sin embargo me pareció una buena idea que él probara suerte, así que le acompañé hasta el lugar del accidente y volví a la cueva.

Tal como me había imaginado, el hecho de que Jesse hubiese recuperado la consciencia aliviaba el peso de la situación sobre mis hombros. Se notaba que era una persona acostumbrada a tomar decisiones. Además, los dos estábamos de acuerdo sobre el plan a seguir: teníamos que salir de allí como fuera. En el fondo, la idea de esperar a ser rescatados no me convenció en ningún momento, pero el estado de Jesse me había obligado a quedarme —eso y la falta de confianza en mis habilidades de supervivencia en un medio hostil—. Con un poco de suerte, mi compañero sabría cómo sacarnos de allí evitando ponernos en peligro. No me costaría dejarle tomar las riendas de la situación y seguir sus pasos.

Me senté a contemplar la tarde, disfrutando de esta sensación de alivio que, fundada o no, era nueva para mí. Al menos ya no estaba sola e intuía la luz al final del túnel. Jesse volvió al cabo de un par de horas con lo que me pareció una expresión de triunfo en la cara. Traía a la espalda un macuto inmenso.

—El avión en el que viajabas volaba entre Miami y Tegucigalpa con la compañía Taca Airways, lo que confirma mis sospechas sobre la zona donde nos encontramos. Cuanto antes nos vayamos de aquí, mejor. Ya tenemos dinero e identidad —añadió mientras sacaba un taco de billetes y pasaportes de uno de los bolsillos laterales de la mochila.

Su expedición había resultado muy productiva y, aparte de pasaportes y dinero, mi amigo había cogido todo aquello que podía sernos útil para nuestra expedición selvática —según él, por suerte para nosotros, en aquel vuelo viajaba más de un senderista bien equipado—. Jesse pensaba que, mientras estuviésemos en ese lugar, estábamos en peligro: él por ser persona non grata para los narcos —siempre cabría la posibilidad de que los traficantes volviesen y alguien le reconociese— y yo, por mi posible relación con él y lo que pudiese o no saber de sus asuntos. Por eso lo mejor era huir hacia la civilización y usar identidades falsas hasta estar seguros de que estábamos a salvo. Mientras estuviésemos en aquella zona no podríamos fiarnos de nadie, ni siquiera de las autoridades. Aparte de la profunda corrupción que lacraba la región, en todas partes había individuos dispuestos a saltar sobre la oportunidad de hacerle un favor a las mafias locales y mejorar su situación económica a cambio de información.

Decidimos que tan pronto nos despertásemos a la mañana siguiente, nos pondríamos en camino. Seguiríamos río abajo hasta encontrar un poblado; Jesse calculaba que eso nos llevaría entre uno y tres días dependiendo de la zona donde estuviésemos. Fingiríamos ser una pareja de turistas que se habían desviado de su ruta inicial. Tan pronto como nos fuese posible alquilaríamos un vehículo y nos iríamos a Tegucigalpa. Una vez allí reconsideraríamos nuestras opciones.

Habíamos repasado cada detalle de nuestro plan, cuando un silencio incómodo se instaló entre nosotros: yo no conocía a Jesse lo suficiente, pero por la manera en que me miraba tenía la sensación de que no me había dicho todo lo que había encontrado en el avión. La cobardía me impedía preguntarle si había encontrado algo sobre mí: supongo que lo que más temía era que me dijese que había descubierto que yo no viajaba sola, que uno de los cadáveres que poblaban mis pesadillas era el de un ser querido...

—Tengo noticias aunque aún no sé si son buenas o malas —la voz de Jesse detuvo el hilo de mis sombríos pensamientos—. He encontrado tu bolso y a juzgar por este pasaporte eres americana, te llamas Lisa Hamilton y naciste en White Plains, Nueva York.

Me entregó el documento dejándome tiempo para asimilar la información que acababa de darme; supongo que quería ver si los recuerdos se despertaban en mi memoria bloqueada.

—Pero a juzgar por este otro pasaporte, que también estaba metido en el mismo bolso, pero escondido en un doble fondo, eres española, te llamas Elisa Luna de Mena y naciste en Madrid. Según ambos documentos tienes 31 años.

Jesse me tendió el segundo pasaporte, así como el bolso de cuero negro en el que había encontrado los documentos. De golpe entré en un estado de aturdimiento total, como si no fuese capaz de entender lo que Jesse me acababa de decir. Abrí ambos pasaportes: en los dos estaba la foto de la misma mujer que yo había visto reflejada en el espejo, sin embargo ninguno de los nombres me evocaba ningún recuerdo. Abrí el bolso y empecé a revisar su contenido. Primero saqué una cartera roja de piel. Además de unos mil dólares en efectivo, no había ni fotos, ni tarjetas de crédito, ni ningún otro documento que me diese información sobre mi misteriosa identidad. Junto a la cartera había un sobre de papel marrón con nueve mil dólares más en metálico.

"Demasiado efectivo para llevar encima sin un motivo sospechoso, sobre todo teniendo en cuenta que diez mil dólares es el límite de efectivo con el que se puede viajar sin tener que declararlo" —escuché decir a mi voz interior.

En el bolsillo exterior del bolso había un billete de avión en primera clase con vuelta abierta, y una página impresa con una reserva de seis días en el Hotel Intercontinental Real Tegucigalpa, también a nombre de Lisa Hamilton. En una esquina de la hoja había escrito un nombre, Santiago Ochoa, y un número de teléfono con prefijo 504. Nada de eso despertaba el más mínimo recuerdo. El resto del contenido del bolso era anodino: chicles, un pintalabios rosa, unas gafas de sol y una revista de *sudokus*. Nada que pudiese darme alguna pista más sobre quién era.

Me vine abajo, sobrepasada por toda esta información desconcertante. Me desmoralizaba no recordar, pero me deprimía aún más que aquel descubrimiento no sólo no ofrecía respuestas sino que suscitaba nuevos interrogantes: ¿qué tipo de persona usa un pasaporte falso? Desde que desperté sin memoria había especulado en muchas ocasiones sobre cuál sería mi identidad y lo que pasaría cuando volviese a mi antigua vida y recordase: el rencuentro con mi familia, la vuelta al trabajo, incluso el papeleo y los trámites por los que tendría que pasar después de un accidente de tal calibre. No sé por qué, pero en todos esos escenarios, la vida que imaginaba era normal, simple y satisfactoria.

Los dos pasaportes y el efectivo en aquel bolso desconocido me invitaban a contemplar por primera vez la posibilidad de que quizás no fuese una persona con una vida normal y anodina. Hasta ahora había asumido que el trauma del accidente era lo que había producido la amnesia, pero ¿y si por el contrario el accidente le hubiese ofrecido a mi memoria la excusa para deshacerse de un pasado comprometedor? Durante el tiempo en el que había estado sumida en mis divagaciones, Jesse había permanecido a mi lado en silencio. Su cálida voz me sacó de mi ensimismamiento:

—¿Recuerdas algo?

Le miré a los ojos antes de darme cuenta de que los tenía llenos de lágrimas. Hubiese preferido ocultarle mi lamentable estado de ánimo.

—No me acuerdo de nada y ahora ni siquiera estoy segura de querer acordarme...

La voz se me quebró antes de que pudiese terminar la frase. Me puse en pie avergonzada; no quería sentirme tan vulnerable delante de un desconocido. Jesse me detuvo cogiéndome por los hombros.

—No te lo tomes así. Mira el lado positivo: por lo menos ahora tenemos por dónde empezar a buscar —dijo al mismo tiempo que tomaba mi cara entre sus manos y me obligaba a volver a mirarle a los ojos.

Con el pulgar apartó la lágrima que rodaba por mi mejilla y añadió:

—Reconoce que todo esto es muy emocionante, quizás seas una espía rusa o una traficante de armas. ¿Crees que debería preocuparme por mi seguridad?

No sé si fue el tono burlón o la sonrisa que se dibujó en su rostro, pero de repente me sentí mejor. Le devolví la sonrisa y por un instante me perdí en el azul de su mirada.

—Tienes razón, no sirve de nada darle vueltas ahora. Concentrémonos en cosas más prácticas como hacer fuego y asegurarnos de que todo esté listo para mañana —dije tratando de parecer más tranquila.

Vaciamos completamente la cueva devolviendo al avión todo lo que no íbamos a llevarnos con nosotros. Por lo que pudiese pasar, debíamos tratar de dejar el menor rastro de nuestra presencia. Aquella noche no pude pegar ojo. Metida en el saco de dormir y con la mirada fijada en las llamas traté desesperadamente de encontrar en el fondo de mi memoria cualquier reminiscencia del pasado. El esfuerzo sirvió de poco y lo único que conseguí fue aumentar la sensación de ansiedad.

Una vez más consideré la posibilidad de que quizás mi amnesia fuese una vía de escape ante una realidad abrumadora; ¿qué podía ser tan horrible como para hacerlo desaparecer en el abismo de mi inconsciente, incluso al precio de olvidar todo lo demás? Y si ese algo fuese realmente tan espantoso, ¿por qué tratar de recobrarlo? ¿No sería mejor olvidar el pasado y empezar de cero? Pronto me di cuenta de que el simple hecho de tener estos pensamientos mostraba una cobardía que me resultaba insoportable; preferir olvidar a enfrentar la realidad, por dura que ésta fuese, decía de mí cosas que no estaba dispuesta a aceptar.

Quizás lo desproporcionado de mi reacción se debiese al cansancio y la tensión a la que estaba sometida, pero lo cierto es que por un momento detesté a la que fui por no llevar una vida irreprochable. Al mismo tiempo me daba cuenta de lo injusto que era condenarla antes de saber con certeza si era culpable y de qué cargos. Hasta que se demostrase lo contrario, dos pasaportes no probaban nada; puede que fuese policía, detective o un testigo protegido...

Al cabo de un rato inventándome explicaciones razonables, me sentí más animada: estaba decidida a descubrir lo que se ocultaba tras el velo del olvido, a asumirlo o repararlo. Pero lo primero que tenía que hacer, y lo que requeriría toda mi atención, era llegar a Tegucigalpa de una pieza; una vez allí, empezaría a investigar mi pasado. Antes que nada buscaría en Internet mis dos identidades y me pondría en contacto con Santiago Ochoa, quien quiera que fuese.

Mañana marcaría el principio de una nueva etapa, un nuevo salto en lo desconocido. En tan sólo unos días, aquel agujero en la roca se había convertido en el centro de mi universo. Debido a mi amnesia, esa cueva, la cascada, la poza y el camino hasta el avión constituían el único entorno relativamente familiar que existía para mí. Alejarme de aquel lugar para adentrarme en terreno desconocido, y probablemente peligroso, me asustaba, pero al mismo tiempo sabía que no teníamos otra opción mejor para ponernos a salvo y encontrar las respuestas que me permitirían recuperar mi vida.

El futuro inmediato se presentaba incierto y amenazador. Por un lado estaban los obstáculos naturales que tendríamos que superar; era demasiado optimista pensar que los dos kilómetros de río que yo había explorado representaban el estado del resto del camino que tendríamos que recorrer hasta encontrar algún poblado. Mentalmente me sentía preparada; físicamente no estaba tan segura de mí misma; tenía la sensación de ser bastante torpe, y aunque mi forma física no era particularmente mala, presentía que el barranquismo no formaba parte de mis aficiones preferidas. Pero si querer es poder, yo podría, de eso no me cabía duda: de todos modos no me quedaba más remedio.

Por otro lado, lo que verdaderamente hacía nuestra situación peligrosa era la posibilidad de toparnos con alguna de las muchas bandas de narcotraficantes que, según Jesse, operaban en la región. Seguía sin saber qué era lo que había hecho mi compañero para merecer el trato que le dieron los narcos que vinieron a buscar el *jeep*, pero lo que estaba claro es que, como nos encontrásemos con ellos, no saldríamos con vida. Sin pensar en lo que sin duda sería el peor de los escenarios, encontrarnos con cualquier otra banda podía ser potencialmente arriesgado: una pareja de turistas perdidos dejaría indiferente a algunos de esos grupos, pero otros verían la posibilidad de convertirnos en rehenes y pedir rescate a cambio de nuestra libertad. No servía de nada preocuparse demasiado por algo que podía o no pasar. De todos modos, salvo mantenerse alerta, había poco que pudiésemos hacer para prevenir un posible encontronazo.

Miré a Jesse que dormía apaciblemente a pocos metros de mí. Tenía la sensación de conocerle desde hacía mucho tiempo, cuando en realidad, contando el tiempo que había estado inconsciente, le encontré hacía sólo cuatro días. Su compañía, desde que despertó, rompió completamente la soledad que había sentido desde que abrí los ojos después del accidente. El tiempo que pasamos juntos había sido intenso y angustioso para mí. Apenas un par de noches atrás había creído que no sobreviviría a sus heridas; pero lo había conseguido y yo me alegraba de haber tenido el coraje de hacer todo lo que hice para salvarle, incluyendo la manipulación poco ortodoxa de los restos de un pobre desgraciado.

La presencia de Jesse mejoraba mis posibilidades de salir de esta situación sana y salva. A juzgar por su actitud y sus reacciones, era evidente que ésta no era la primera vez que se encontraba en una coyuntura complicada y que su capacidad de supervivencia había sido puesta a prueba en más de una ocasión. Quizás me equivocaba, pero Jesse me caía bien y tenía el presentimiento de que era una buena persona, a pesar de las dudosas circunstancias en las que le encontré y el odio con el que su supuesto cadáver había sido rematado por los traficantes. El propio Jesse se había autodefinido como "persona non grata" para los narcos; si hubiese sido un rehén inocente, habría elegido probablemente otra expresión.

Recordé el tacto con el que me había anunciado el descubrimiento de mi bolso, lo discreto que había sido al permanecer totalmente callado mientras yo asimilaba la información y la forma casi entrañable con la que había actuado para levantarme la moral cuando me había sentido tan vulnerable. No pude evitar que el hilo de mis pensamientos me transportase a la noche que habíamos pasado juntos en el mismo saco de dormir donde ahora yo descansaba: recordé lo segura que me había sentido entre sus brazos, cómo mi cuerpo había reaccionado a la proximidad del suyo y se me puso la carne de gallina. Por unos segundos contemplé la posibilidad de levantarme y meterme en su saco de dormir...

"¿Te has vuelto completamente loca o ya lo estabas antes? Mejor no adentrarse en un terreno tan delicado" —oí decir a la sabia voz en mi cabeza—. "Lo único que te falta en estos momentos es enamorarte de un tío del que no sabes absolutamente nada, salvo que está como un tren. ¿Eres consciente de que, suponiendo que por milagro el macizo estuviese dispuesto a hacérselo contigo, en tu situación actual, terminarías enamorándote de él y con el corazón hecho trizas?"

A pesar del tono, un tanto vulgar y totalmente fuera de lugar, no podía evitar estar de acuerdo con lo que me decía aquella voz tan razonable. Con la capacidad de especular que estaba poniendo en evidencia desde que desperté sin memoria, di rienda suelta a una lógica que en aquellos momentos me pareció implacable. Jesse me atraía físicamente —como seguro que atraía al resto de las mujeres heterosexuales del planeta Tierra y las galaxias colindantes—. Pero ceder a esa atracción, suponiendo que la ocasión se presentase, sería extremadamente peligroso en estos momentos de fragilidad en los que me encontraba. Sería difícil para mí no dejar que se involucrasen los sentimientos puesto que, sentimentalmente, tenía un vacío total. La situación sería todavía más complicada si consideraba la posibilidad de que acostándome con Jesse y, sobre todo, enamorándome de él, podía estar siéndole infiel a la pareja que quizás tenía en algún lugar y que, en estos momentos, podía estar sufriendo por mi ausencia... Resultaba enrevesado el simple hecho de pensarlo.

"Conclusión: tienes que evitar la tentación a toda costa, y para eso lo mejor es que evites al máximo cualquier contacto físico con tu apuesto amigo" —me sugirió con sorna mi voz interior—. "Sinceramente creo que no puedes fiarte de tus reacciones. ¿O tengo que recordarte que esta misma tarde casi te derrites cuando le miraste a los ojos y sentiste el contacto de sus manos sobre tu rostro? Basta de tonterías".

Saqué a Jesse de mis pensamiento y volví a concentrarme en el fuego que poco a poco se iba consumiendo. El cansancio terminó por ganar la batalla y me dejé caer en un profundo sueño.

QUINTO DÍA

A la mañana siguiente nos levantamos con los primeros rayos de sol y nos pusimos en camino. Con los macutos a la espalda y las viseras en la cabeza pareceríamos dos turistas de acampada; con un poco de suerte no levantaríamos sospechas. A medida que nos alejábamos de la cueva sentí un nudo en el estómago. Preferí no mirar atrás y despedirme de aquel lugar al que jamás volvería, pero que sin duda recordaría el resto de mi vida.

Los primeros kilómetros fueron relativamente sencillos, la orilla era lo bastante amplia para permitirnos avanzar sin demasiada dificultad. El paso de Jesse era sostenido y, con gran esfuerzo por mi parte, fui capaz de seguir su ritmo; por suerte para mí, las heridas apenas recién curadas de mi compañero le impedían ir más rápido. Caminamos sin parar más que lo imprescindible para aprovechar al máximo la luz del día. Cuando empezase a atardecer montaríamos el campamento; la selva de noche se volvía mucho más amenazadora.

Pronto el sendero se fue haciendo más escarpado y complicado; poco a poco la orilla fue desapareciendo a medida que nos adentrábamos en un cañón estrecho. El caudaloso río corría erosionando la roca y arrastrando a su paso cualquier obstáculo que se interpusiese en su camino. Avanzar en esas circunstancias resultaba angustioso y agotador, ya que cada paso sobre las piedras mojadas ponía a prueba destreza y equilibrio; resbalar supondría un gran peligro ya que la fuerza del agua nos arrastraría haciéndonos chocar contra los pedruscos afilados que asomaban entre la espuma de la corriente. El ensordecedor sonido del agua alimentaba la sensación de estrés de la situación.

Finalmente llegamos a un barranco imponente. Con cuidado y agarrándonos a las sólidas ramas de los árboles que crecían en la orilla, nos asomamos al borde y, asombrados, contemplamos cómo el río se dejaba caer majestuosamente al vacío para después, a unos 20 metros más abajo, entrar en picado en una poza amplia y bastante parecida a la que habíamos dejado atrás aquella mañana. Acobardada observé las dos paredes de piedra brillante que se erguían retadoras a ambos lados del torrente. Sabía que no podíamos volver hacia atrás, que la única opción que teníamos era buscar la manera de bajar esas paredes pero, desde el alto en el que nos encontrábamos, eso me parecía una proeza fuera de mi alcance.

Tras un largo silencio durante el que supuse que Jesse había estado analizando nuestras opciones, se quitó la mochila y sacó una cuerda larga. Con destreza y decisión la ató a una rama lo suficientemente resistente para aguantar nuestro peso.

—Imagino que no recuerdas si has hecho *rappel* antes —preguntó.

—A juzgar por el temblor de mis piernas y la taquicardia estoy segura de que no —contesté tratando de que mi voz sonase lo más neutra posible.

—Bueno, no te preocupes, es fácil y divertido...

"Este chico es idiota" —pensé, aunque lo que dije fue:

—Sí, me imagino que tan fácil y divertido como caminar sobre brasas o cruzar el Niágara en bicicleta.

Me miró sorprendido, tratando de descifrar el contenido y el tono de lo que acababa de decir —era evidente que el sarcasmo no era su punto fuerte y que Juan Luis Guerra no formaba parte de su repertorio musical—. Aun así, tenía que reconocer que sin su determinación jamás me hubiera atrevido a hacer semejante hazaña. Quizás estaba loco o era un inconsciente, pero no me quedaba más remedio que seguir sus instrucciones.

—La cuerda que tenemos no nos va a permitir llegar hasta abajo de un tirón, así que lo vamos a hacer en dos etapas, la primera hasta esa especie de cornisa que está más o menos a mitad de camino.

Miré la pequeña plataforma que me estaba indicando y que sobresalía a unos diez metros de donde estábamos.

—No te preocupes, tú mira cómo lo hago yo —continuó mientras hacía pasar la cuerda entre sus piernas, alrededor de la cadera, por delante del pecho, por encima del hombro y por último dejándola caer a su espalda—. Pones los pies en la pared, te impulsas hacia atrás y te vas dejando caer con la cuerda bien sujeta y con cuidado de no dejar que se te salga de las piernas. Yo te sujeto abajo.

A continuación se lanzó hacia atrás y en unos segundos estuvo en la cornisa mirando hacia arriba y animándome a bajar. Con cuidado me enrollé la cuerda tal y como había visto hacerlo a Jesse y sin pensármelo dos veces —pues de haberlo hecho me habría quedado en lo alto del salto para siempre— empecé el descenso. Como era de esperar, la experiencia no fue nada divertida; aparte del miedo y la tensión que sentía en cada uno de mis músculos, el roce de la cuerda me quemaba el hombro y la entrepierna.

—¿Ves como no era para tanto? —dijo Jesse mientras me sujetaba y luego recuperaba la cuerda.

La estrecha plataforma de piedra en la que nos encontrábamos no ofrecía ninguna grieta que nos permitiese asegurar la cuerda, así que decidimos que la mejor solución sería saltar a la poza. Debíamos de estar a menos de diez metros del agua; lo cierto es que después de la traumática experiencia del *rappel,* casi prefería asumir el riesgo de que el fondo no fuese suficientemente profundo. Lanzamos primero los macutos a la orilla para evitar que se mojaran, y luego, uno detrás del otro, nos tiramos al centro de la poza. El agua estaba helada y resultaba incómodo sentir la ropa mojada pegada a la piel, pero me dejé llevar. Nadé hasta la orilla y, extenuada por la tensión y el esfuerzo, me tumbé boca arriba observando el cielo azul de la tarde. Miré a Jesse, que se había tumbado a mi lado, y con una sonrisa le dije:

—¿Ves? Esto sí fue fácil y divertido.

Instalamos el campamento a unos pocos metros de la cascada. Necesitábamos recuperar fuerzas y, de todas formas, no tardaría mucho en anochecer. Jesse llevaba en su macuto una tienda iglú que montamos enseguida. Tras cambiarme de ropa y poner la mojada a secar sobre unas ramas, empecé a recoger leña para el fuego mientras Jesse fue a investigar los alrededores. Lentamente el sol se fue ocultando, dejando tras de sí un cielo naranja y dorado. Como la temperatura había bajado bastante, me senté junto al fuego y puse a calentar agua para té. Para mi sorpresa, Jesse no tardó en regresar con un pez de buen tamaño y un manojo de plátanos. Pensar en el festín que nos esperaba me puso de buen humor.

Pusimos el pescado a asar atravesándolo con un palo largo y, mientras se hacía lentamente al fuego, nos sentamos tranquilamente a contemplar el atardecer y beber el té recién hecho. Durante unos momentos disfrutamos del entorno sin pensar en las circunstancias que nos habían llevado hasta allí; era como si fuésemos verdaderamente turistas gozando de unas vacaciones al aire libre. Jesse se levantó para dar vuelta al pescado y me di cuenta de que la pernera de su pantalón estaba manchada de sangre; lo más probable es que la herida de la pierna se le hubiese abierto con el ajetreo.

—Creo que debería echar un vistazo a tus heridas —dije mientras sacaba de mi mochila el botiquín que había preparado.

Jesse se sometió de buena gana a la rutina de la cura. La hinchazón de su cara había desaparecido casi por completo y los moratones, que antes eran rojos y violetas, se habían vuelto grises y amarillos.

—Nunca te di las gracias por salvarme la vida —dijo mientras yo le quitaba el esparadrapo de la frente—. Tengo suerte de que hayas sido tú la que me encontró: se necesita imaginación, valor y determinación para hacer lo que hiciste.

—Me alegro de haberlo hecho. Además, si no hubiese sido por ti, me hubiese quedado en lo alto de la catarata hasta la muerte, así que estamos en paz —respondí con una sonrisa.

La brecha de la frente estaba casi curada. Le pedí que se quitase la camiseta para examinar la herida del hombro que cicatrizaba sin problema: la limpié y volví a vendarla para evitar que los roces arrancaran la costra que se había formado. Mientras lo hacía no pude evitar mirar sus pectorales y el color dorado de su piel... "Agua helada, querida, ducha fría ¿recuerdas?"—oí decir a la sabia voz en mi cabeza.

—Ahora tengo que quitarte los pantalones. —En cuanto terminé la frase, me di cuenta de lo inapropiado que sonaba—. Quiero decir, que mejor te los quitas...

Me estaba poniendo nerviosa y, por si no se notaba lo suficiente, empecé a tartamudear.

—No, no es que quiera que te los quites, es que lo necesito.

"Cállate, hermosa, que se te está viendo el plumero" —agradecí la interrupción de mi álter ego.

Entre tanto mi compañero ya se había puesto de pie y se estaba bajando la cremallera del vaquero. Jesse medio desnudo formaba parte de las situaciones potencialmente "tentadoras" que me había propuesto evitar.

—¡Para! —grité levantándome de un salto mientras notaba como el rubor subía a mis mejillas.

—Vamos, Lis, no me digas que ahora tienes reparos; si tú y yo sabemos que has visto todo lo que hay que ver. —Era evidente que Jesse se estaba divirtiendo con la situación.

—No es que tenga reparo —respondí tratando de sonar lo más natural posible—, es simplemente que me parece absurdo ser yo la que te limpie la herida de la pierna cuando tú puedes hacerlo mucho mejor. —Esquivé su mirada, aunque por el rabillo del ojo pude ver una sonrisa burlona en sus labios—. Además, tengo que recoger la ropa que ya debe de estar seca.

Sin esperar un posible comentario sobre lo ridículo de la explicación, salí disparada. Descolgué la ropa rápidamente y entré en la tienda a doblarla y meterla en la mochila con parsimonia; quería dar tiempo a que Jesse terminase de curar su pierna y volviese a vestirse. Salí de la tienda unos minutos más tarde y me dirigí directamente a la hoguera. El pescado estaba listo y tenía una pinta excelente. Para mi alivio, Jesse no hizo ningún comentario jocoso sobre el incidente.

La cena me supo a gloria. El pescado estaba muy bueno y sobre todo era un placer comer algo caliente; los plátanos, aunque poco maduros, ponían el toque dulce al banquete. Jesse me contó cómo, cuando era pequeño, iba a pescar con su padre y su hermano a un río cerca de su casa, y cómo su madre y su hermana les esperaban sentadas en el porche para cocinar lo que habían pescado. Si alguna vez llegaban con las manos vacías, su madre les levantaba la moral diciéndoles que en realidad esa noche ella tenía ganas de comer *pizza*. Yo le tomé el pelo diciendo que, salvo por la *pizza*, su historia parecía una escena de *La casa de la pradera*.

Después de cenar contemplamos el crepúsculo en silencio. El cielo se fue llenando de estrellas y la luz de la luna cubrió de plata el frondoso paisaje. Todos mis sentidos se dejaron engatusar por la magia de la noche. Mi mente se entretuvo descifrando el sinfín de sonidos que se escuchaba: el crepitar del fuego, el canto de grillos y cigarras, el murmullo de la cascada a lo lejos. Aspiré profundamente el olor a leña quemada que se mezclaba con el resto de los aromas frescos de la selva. Una agradable sensación de serenidad se fue apoderando de mí, relajando a su paso mi dolorida musculatura.

—Me pregunto si en la vida que no recuerdo sabía disfrutar de momentos de paz como éste —dije pensando en voz alta.

—Debe de ser increíble tener la oportunidad de hacer borrón y cuenta nueva, de reinventarse y apostar por un nuevo principio —comentó Jesse mientras jugueteaba tirando piedrecitas al fuego.

—Supongo que sí, si es algo consciente y voluntario. Cuando, como en mi caso, lo vivido ha sido borrado de un plumazo, más bien se tiene la impresión de haber sido desposeído de tu vida: como si hubiesen amputado una parte de tu cuerpo. Cuando te quedas sin pasado, también pierdes la personalidad, la capacidad de opinar y decidir. Al no saber quién eres, no sabes lo que te gusta, lo que prefieres; en cierto modo desconfías de cada idea, de cada sensación, de cada emoción, pues no sabes si es genuina y auténtica o si te estás traicionando a ti mismo... Más que la exaltación de empezar algo nuevo, lo que siento es la necesidad angustiosa de llenar el enorme vacío que llevo dentro... —Me callé de repente, lamentando que el momento de relax y paz interior hubiese desaparecido por completo. —Se hace tarde y estoy molida, así que me retiro. Buenas noches, Jesse.

—Buenas noches, Lis.

La luz del fuego daba al reducido interior de la tienda un aire acogedor. Me metí en el saco y debí de quedarme dormida enseguida porque no recuerdo nada después de ese momento. Entre sueños sentí la presencia de Jesse a mi lado, pero tampoco recuerdo haberle oído entrar en la tienda.

SEXTO DÍA

Me despertó el sol matinal que estaba haciendo que la temperatura subiese rápidamente dentro de la tienda. Me costó espabilar; tenía un mal presentimiento. Todavía entre sueños oí voces fuera. Me incorporé sobresaltada. El saco junto al mío estaba vacío. Agudicé el oído tratando de escuchar la conversación: con su español lamentable, Jesse acababa de ofrecer una taza de té que una voz masculina aceptó agradecida.

El corazón empezó a latirme con fuerza. Recordé que mientras repasábamos los detalles de nuestra expedición, Jesse me había dicho que, puesto que en aquella región remota había numerosas bandas de criminales y autoridades corruptas, encontrarnos con gente antes de llegar a un poblado sería, casi seguro, mala cosa. Respiré hondo y traté de calmarme diciéndome que si hubiesen sido hombres armados con malas intenciones, el tono de la conversación habría sido diferente y Jesse no estaría preparando té.

De cualquier manera no podía quedarme en la tienda para siempre, así que, armándome de valor, subí la cremallera y a gatas salí al exterior dispuesta a actuar como una amable turista pasando sus vacaciones en la selva hondureña. Jesse estaba sentado sobre uno de los troncos que habíamos puesto al lado del fuego la noche anterior. Incluso de perfil, la expresión de su cara no dejaba presentir ningún peligro. Con él había tres hombres: frente a él, un chico joven, alto y moreno, y otro de mediana edad bastante más corpulento y vestido con uniforme militar. El tercer individuo estaba sentado a la derecha de Jesse, de espaldas a la tienda.

El ruido de la cremallera atrajo la atención del grupo, haciendo que los cuatro se volviesen hacia mí con cierta curiosidad. El corazón me dio un vuelco al reconocer al tipo que me había estado dando la espalda: se trataba de un miembro de la banda de narcotraficantes que encontraron el *jeep* unos días antes: aquel era el chico que había descubierto el supuesto cadáver de Jesse. No sé cómo fui capaz de controlar mis nervios y ocultar el terror que me había producido la visión de ese hombre, pero sonreí y, de la manera más natural del mundo, di los buenos días a nuestros inesperados visitantes.

Por suerte, parecía que ninguno de los tres individuos había reconocido a Jesse, pero si éste tampoco los había reconocido a ellos, yo debía avisarle cuanto antes. Se suponía que Jesse y yo éramos pareja, así que con paso decidido me acerqué a mi supuesto marido y me senté en sus rodillas.

—Buenos días, corazón —dije mientras le rodeaba con los brazos.

Ignorando a nuestros invitados le besé apasionadamente en la boca y después, entre risitas cómplices, le susurré al oído:

—Uno de estos hombres encontró tu cadáver.

Era consciente de que aquel comportamiento no era natural ni apropiado, pero era lo único que se me había ocurrido para alertar a mi compañero. Esperaba que nuestros visitantes sólo viesen en ello el gesto maleducado de una pareja de tortolitos. Siguiéndome la corriente, Jesse me rodeó con sus brazos y volvió a besarme; la ligera presión que ejercieron sus manos sobre mi cintura me indicó que había comprendido lo que acababa de decirle. Me levanté maldiciendo para mis adentros que no hubiésemos dedicado más tiempo a ponernos de acuerdo sobre todos los detalles de nuestra coartada.

—Hola, ¿qué tal? Soy Lisa, su esposa —dije señalando a Jesse con la cabeza al tiempo que ofrecía la mano a los tres individuos.

Utilizar mi verdadero nombre no sería peligroso en estos momentos, pues nadie sabía de mi existencia, y al fin y al cabo, en la mochila tenía un pasaporte que demostraba que aquel era mi nombre —bueno, en realidad tenía dos pasaportes que no probaban nada en absoluto—. Lo que no sabía era con qué nombre se habría presentado Jesse, ni lo que habría contado de su supuesta identidad.

—Buenas, doñita. Juan Hernández, Policía nacional para servirla, y éstos son mis ayudantes: Esteban —dijo el de más edad señalando al muchacho que yo había reconocido— y Carlos. Su marido no habla mucho español, así que no hemos podido intimar demasiado.

—Con todos los años que llevamos juntos, mi gringuito podría haber hecho un esfuerzo por aprender mi idioma. Pero bueno, nadie es perfecto —dije echando una mirada tierna a Jesse que se esforzaba por seguir la conversación.

—Pensábamos que su esposo viajaba solo, así que nos estábamos preguntando qué le traía por acá y a qué se debían las heridas de su cara. No se lo tome a mal, pero esta zona es peligrosa y no es corriente ver turistas disfrutando del paisaje —añadió tratando de suavizar el tono inquisitivo de sus preguntas.

—Hace unos días atracaron la tienda de deportes donde trabaja mi marido. Él trató de defender a una compañera y los

71

atracadores le pegaron una buena paliza. Quise que cambiase de aires para que olvidase el incidente. El señor de la agencia nos dijo que toda esta región era muy hermosa y estaba fuera de los circuitos turísticos tradicionales. Lo que no nos dijo es que, justamente por eso, si nos perdíamos sería difícil encontrar a alguien que nos ayudase y, francamente, orientarse en la selva está resultando más complicado de lo que esperábamos.

Con todas aquellas mentiras que yo estaba contando con tanta naturalidad, intentaba explicar los moratones de Jesse y nuestra presencia allí, al mismo tiempo que dejaba claro que no éramos americanos ricos cuyo secuestro resultaría ventajoso. Estaba sorprendida con mi capacidad para improvisar y fingir; a lo mejor iba a resultar que, en la vida que no recordaba, me dedicaba al teatro. Les pregunté qué hacían ellos por aquella zona y Juan nos contó que solían hacer rondas para asegurarse de que todo estaba en orden. Mientras hablaba, sus ayudantes intercambiaban miradas cómplices.

—Bueno, pues nosotros nos vamos a poner en camino. Empiezo a estar un poco harta de tanto bosque tropical y tengo ganas de pasar unos días de relax en la playa. Seguro que ustedes pueden decirnos si la mejor forma de llegar a la costa es seguir el río o si hay una ruta más corta y practicable —dije tanteando el terreno.

—Pues claro que sí, pero si no les importa preferiría que no se fuesen todavía. Hemos quedado aquí con unos compañeros que vienen justamente de patrullar por esa zona. Ellos nos confirmarán cuál de las posibles rutas es más segura; e incluso, si lo desean, podremos llevarles unos cuanto kilómetros en el *jeep* —dijo Juan con voz amable pero firme.

No cabía duda de que no nos iban a dejar marchar fácilmente. Lo más seguro es que quisieran consultar a sus superiores antes de dejarnos seguir nuestro camino.

—Estupendo. Mil gracias. ¿Tiene idea de cuánto tiempo tendremos que esperar? —pregunté tratando de que mi voz sonase lo más tranquila posible.

—Una hora, máximo dos. Esteban, acérquese al *jeep* y comuníquese con la otra patrulla para saber a cuánto tiempo están de aquí. Carlos, vaya con él y tráiganse la nevera con cervezas. Hoy va a hacer un calor insoportable. —Obedientemente los dos chicos desaparecieron entre los árboles.

—Mientras tanto nosotros vamos a recoger la tienda para estar listos cuando llegue el momento de marchar. Así aprovecho para poner a mi marido al corriente de nuestra conversación.

Pedí a Jesse que me echase una mano, explicándole en inglés que esos caballeros nos iban a indicar la mejor ruta a seguir tan pronto llegasen sus compañeros —a pesar de lo que nos habían dicho, no estaba segura de que nuestros visitantes sólo hablasen español, y aunque tenía que hablar con Jesse para decidir cómo actuar, no podía hacerlo con toda tranquilidad—. Juan nos observaba atentamente; tenía que buscar la manera de quedarme a solas con Jesse.

Por lo visto mi presunto marido estaba pensando lo mismo, pues en cuanto estuvimos al lado de la tienda, me estrechó en sus brazos y empezó a besarme con urgencia. Al darme cuenta de la jugada, le seguí la corriente respondiendo a sus besos hasta que nos metimos en la tienda. Antes de cerrar la cremallera vi cómo Juan sonreía y discretamente se daba la vuelta y encendía un cigarrillo. El policía iba a pensar que éramos una pareja de descarados sin educación, pero qué se le iba a hacer, y al fin y al cabo, parecía haberse tragado nuestra farsa que era lo que queríamos.

En la intimidad relativa que la pequeña tienda de nailon nos ofrecía, y resumiendo cuanto pude, le conté a Jesse todo lo que se había hablado. Jesse no había visto antes a ninguno de aquellos tres hombres, pero estaba seguro de que, entre los compañeros que esperaban, alguno lo reconocería.

—Nos van a matar. —La calma con la que había actuado hasta el momento me abandonó de golpe. Empecé a temblar y a tener dificultades para respirar normalmente—. ¡¿Qué vamos a hacer?!

—Cálmate, Lis. Respira hondo. Ya verás cómo todo va a ir bien. Lo estás haciendo muy bien.

—¿Cómo demonios quieres que me calme? ¡Mírame! Estoy temblando, sudo como un animal. Se van a dar cuenta de que estoy aterrorizada —dije con frases entrecortadas y con el corazón latiendo como si fuese a salírseme del pecho.

—No, no se van a dar cuenta de nada. Recuerda que piensan que nos hemos metido en la tienda para estar solos: tu estado hace más creíbles nuestros supuestos retozos sexuales.

—Jesse me pasó la cantimplora que había en un rincón.

Conseguí controlar mi respiración y tranquilizarme un poco.

—Tenemos que irnos antes de que lleguen los demás —prosiguió mi compañero al considerar que volvía a estar en condiciones de escuchar lo que me decía—. Son tres y van armados, pero si pudiésemos desarmarlos o separarlos de alguna manera yo podría encárgame de ellos...

Su frase fue interrumpida por la voz de Juan que desde fuera nos llamaba:

—Lamento interrumpirles, pero tenemos noticias. —Era evidente que Juan prefería no perdernos de vista durante mucho tiempo.

—Un momento —dijo Jesse mientras se desabrochaba la camisa y el botón del vaquero.

Después me miró con una sonrisa y me murmuró al oído:

—Tranquila, Lis, ya verás cómo se nos ocurre algo. —Sin más, salió de la tienda con naturalidad.

Volví a dar un trago de agua intentando aclarar mis ideas. ¿Cómo podía este chico estar tan tranquilo? Recordé sus palabras: "...Si pudiésemos desarmarlos o separarlos de alguna manera yo podría encárgame de ellos." Aparentemente, mi compañero confiaba en sus capacidades. Por mi parte, lo único que yo podía hacer para ayudarle era distraerlos de algún modo, y en aquellas circunstancias, sólo se me ocurría una manera, bastante osada, por cierto. Pero de perdidos al río, nunca mejor dicho.

Me quite el vaquero y me desabroché completamente la camisa. Después salí de la tienda ante la mirada inquisitiva de nuestros tres visitantes; Esteban y Carlos ya habían vuelto. Con una sonrisa atrevida me disculpé por nuestra falta de modales. La camisa abierta dejaba ver perfectamente mi ropa interior.

—Nuestros compañeros nos han confirmado por radio que están a una hora y media de camino —dijo Juan esforzándose por mirarme a los ojos y no dejarse distraer por otras partes de mi anatomía.

—Estupendo, así me dará tiempo a refrescarme en el río —dije con tono desenfadado—. Cariño, ¿te importa terminar de recoger la tienda mientras me doy un bañito?

Dejé que la camisa me cayese de los hombros mostrando casi por completo mi figura a las miradas lujuriosas de los tres individuos. De no haberme sentido amenazada de muerte, me hubiese ruborizado ante la simple idea de ponerme en bañador ante desconocidos. Aunque todas las mentiras que estaba contando, con una facilidad asombrosa, podían sugerir que fuese actriz, la vergüenza que sentía en aquellos momentos excluía completamente la posibilidad de que mi profesión

75

exigiese desvestirme en público. En fin, la situación imponía desenvoltura, y una vez más me sorprendió mi capacidad para estar a la altura de las circunstancias.

Mientras jugaba a las náyades, mi mente trabajaba a cien por hora. No sabía lo que estaba planeando Jesse; me negaba a aceptar que no tuviese alguna idea para sacarnos de ésta, pero fuesen cuales fuesen sus intenciones, lo único que yo podía hacer era tratar de facilitarle la faena. Hasta el momento había conseguido captar la atención de nuestros tres visitantes que se habían acercado al agua y no se perdían ninguno de mis movimientos; a una cierta distancia detrás de ellos, Jesse les observaba en silencio sentado en el mismo tronco que antes. Ahora lo que yo tenía que conseguir era separarles o hacer que dejasen las armas para que Jesse pudiese encargarse de ellos. Y todo ello antes de que llegase el resto del grupo.

"No es que quiera meterte presión, querida, pero o haces algo pronto o lo lleváis claro"—oí decir a mi voz interior con su sarcasmo característico.

Una vez más decidí improvisar, así que, cual chica Bond, me acerqué contoneándome a la orilla.

—El agua está buenísima. ¿Va contra el reglamento refrescarse durante las horas de servicio? Al aburrido de mi marido no le gusta nadar. Lo que sí le gusta un montón es mirar mientras yo me divierto —terminé con un guiño sugerente mientras que la voz en mi cabeza me decía con sarcasmo que, si salía de aquella, debía considerar la posibilidad de escribir guiones para películas porno.

La expresión que apareció en la cara de los tres hombres me recordó las escenas de los dibujos animados en las que al gato se le salen literalmente los ojos de sus órbitas y empieza a salivar exageradamente ante la perspectiva de comerse al jugoso ratón. ¿Por qué, en momentos de tensión como ésos, me venían a la mente imágenes semejantes? No lo sé. Quizás algún mecanismo inconsciente me las provocaba para relajarme. Probablemente el mismo mecanismo que se encargaba de hacerme mantener una sonrisa osada en los labios y evitar que me temblasen las piernas; de haberme puesto a pensar seriamente en lo que estaba haciendo, me hubiese dado un síncope.

—Carlos, vaya al *jeep* y si llega Ignacio toque la bocina con fuerza —ordenó Juan con firmeza.

El joven obedeció sin rechistar aunque en su actitud se podía adivinar que lo hacía de mala gana. El desconcierto y el alivio que se dibujó en el rostro de Jesse al ver alejarse a Carlos me hizo pensar que no se había enterado de lo que yo había sugerido. Aunque la idea de que Juan había aceptado mi proposición debería haberme paralizado, lo único que yo podía pensar era que sería más fácil enfrentarse a dos que a tres. Rogaba al cielo que Jesse supiese aprovechar la ocasión cuando se presentase.

Me acerqué a Esteban y empecé a desabrocharle los pantalones mientras él se quitaba la camiseta y los zapatos con premura. Arrojó el arma al suelo dejándola caer encima de la ropa e inmediatamente empezó a besarme el cuello mientras que, con ansia, manoseaba mis nalgas.

"Bien, sólo quedan dos y uno de ellos está desarmado" —pensé mientras que maquinalmente respondía al embiste de Esteban mordisqueándole los hombros y acariciándole con fingida pasión; concentrada en mi actuación traté de ignorar el sabor a sal de su piel y el desagradable olor a sudor que desprendía su cuerpo.

Mientras tanto, Juan se estaba desvistiendo lentamente, disfrutando de cada una de nuestras caricias. De repente se oyó un golpe seco. El policía cayó al suelo sin vida: Jesse acababa de romperle el cráneo con una de las piedras que habíamos usado para rodear la hoguera la noche anterior. Esteban tardó unos segundos en reaccionar, tiempo que le bastó a Jesse para arrancarle de mis brazos y golpearle en la cara hasta hacerle perder el sentido. Después, sin titubeos, le partió el cuello. El chasquido del hueso me puso la carne de gallina.

—Mientras escondo los cadáveres, vete al *jeep* y empieza a distraer al que queda —ordenó Jesse mientras se metía el arma de Esteban en la parte de atrás del pantalón y guardaba la de Juan en la mochila—. Yo iré enseguida y le sorprenderé por detrás. Necesitamos un vehículo y el suyo está a nuestro alcance.

Seguí sus instrucciones sin discutir —ya tendría tiempo de plantearme cuestiones morales si salíamos de aquélla—. Me eché por encima de los hombros la camisa que, apenas unos minutos antes, había dejado caer al suelo, me calcé y cogí dos cervezas de la nevera que habían traído los dos malhechores. Después tomé el camino por el que les había visto irse. Llegué al *jeep* en menos de cinco minutos. Mi repentina aparición desconcertó completamente a Carlos que, de un salto, se puso de pie y me apuntó con el arma que llevaba en la cintura.

—Eh, cálmate, chico. He convencido a Juan de que me dejase venir a traerte una cerveza —dije mirándole provocativamente a los ojos—. Aunque te aviso que lo más probable es que vengan a hacernos compañía tan pronto terminen de secarse.

Me senté en el capó y le tendí la cerveza. Cuando se acercó a por ella, le cogí la mano y le atraje hacia mí. Puse mis piernas alrededor de su cintura, sintiendo contra mí el despertar de su miembro; sin prisa le desabroché la camisa y le besé el cuello. Inesperadamente Carlos me agarró del pelo y tirando con fuerza me echó bruscamente para atrás. Después, con una mano empezó a sobarme los pechos con violencia mientras que, con la otra, me arrancaba las bragas de un tirón y se desabrochaba los pantalones.

Es curioso lo que te viene a la mente en circunstancias extremas: mientras todo esto ocurría, lo único que me pasaba por la cabeza era que Carlos era un psicópata y que Juan había tratado de ocultarnos su verdadera naturaleza. Quizás, por esa razón, en lugar de dejarle quedarse con nosotros para jugar junto a la poza, le había ordenado ir al *jeep,* supuestamente para montar guardia y prevenir de la llegada del resto de la banda.

El dolor me sacó de golpe del estado de *shock* en que la repentina explosión de violencia me había sumido. Comencé a gritar y a golpearle con todas mis fuerzas, pero eso sólo consiguió atizar aún más su excitación. Me abofeteó con ganas mientras trataba de penetrarme. Entonces, sonó un disparo y el cuerpo de mi agresor se desplomó sobre mí cortándome la respiración. Borbotones de sangre caliente se derramaron sobre mí; la bala le había dado en el cuello, probablemente seccionándole la yugular.

—Lis, ¿estás bien? —Jesse me quitó de encima el cuerpo sin vida y me ayudó a incorporarme, mientras yo me cubría con la camisa—. Tenemos que irnos. El resto del grupo debe de estar a punto de llegar —continuó mientras me tendía el vaquero que yo había dejado junto a la tienda.

Después me ayudó a sentarme en el asiento delantero del vehículo y me dio una de las latas de cerveza que yo había traído para que me la pusiera en el labio. Aunque ya no estaba fría, aliviaba bastante el dolor y parecía controlar la hinchazón.

Jesse escondió el cadáver de Carlos entre la maleza, colocó las dos mochilas sobre el asiento de atrás y puso en marcha

79

el *jeep*. Nos alejamos de aquel lugar como alma que lleva el diablo.

* * * * *

Durante un buen rato me limité a contemplar en silencio el paisaje que desfilaba deprisa a través de la ventanilla. Dejé que mi cuerpo se relajase mecido por el traqueteo constante del 4x4. Tenía la mente en blanco y mientras siguiese así no sentiría ni dolor, ni miedo, ni remordimiento. Concentrado en sus propios pensamientos, Jesse hacía eco de mi silencio, poniéndome de vez en cuando una mano en la rodilla, en lo que suponía que era un gesto de apoyo moral.

Poco a poco me fui obligando a salir de mi letargo. Mentalmente me preparé para recibir la descarga que me causaría pensar en lo que acababa de suceder, pero no sentí nada. El recuerdo de lo ocurrido me dejaba indiferente: había contribuido directamente a la muerte violenta de tres hombres a los que había provocado —aún recordaba el contacto de sus labios sobre los míos, de sus manos sobre mi piel— y sin embargo no sentía remordimientos ni asco. Me habían golpeado y habían estado a punto de violarme, y sin embargo el dolor físico era leve y el dolor moral ausente. Estaba manchada de sangre que no era mía, en un *jeep* robado, sentada al lado de un hombre capaz de romper el cuello de otra persona sin vacilar. Por si eso fuera poco, seguía sin recordar nada de mi pasado...

Había hecho lo que tenía que hacer; entre ellos y nosotros, había elegido nosotros; entre morir o matar, había elegido matar. Sabía que la ausencia total de remordimientos era la prueba de que aún estaba en estado de *shock* y que en cualquier momento sentiría caer sobre mí el peso de todo lo que había ocurrido, pero hasta ese momento, lo mejor era concentrarse en lo positivo: estábamos vivos y camino de la civilización.

Volví a mirar por la ventanilla y por primera vez me di cuenta de que el paisaje había cambiado por completo. El accidentado camino de tierra que discurría a través de la espesa selva se había transformado en una carretera de montaña estrecha y llena de curvas cerradas; la ausencia de vallas de protección hacía aterradores los profundos precipicios que acompañaban el recorrido. El cielo rojo de la tarde teñía la escarpada ruta de una cierta melancolía.

De repente sentí frío —aunque no lo había notado hasta ese momento, la temperatura había bajado de manera drástica—. Me percaté de que tan sólo llevaba encima la misma camisa y el sujetador ensangrentados que llevaba durante el incidente con Carlos. El pelo, el cuello y el pecho también estaban manchados con la sangre de mi agresor, ahora seca y pegajosa. Debía limpiarme y cambiarme de ropa. Si llegábamos a algún poblado sería mejor no llamar la atención. Busqué en mi macuto una toalla, la mojé con agua de la cantimplora y, como pude, me limpié por encima. Discretamente, me quité la camisa rota y el sujetador y me puse una camiseta limpia. Arranqué uno de los tirantes del sujetador y usándolo a modo de goma, me recogí el pelo en una coleta alta.

—¿Qué tal te encuentras? —me preguntó Jesse con voz suave—. ¿Te duele el labio?

—Estoy bastante mejor de lo que cabría esperar —respondí con sorprendente tranquilidad.

—Siento haber tardado en llegar... — empezó a decir, pero yo le corté en seco.

—No tardaste en llegar. Todo fue como lo planeamos: yo le distraje y tú le mataste. ¿Tienes idea de dónde estamos?

—dije cambiando de tema pues no tenía ganas de hurgar en la llaga y despertar sensaciones desagradables.

—No, pero estoy seguro de que esta carretera nos llevará a algún lugar civilizado. —Una vez más Jesse fue discreto y aceptó sin más mi cambio de tema.

Mirando las cosas con frialdad, nuestra precaria situación había mejorado bastante en las últimas horas puesto que estábamos más cerca de nuestro objetivo: llegar a la capital.

"Bueno, eso si dejábamos de lado el hecho de que habéis matado a tres hombres peligrosos lo que, en sí, os pone en mayor peligro" —precisó mi voz interior.

Lo cierto era que a estas alturas, el resto del grupo de narcotraficantes habría llegado al lugar acordado y estaría tratando de localizar a Juan y a sus dos secuaces. Teníamos que ser optimistas y pensar que cuando nuestros visitantes hablaron con su banda no les mencionaron nada sobre la pareja de turistas con la que se habían topado. De haber sido así, lo único que podría relacionarnos con su desaparición era el *jeep* del que nos desharíamos tan pronto encontrásemos otro vehículo. No obstante, lo lógico era dar por sentado que los narcos habían sido puestos al corriente de nuestra presencia y que nos estarían buscando. De todos modos, lo mejor sería intentar pasar lo más desapercibidos posible hasta llegar a Tegucigalpa.

Comenzaba a anochecer y estábamos muy cansados; la ausencia de farolas o señalización haría la conducción aún más complicada, así que decidimos que si no encontrábamos una población pronto, pasaríamos la noche en el *jeep* y continuaríamos el viaje a la mañana siguiente. Pero poco a poco nos fuimos adentrando en un valle amplio y la carretera se hizo más ancha y rectilínea.

Al cabo de un par de kilómetros empezamos a ver algunas casas esparcidas sobre las colinas, vacas pastando al lado del camino y campos sembrados de maíz; después de todo, no sería necesario dormir en el coche.

Un cartel nos indicó que habíamos llegado a Aldea del Valle, un pueblo pequeño de calles sin pavimentar y casitas de adobe. Abandonamos el vehículo disimulándolo tras unos árboles al borde del camino y, como una pareja de turistas, con nuestros macutos a la espalda, empezamos a recorrer el pueblo en busca de algún lugar donde comer y pasar la noche.

El repique de las campanas llamando a misa de cinco, nos guio hasta una iglesia situada en una animada plaza: mujeres apresurándose para no llegar tarde a misa, niños correteando alrededor de una fuente de piedra, señores mayores jugando al dominó en sillas y mesas plegables. La región debía de ser relativamente turística puesto que, en los soportales de madera, se veían algunos puestos de artesanía, una tienda de ultramarinos y un mesón al que nos dirigimos sin dudarlo un instante: los maravillosos aromas que salían de la cocina nos atrajeron como la miel a las moscas.

El olor a comida me recordó que tenía el estómago completamente vacío. Una atractiva camarera de pelo negro largo y ojos oscuros, ignorando las magulladuras en nuestros rostros, nos dio la bienvenida en un inglés impecable. Tras confirmarnos que aceptaban dólares, la joven nos sentó en una mesa al lado de la ventana.

El pequeño comedor tenía tan sólo unas diez mesas con manteles de cuadros y robustas sillas de madera. Los ponchos multicolor que adornaban las paredes amarillas daban un toque pintoresco al lugar. En una de las mesas centrales, cuatro chicas alegraban el ambiente con sus ruidosas risas y su animada conversación —en lo que me pareció ser italiano—. Un par de mesas más allá, una pareja tomaba café y tarta. En la barra, dos hombres con sombrero bebían vino, mientras nos observaban con curiosidad aburrida.

Pedimos un par de coca-colas y el menú del día: sopa de pollo, filete con patatas fritas y arroz con leche. Comimos en silencio, disfrutando el festín y la sensación de normalidad que se respiraba en aquel lugar. Poco a poco los clientes terminaron sus consumiciones y el restaurante se fue quedando vacío. Durante toda la cena Jesse se había ganado a Sofía, la camarera, con embaucadoras sonrisas y halagos constantes a la comida y a la hospitalidad hondureña. Cuando nos trajo el café y el postre, la muchacha quiso saber si la comida había sido de nuestro agrado. Empezamos a conversar y pronto supimos un montón de detalles sobre su vida.

Tenía veinte años y había nacido en Modesto, California, donde había emigrado su familia en busca de una vida mejor. Un par de años atrás, sus padres habían vuelto a Honduras para abrir aquel restaurante en el que tan bien habíamos cenado. Sofía, que había obtenido una beca para la Universidad de San Diego, se había quedado en Estados Unidos, pero volvía a Aldea del Valle cada vez que sus estudios y su bolsillo se lo permitían para ayudar a sus padres con el negocio.

—Y a vosotros, ¿qué os trae por aquí? —nos preguntó dándose cuenta de que había monopolizado la conversación.

—Somos canadienses aunque mi mujer se crio en España, así que habla muy bien español. Vivimos en Toronto y ésta es nuestra primera visita a Honduras. Al principio todo fue estupendo, pero llevamos un par de días deambulando sin saber muy bien cómo llegar a la capital. Daríamos lo que fuese por una cama y agua caliente.

—Bueno, en Aldea del Valle no hay hotel, pero si esperáis a que termine de ayudar a recoger la cocina, os puedo acercar a San Germán del Camino, un pueblo más grande a cinco kilómetros de aquí. Mis tíos tienen allí un hostal de habitaciones limpias y agradables, donde podréis hospedaros a buen precio. Tegucigalpa está a unos trescientos cincuenta kilómetros.

—Te lo agradeceríamos mucho porque estamos agotados —dije sin poder ocultar el alivio que sentía—. ¿Crees que allí podríamos alquilar un vehículo?

—No creo. Es una población muy pequeña, pero sé que hay un servicio de autobuses que lleva a la capital. Seguro que mis tíos os podrán dar más detalles.

Mientras Sofía terminaba su turno, Jesse y yo nos sentamos en la plaza que a nuestra llegada rebosaba de actividad, pero que ahora se había quedado desierta. Presté atención a los sonidos de la noche y me sorprendió la calma que se escuchaba comparado con las bulliciosas noches que había vivido en la selva.

—¿Crees que estaremos a salvo en ese pueblo al que nos llevan y que podremos esperar hasta mañana para coger un autobús a la capital? —mientras lo preguntaba me di cuenta de que, más que conocer la opinión de Jesse, lo que quería era que me dijese que lo peor ya había pasado, que de aquí a Tegucigalpa todo sería fácil y que pronto descubriría quién era y volvería a mi hogar.

—No lo sé. —Jesse no iba a engañarme, pero tampoco dramatizó demasiado la situación—. Por si acaso estaremos alerta. La idea de ir en autobús no me hace gracia pues si lo detienen, no hay manera de escapar. Lo más prudente será encontrar un coche y tomarlo prestado... bueno, tú ya me entiendes.

En el preciso momento en que terminaba su frase, apareció Sofía al volante de una furgoneta azul bastante vieja y ruidosa, a la que nos invitó a subir. San Germán del Camino era más grande que Aldea del Valle, con calles asfaltadas, casas bajas de colores vivos y algún que otro edificio destartalado. El conjunto tenía el mismo aire pintoresco y acogedor que parecía ser la norma en la región. El hotel de los tíos de Sofía se encontraba a las afueras del pueblo, en una colina que dominaba el valle. Era una hermosa hacienda de paredes blancas, tejados rojos, escaleras de piedra y columnas de madera. Según nos explicó nuestra anfitriona, su tío, Severiano Ortega, y sus cuatro hermanos varones, entre los que estaba el padre de Sofía, habían restaurado personalmente la abandonada casona familiar trabajando cada noche y fin de semana hasta convertirla en el primer hotel de la región. Su familia se sentía orgullosa de aquel lugar que, no sólo daba testimonio de su legado familiar, sino que también representaba su presente y su futuro.

Sofía aparcó la furgoneta en la puerta y nos acompañó al interior. Al atravesar la imponente reja de hierro forjado entramos en un bonito patio interior lleno de tiestos con flores y plantas exuberantes en enormes macetas de barro; repartidos aquí y allá, sillones de mimbre y bancos de madera invitaban a la lectura y al recogimiento. Un par de mastines impresionantes saludaron perezosamente a Sofía y a nosotros nos olisquearon sin demasiado interés. Nos dirigimos hasta el fondo del patio donde se encontraba la recepción. Una corpulenta señora de pelo cano y franca sonrisa salió a nuestro encuentro con los brazos abiertos.

—¡Sobrina! —exclamó.

—La bendición, tiíta —pidió Sofía mientras le devolvía el abrazo.

—Dios me la bendiga y me la proteja, mi hijita.

—Tía, estos son Lisa y Mike, dos amigos de Canadá. Llevan una semana de acampada por el monte y ahora van camino de la capital. Están rendidos: trátemelos como si fuesen de la familia. Lisa habla muy bien español, así que no tiene que esforzarse hablando en inglés.

Después Sofía se volvió hacia nosotros y añadió:

—Os presento a mi tía, Soledad Rodríguez. Perdonad que no me quede con vosotros, pero le prometí a mi mamá que volvería inmediatamente; no le gusta que ande sola de noche. Ha sido un placer conoceros. Espero que sigáis disfrutando de vuestro viaje y que volváis por aquí.

—Muchas gracias por todo, Sofía —le dije dándole dos besos.

La amabilidad de esta chica me había conquistado.

—No te quepa la menor duda de que volveremos y os recomendaremos a todos nuestros amigos —dije.

Aunque para mis adentros no estaba muy segura de si alguna vez le contaría aquella experiencia a alguno de mis amigos, suponiendo que los tuviera.

—Si alguna vez vas a Toronto, llámanos —dijo Jesse mientras garabateaba algo en un pedazo de papel, que luego le pasó al mismo tiempo que con una sonrisa irresistible añadía—: será un placer volverte a ver y devolverte tu gentileza.

Me pregunté si Jesse viviría de verdad en Toronto o si acababa de inventarse el número de teléfono con el único propósito de dar más credibilidad a nuestra coartada. Tarde o temprano tendría que pedirle a mi compañero algún detalle sobre su vida.

Doña Soledad nos acompañó a nuestra habitación que, como el resto de las habitaciones del hotel, se encontraba en el primer piso, a lo largo de una galería de columnas de madera abierta al patio. Nuestro cuarto tenía vistas a la montaña, aunque con la oscuridad de la noche no se podía apreciar. Se trataba de una habitación amplia y acogedora, con muebles funcionales y rústicos: una gran cama de hierro forjado, mesitas de noche y armario de madera pintada en colores alegres y un sillón de mimbre. Había un cuarto de baño con azulejos azules y blancos y un florido balcón con bajada al jardín. La tía de Sofía nos deseó las buenas noches y nos informó de que el desayuno se servía a partir de las 6:30 de la mañana.

—Me pido primera para la ducha —dije nada más cerrar la puerta, casi emocionada ante la perspectiva de disfrutar de una ducha caliente.

—Vale. Yo, mientras tanto, voy a inspeccionar los alrededores.

Doña Soledad nos había confirmado que no había alquiler de coches en San Germán y que para llegar hasta Tegucigalpa tendríamos que hacer autoestop o coger el autobús de las cuatro de la tarde. Me imaginé que Jesse quería localizar algún vehículo que nos permitiese ir por nuestra cuenta.

Cogí ropa limpia de la mochila y entré al cuarto de baño. Me desvestí, me solté la coleta que me había hecho con el tirante del sujetador y me metí en la humeante ducha. Durante un buen rato dejé que el chorro de agua caliente se estrellara contra mi espalda, relajando cada uno de mis crispados músculos; hasta ese momento no me había dado cuenta de lo tensa que estaba. Después metí la cabeza debajo del agua y, con pequeños masajes, fui tratando de desenredar mi pelo enmarañado.

Pero entonces, el agua clara que corría a mis pies se volvió turbia. De golpe recordé que mi cabello estaba manchado de sangre. Por primera vez en todo el día me sentí mugrienta, pegajosa. Me llené las manos de jabón y me froté concienzudamente por todas partes tratando inútilmente de deshacerme de una suciedad que, en realidad, ya no estaba sobre mi cuerpo sino incrustada dentro de mí. Salí de la ducha y me envolví en uno de los albornoces que la tía de Sofía nos había proporcionado. Me miré en el espejo pero, una vez más, no reconocí a la mujer que tenía frente a mí; tan sólo recordaba todo lo que había sido capaz de hacer en los últimos días.

Era evidente que el letargo emocional en el que me había refugiado hasta el momento me estaba abandonando y que el peso implacable de mi conciencia me estaba cayendo encima de golpe, azotándome con fuerza y obligándome a revivir todo cuanto había ocurrido durante aquel espantoso día. Sin poder evitarlo, mi mente fue recordando cada instante vivido, cada sensación: la expresión de terror de Juan al sentir cómo se resquebrajaba su cráneo se dibujó con nitidez en mi recuerdo; el sabor acre de la lujuria de Esteban me llenó la boca y el chasquido de su cuello al partirse zumbó en mis oídos; sentí las ásperas manos de Carlos sobre mi piel y el hedor de su ira se mezcló con el olor férreo de su sangre derramándose sobre mi pecho.

Había sido cómplice de la muerte de tres personas. Esa terrible constatación me dobló en dos y caí al suelo. El miedo y los nervios que había contenido durante aquella horrible jornada me cortaron la respiración. Empecé a temblar sin parar al mismo tiempo que un torrente de lágrimas rodaba sobre mis mejillas. Me acurruqué bajo el lavabo y lloré desconsoladamente porque tenía las manos manchadas de sangre, porque me sentía perdida, cansada y sin fuerzas, porque no conseguía despertar de esa interminable pesadilla.

Permanecí así hasta que oí golpes en la puerta. La voz familiar de Jesse llamándome con insistencia me obligó a reaccionar. Haciendo acopio de las pocas fuerzas que me quedaban, me levanté y le dejé entrar. El susto y la preocupación que leí en su mirada me hicieron adivinar el terrible aspecto que debía tener a pesar de la ducha.

—¿Qué te ocurre, Lis? —preguntó alarmado mientras me examinaba intentando encontrar una causa física que pudiese explicar mi estado.

—Jesse, hemos matado a tres hombres —conseguí decir entre sollozos.

Una expresión de alivio, que yo no entendí en aquel momento, cruzó su rostro. Me acarició la mejilla y me estrechó entre sus brazos. Sin resistirme, hundí la cabeza en su pecho; el latido regular de su corazón y el ritmo pausado de su respiración actuaron como un calmante sobre mi ánimo y, poco a poco, fui controlando mi llanto.

—Lis, escúchame con atención —dijo con voz suave pero firme—, tú no has matado a nadie, he sido yo, y no me arrepiento de ello.

La ausencia total de duda o remordimiento en sus palabras hizo que me sintiese mejor. Después de una breve pausa, Jesse continuó con su explicación:

—Esos hombres pertenecían a una importante red de narcotráfico y trata de mujeres en la que yo llevaba infiltrado tres meses antes de ser descubierto.

"Así que eso es lo que estaba haciendo cuando le pillaron", pensé para mis adentros.

—La banda recibe cargamentos de mujeres y niñas desde Sudamérica, Europa del Este y Asia, con las que abastecen burdeles y redes de pedofilia en toda Norteamérica. Puedes creerme cuando te digo que su intención era matarme a mí y a ti venderte al mejor postor: tu piel blanca y tus ojos claros te hubiesen garantizado el envío directo a cualquier antro de la frontera mejicana. —Me levantó la barbilla para que le mirase a los ojos—. Así que nos deshicimos de ellos en defensa propia. Su muerte no sólo ha sido necesaria para nuestra supervivencia, sino también beneficiosa para el mundo.

Se calló y comenzó a acariciarme en silencio el cabello mojado. Dejé de llorar; sus palabras me hacían ver lo ocurrido desde una perspectiva diferente. Aunque ser cómplice de la muerte de aquellos hombres seguía pareciéndome horrible, la idea de haberlo hecho en defensa propia aliviaba mi conciencia y mi sentimiento de culpabilidad.

Era consciente de que los sucesos de aquel día me marcarían para siempre —de hecho, todo cuanto estaba viviendo esta última semana tendría repercusiones en el resto de mi existencia—. Pero gracias a las explicaciones de Jesse, confiaba en que todo aquello no me hundiría sino que me haría más fuerte, me haría valorar la suerte que tenía. La suerte de seguir con vida...

Sonreí al pensar que en aquellos momentos, lo menos grave que me estaba pasando era haber perdido la memoria. Y lo mejor que había hecho, esperaba no equivocarme, era haber salvado la vida de Jesse.

Tal como me ocurrió algunas noches antes en la cueva, entre los brazos de Jesse volvía a sentirme completamente a salvo. Y como en aquella ocasión, mi cuerpo reaccionó ante la proximidad del suyo y el corazón empezó a latirme con fuerza. Traté de quedarme inmóvil, temiendo que el más mínimo movimiento delatase el deseo que se estaba apoderando de mí.

—¿Te encuentras mejor? —preguntó Jesse levantándome de nuevo la barbilla para encontrar mi mirada.

Intenté con todas mis fuerzas pensar en otra cosa y dominar mis instintos, pero me distrajeron sus labios: recordé la suavidad de su boca, el sabor de los besos fingidos que habíamos intercambiado aquella misma mañana. Todas mis sensatas resoluciones me abandonaron y sin poder evitarlo puse mis labios sobre los suyos. Jesse me miró con sorpresa e inmediatamente respondió con un beso apasionado al que siguieron muchos otros. El mundo dejó de existir y con él todas mis dudas y mis miedos. Sólo me importaba su cuerpo, ese magnífico cuerpo que con ansia se frotaba contra el mío.

Nos desvestimos con urgencia y con urgencia nos devoramos. Con mis besos recorrí las heridas que le había curado, los lugares que en secreto había observado durante su convalecencia. Jesse exploró cada rincón de mi cuerpo haciendo que cada centímetro de piel se estremeciese al contacto de sus manos y sus labios. Entonces entró en mí y por primera vez en mucho tiempo, me sentí completa. Nuestros movimientos se acompasaron y pronto una primera ola de placer estalló entre mis piernas y se fue propagando por todo mi cuerpo haciéndome olvidar por completo todo el resto: mi opaco pasado y mi incierto futuro. Sus embestidas se hicieron más apremiantes y esta vez, juntos y jadeantes, alcanzamos el clímax.

Exhaustos, permanecimos enlazados unos minutos. Después se apoyó sobre el codo y regalándome una de sus sonrisas me preguntó:

—Aunque no respondiste a mi pregunta, deduzco que te encuentras mejor, ¿verdad?

—Tu táctica para consolar a las mujeres al borde del ataque de nervios ha funcionado de maravilla. No sólo me siento mejor, sino que me siento mucho mejor de lo que recuerdo haberme sentido nunca... aunque con mi amnesia, eso no quiera decir mucho —dije con ironía.

—¡¿Cómo que no quiere decir mucho?! —exclamó—. Lo que entiendo por tus palabras es que éste no sólo ha sido un polvo extraordinario sino que, por lo que puedes recordar, ha sido el mejor de tu vida —dijo lanzándome una mirada burlona.

Su comentario me hizo soltar una carcajada inesperada que me supo a normalidad. Seguimos bromeando un rato, sin pensar en las circunstancias que habían hecho posible nuestro encuentro. Al cabo de un rato Jesse se levantó:

—Es mi turno para la ducha. Si te apetece venir a hacerme compañía, no te cortes —y lanzándome un guiño añadió—: estaré encantado de frotarte la espalda.

Con descaro admiré su espléndido cuerpo, siguiéndole con la mirada hasta que desapareció en el cuarto de baño. Luego, sin pensármelo dos veces, acepté su invitación —¿De qué serviría contenerme ahora?—. No me arrepentí de haberlo hecho: disfruté de la ducha más agradable que pudiera recordar. Dudo que recuperar la memoria me haga cambiar de opinión al respecto. Más tarde, cuando finalmente apagamos la luz, Jesse se durmió en el acto. Yo me quedé un rato despierta, disfrutando de aquella sensación de satisfacción embriagadora. Envuelta en sus brazos y arrullada por el suave sonido de su respiración, me alegré de que un día tan desastroso como aquél acabase de aquella manera tan maravillosa.

Recordé la primera vez que vi a Jesse, atado, magullado e inconsciente, y los angustiosos primeros días en que creí que moriría. Hoy era él quien me había salvado. Y me había hecho sentir completa. Además del sexo increíble, habíamos compartido risas y complicidad, y ambas cosas resultaban tan importantes como lo primero. Sabía que me estaba adentrando en terreno peligroso y que, tal como había temido, me estaba enamorando perdidamente de mi compañero. No sólo me atraía físicamente, sino que también me gustaba lo que estaba descubriendo de su manera de ser: era divertido y considerado, cariñoso, discreto y fuerte. Todas las dudas que tenía sobre su implicación en la red de narcotráfico habían desaparecido por completo.

No era momento de ponerme a pensar en las consecuencias que estos sentimientos podrían traerme. Estaba demasiado cansada para valorar los pros y los contras de algo sobre lo que ni siquiera tenía control, así que me dejé vencer por el sueño sin oponer resistencia. Me dormí pensando en lo increíble que iba a ser despertarme entre los brazos de Jesse al día siguiente...

SÉPTIMO DÍA

El ladrido de los perros y el chirrido del portalón nos despertaron en mitad de la noche. Sobresaltada me incorporé sin saber muy bien dónde estaba. Jesse saltó de la cama, entreabrió con sigilo la puerta y miró afuera. Por la expresión de su rostro supe que mis temores se habían hecho realidad: nos habían encontrado.

—Tenemos que salir de aquí antes de que registren las habitaciones —dijo Jesse con tono apremiante—. Reconozco a algunos de los hombres armados que acaban de entrar en el hotel. No podemos dejar que me vean.

En tiempo récord nos vestimos y metimos en los macutos lo poco que llevábamos encima. Salimos por el balcón y, bajando las escaleras a saltos, llegamos al jardín. En un rincón apartado de la valla había una reja abierta con salida al monte. Oculto detrás de unos árboles se encontraba un *Chevrolet* pequeño.

—¿Y este coche? ¿De dónde ha salido? —pregunté, aunque conocía de antemano la respuesta.

—Lo he robado. No había otra manera de salir de este pueblo si nos encontraban —respondió Jesse mientras hacía un empalme con los cables bajo el volante.

El coche se puso en marcha y salimos disparados, interponiendo kilómetros entre nosotros y nuestros perseguidores.

—¿Dónde vamos? —pregunté al cabo de unos minutos.

—Es arriesgado conducir a estas horas, llamamos demasiado la atención. Vamos a pasar el resto de la noche en el coche, escondidos entre los árboles. En cuanto amanezca continuaremos hacia Tegucigalpa. Allí estaremos a salvo. De todas maneras, deberíamos intentar salir del país cuanto antes.

Al cabo de una media hora, nos desviamos por uno de los caminos de tierra que había a lo largo de la carretera y aparcamos entre la espesa vegetación. Echamos los asientos hacia atrás y nos recostamos.

—Deberías tratar de descansar. Mañana nos espera un día largo. Yo estaré despierto vigilando por lo que pueda pasar, aunque no creo que debamos preocuparnos por el momento —dijo Jesse dándome una palmadita cariñosa en la pierna.

—Estoy demasiado nerviosa para dormirme —contesté con un suspiro.

Dentro del coche, mientras esperábamos a que amaneciera, empezamos a conversar y, quizás porque quería evitar temas relacionados con lo que nos estaba pasando, Jesse me habló de su vida. Me contó que tenía 28 años y que había nacido en Dallas. Su padre, Michael Morgan, era un hombre tranquilo que dedicaba el poco tiempo libre del que disponía a cazar y a pescar. Trabajaba en su propio taller, lo que les permitía vivir modestamente pero sin pasar apuros. Su madre, Sue Anne, una devota católica de origen irlandés, era maestra de escuela. Jesse era el mayor de tres hermanos; le seguía Jake, dos años más joven, y Josephine, la pequeña, dos años menor que Jake.

Jesse nunca fue un buen estudiante, sin embargo, gracias a la insistencia y el apoyo constante de su madre, terminó el instituto sin repetir curso. El mismo verano de su graduación empezó a trabajar con su padre en el taller; siempre le entusiasmaron los coches y quería aprender un oficio relacionado con ellos.

Los acontecimientos del 11 de septiembre despertaron en él un patriotismo que hasta ese momento no había sentido, de modo que con diecinueve años se alistó en el ejército y dos años más tarde entró en las Fuerzas Especiales. Durante los seis años en que sirvió en las Fuerzas Armadas participó en operaciones en Irak, Afganistán, Colombia y Haití. El idealismo que le había llevado a alistarse se fue transformando en desengaño, y empezó a pesarle todo aquello que le había atraído en un principio. Me hubiese gustado preguntarle a qué se refería, pero se notaba que no le gustaba hablar del tema, así que me tragué mi curiosidad y le dejé seguir hablando a su ritmo.

Cuando se terminó su contrato con el ejército volvió a casa, retomó su trabajo en el taller y trató de readaptarse a la vida civil, pero pronto comprendió que aquello no era lo suyo. Desde hacía un tiempo trabajaba para empresas paramilitares y agencias de seguridad. La diferencia principal entre lo que había hecho en las Fuerzas Especiales y lo que hacía en el sector privado era, según me comentó, que ahora era él el que decidía las operaciones que aceptaba y que por ello le pagaban mucho mejor. No mencionó nada sobre la misión que le había traído a Centroamérica, así que yo tampoco le interrogué al respecto.

—¿Estás casado? —me atreví a preguntar por fin, temiendo que su respuesta pusiese fin a una relación que apenas comenzaba.

Mientras esperaba su respuesta traté de ignorar las burlas de mi voz interior: "¿Qué pasa, querida? ¿Que te da reparo añadir el adulterio a la lista de faltas graves?". A Jesse no pareció importarle mi curiosidad y respondió con naturalidad:

—No, la vida que llevo es demasiado complicada para una relación de pareja y menos aún para el matrimonio. Hace un par de años, en la boda de un amigo en San Antonio, conocí a una agente inmobiliaria de la que me enamoré perdidamente. Intentamos vivir juntos, pero al cabo de unos meses nos dimos cuenta de que aquello no funcionaría. Sé que tomamos la decisión correcta y no es que la eche de menos... Sin embargo, debo confesar que a veces me gustaría que alguien estuviese esperándome cuando vuelvo a casa... —Se quedó pensativo unos instantes y luego concluyó—: Aunque ahora no sea el momento, sé que en el futuro quiero sentar raíces y formar mi propia familia.

Me quedé mirándole, sin decir nada, valorando lo que me acababa de contar. Me sorprendía la facilidad y sinceridad con la que hablaba de sí mismo. Como si me estuviese leyendo el pensamiento, añadió:

—Es curioso, pero no había hablado tanto de mí mismo en muchísimo tiempo; en realidad ni siquiera recuerdo haberlo hecho nunca. —Se apoyó en un hombro y mirándome a los ojos me sonrió—. Haces que me sienta cómodo. No tengo que fingir lo que no soy o comportarme de una manera determinada.

—Es lo bueno de las mujeres sin pasado, como no tenemos nada que contar, somos buenas oyentes. Añade a eso el hecho de que si no eres tú el que cuenta su vida, la conversación se acabaría rápidamente... —bromeé tratando de romper la seriedad del momento.

Jesse puso la mano en mi mejilla y me besó suavemente los labios. Nuestras miradas se cruzaron. Volvió a besarme pero esta vez su lengua invadió mi boca.

No sé si habían sido los nervios, la cadencia de su voz o la conversación, pero de repente yo también tenía unas ganas locas de hacerle el amor. Nos besamos apasionadamente. Me desabrochó la camisa al mismo tiempo que le bajaba la bragueta dejando en libertad su miembro enhiesto, lo que me excitó aún más de lo que ya estaba. A toda prisa y maniobrando en el reducido espacio, terminamos de desvestimos mutuamente. Me subí encima él, con una mano le guíe dentro de mí y empecé a cabalgarle lenta y profundamente, sintiendo cómo me derretía por dentro. Sus hábiles manos se concentraron en mis pechos, al mismo tiempo que su boca mordisqueaba con deleite mis pezones. Espasmos de placer me hicieron retorcerme y gritar. Con apremio, Jesse me agarró las caderas y aceleró la cadencia y pronto sus gemidos se unieron a los míos.

Agotada y sudorosa me derrumbé sobre él. Me estrechó en sus brazos y estuve a punto de susurrarle al oído que le amaba, pero me mordí la lengua y en su lugar murmuré:

—Me encanta follar contigo. —Quería que la crudeza de las palabras ocultasen mis inconfesables sentimientos.

—Lo mismo digo —añadió Jesse acariciándome las nalgas—. Quizás cuando todo esto termine deberíamos considerar la posibilidad de salir juntos, ¿no crees? —preguntó como si nada.

Preferí no responder, hacer como si no le hubiese oído. Lo más probable era que estuviera bromeando, que hubiese dicho lo primero que le vino a la mente en el calor del momento. Yo me estaba enamorando, pero que Jesse y yo compartiésemos algo en el futuro, aunque sólo fuese una amistad, era bastante improbable. Debía evitar crearme falsas ilusiones que sólo contribuirían a que el dolor que sentiría cuando todo aquello acabase fuese aún mayor. Cerré los ojos y sin darme cuenta me quedé dormida.

La luz del amanecer y el canto de los pájaros me despertaron al cabo de un par de horas indicando que era el momento de ponerse en marcha. Antes de abrir los ojos fui consciente del cuerpo desnudo de mi amante bajo el mío; seguíamos en la misma posición en la que nos habíamos dormido. Traté de moverme con suavidad para no despertarle pero fue inútil. Jesse me acarició la espalda y con voz somnolienta me deseó los buenos días y me preguntó si había dormido bien.

—Mejor de lo que era de esperar. Estaba más agotada de lo que creía —respondí mientras salía del coche y buscaba la ropa que, durante nuestros juegos amorosos, habíamos esparcido por todas partes.

De repente me sentía incomoda, avergonzada y de mal humor. El tono de mis palabras tradujo esos sentimientos.

—La verdad es que me parece increíble y hasta un poco irresponsable que, en la situación de peligro en la que estamos, hayamos dormido como lo hemos hecho. Deberíamos haber hecho guardia, y si no, al menos habernos vestido por si teníamos que salir huyendo.

Jesse se quedó mirándome muy serio antes de soltar una carcajada burlona.

—Si, tienes razón. ¿A quién se le ocurre? Somos unos inconscientes. Deberíamos sentirnos avergonzados. Ignorar el peligro, y por si eso fuera poco, ¡dormir desnudos! Y yo debo ser el más irresponsable, porque he dormido como un tronco.

Traté de ahogar la sonrisa que quería dibujarse en mis labios. Se me había pasado el mal humor. Nos vestimos y nos preparamos para salir. Jesse cogió su macuto del maletero, traspasó su contenido al mío y después se deshizo de él lanzándolo a unos arbustos.

—Con uno tendremos suficiente —dijo sin más explicación.

Reanudamos nuestro viaje. Las señales de la carretera anunciaban que estábamos a 220 kilómetros de Tegucigalpa. Cuanto más nos acercábamos a nuestro destino final, la sensación de haber dejado atrás lo peor se hacía más intensa. La luz del sol, brillando en un cielo diáfano, me hacía sentir optimista, creer que pronto descubriría quién era y volvería a ser dueña de mi propia vida. Poco me importaba ya lo que se ocultaba tras el velo del olvido; me sentía fuerte y segura, capaz de hacer frente a cualquier cosa.

Miré de reojo a mi compañero y me sentí aún más eufórica. Recordé la sugerencia que él había hecho la noche anterior y, durante unos maravillosos minutos y otros tantos kilómetros, quise creer que Jesse seguiría en mi vida cuando esta pesadilla terminase y que, quizás, podríamos salir juntos algún día y construir una relación duradera a partir de las extraordinarias vivencias que habíamos compartido. En aquella relación ilusoria que imaginé durante unos instantes, podía permitirme el lujo de ignorar todo aquello que nos separaba y creer que, en la vida que no recordaba, encontraríamos un lugar para nosotros.

Volví a mirar a Jesse y noté que a medida que nos acercábamos a la capital, parecía más distante y ensimismado en sus pensamientos. Creía conocerle lo suficiente como para percatarme del cambio en su estado de ánimo, darme cuenta de que algo le preocupaba. Aunque me hubiese gustado conocer el motivo de su inquietud, preferí dejarle tranquilo y no hacerle preguntas.

A unos cien kilómetros de Tegucigalpa, Jesse salió de su silencio para anunciarme que íbamos a parar en una ciudad llamada Comayagua, a unos veinte kilómetros de donde nos encontrábamos; allí tenía que arreglar unos asuntos. No me dio ninguna otra explicación y yo tampoco se la pedí; lo cierto es que tenía mucha hambre y la idea de parar a comer algo me pareció estupenda.

A las diez y media de la mañana llegamos a Comayagua, una ajetreada ciudad de arquitectura colonial. El tráfico era denso y caótico. Callejeamos intentando evitar los atascos y enseguida llegamos a una avenida llena de comercios. Estaba claro que Jesse había estado antes aquí y sabía dónde iba. Aparcamos el coche y caminamos hasta un café llamado *El Reloj*, un establecimiento limpio y luminoso cuyas paredes estaban repletas de relojes de todo tipo, color y tamaño, todos sincronizados a la perfección.

Nos sentamos en una mesa cerca del gran ventanal con vistas a la animada calle. Pedí café con leche, zumo de naranja, huevos revueltos y pan tostado —a esas alturas me hubiese comido un caballo si me lo hubiesen puesto en el plato—. Jesse se limitó a pedir un café solo que bebió sin prisa. Cuando lo terminó me cogió la mano y me indicó en voz baja:

—Tengo que entrar ahí enfrente a ver a alguien —dijo señalando un barucho de mala muerte justo al lado opuesto de la calle—. Son las once y cuarto, si a las doce en punto no he vuelto, pagas, coges el coche y sigues ruta a Tegucigalpa. Ya viste cómo arranqué ayer y esta mañana: basta con que juntes los dos cables que he dejado sueltos debajo del volante.

Todo mi optimismo desapareció de repente, pero no quise que se me notara, así que no dije nada. Jesse interpretó mi silencio como asentimiento y siguió dándome instrucciones:

—Abandona el coche tan pronto llegues a Tegucigalpa. Antes de ir al hotel cómprate ropa y una maleta, es mejor que parezca que eres una mujer de negocios viajando sola; aunque no lo creo, en caso de que nuestros perseguidores estén vigilando los hoteles, estarán buscando a una pareja de turistas perdidos. Utiliza tu pasaporte español. Lisa Hamilton aparecerá en la lista de pasajeros fallecidos y es mejor que no te relacionen con el accidente.

Se me hizo un nudo en la garganta y lo único que pude hacer fue asentir con la cabeza, así que Jesse continuó con su retahíla de recomendaciones:

—Tu prioridad debe ser averiguar quién eres y salir del país. No te recomiendo que te pongas en contacto con la policía local, es mejor no correr riesgos, además tendrías que dar demasiadas explicaciones que podrían delatarte. Yo intentaré reunirme contigo en el hotel, pero no me esperes. —Luego se levantó, me sonrió y me besó brevemente en los labios—. Suerte, Lis.

—Suerte, Jesse. No te preocupes por mí. Estaré bien. Ten cuidado, por favor —dije consiguiendo parecer serena y retener las lágrimas que se me acumulaban en los ojos.

Sus últimas palabras retumbaban una y otra vez en mi cabeza: "Sal del país y no me esperes". Salvo durante aquel patético rato de esa mañana en el que soñé que Jesse y yo teníamos futuro juntos, siempre había sabido que nuestros caminos se separarían, pero nunca pensé que fuese a ocurrir tan rápido y de aquel modo tan impersonal. Observé cómo se alejaba; no quería perderle de vista mientras fuese posible. La idea de no volver a verle me parecía insoportable.

Jesse cruzó la calle y entró en el bar de enfrente. Desde donde yo estaba se podía ver bastante bien el pequeño local que, a aquellas horas, estaba casi vacío. Se sentó en la barra de espaldas a la calle; yo seguí mirando y especulando sobre las razones que podían explicar su comportamiento.

Justo al lado del bar había un portal del que, al cabo de unos minutos, salió una mujer exuberante de aspecto dudoso. Tenía la piel oscura y el pelo rubio platino. Vestía ropa ceñida y tacones de aguja que resaltaban su extraordinario cuerpo y hacían parecer aún más largas sus interminables piernas. Contoneándose con descaro, la llamativa mujer entró en el bar, se dirigió directamente a Jesse, se le echó en los brazos y empezó a besarle con entusiasmo. Jesse le devolvió el abrazo y agarrándole las nalgas con ambas manos la atrajo aún más hacia sí. En esos momentos deseé que me tragase la tierra: traté de cerrar los ojos, de desviar la mirada, pero en su lugar permanecí allí pasmada, absorbiendo cada gesto. Al cabo de unos segundos que se me hicieron eternos, rompieron el abrazo, se pusieron en pie y salieron del local cogidos de la mano para meterse en el portal junto al bar.

Respiré hondo, tragué saliva y traté de no pensar en nada. Mi apetito había desaparecido por completo, pero me terminé el desayuno por hacer algo. Eran las doce menos cuarto; tenía que esperar quince minutos antes de irme si quería seguir al pie de la letra las instrucciones de Jesse. Durante el cuarto de hora que permanecí allí sentada, deseé con todas mis fuerzas que Jesse saliese de aquel portal y volviese a mi lado; pero no ocurrió así. En las decenas de relojes de las paredes sonaron las doce, poniendo fin a mi desesperada espera y haciéndome ver lo absurdo de mis ilusiones.

Tal como Jesse me había indicado, pagué y sin mirar atrás, volví al coche que arranqué repitiendo los gestos que había observado la noche pasada. Deambulé sin rumbo entre las ajetreadas calles que, apenas un par de horas antes, me habían gustado tanto, pero que ahora me dejaban indiferente. Al cabo de un rato, y siguiendo las instrucciones de un guardia de tráfico, encontré la carretera CA-5 hacia Tegucigalpa.

Hasta ese momento había actuado como un autómata, sin pensar, con una única idea en la mente: encontrar mi camino. De manera inconsciente había reprimido cualquier otro pensamiento. Ahora que ya estaba en la ruta correcta, un torrente de sensaciones contradictorias se precipitó sobre mi cabeza. Sin más compañía que la carretera y con tiempo para pensar, decidí no oponer resistencia y aprovechar aquella oportunidad para organizar mis ideas, desmenuzarlas hasta entender todo lo que sentía y averiguar algo más sobre la persona que era. Volvía a sentirme tan sola y desamparada como me había sentido al despertar del accidente y descubrir que era la única superviviente. En aquel momento, la pérdida de memoria había amplificado esa sensación de aislamiento físico y mental: sin nadie a mi alrededor con quien compartir la desgracia y sin nadie en mi recuerdo a quien aferrarme.

Con nostalgia recordé cómo la presencia de Jesse, incluso inconsciente, había aliviado mi soledad. La complicidad que se había establecido entre nosotros desde que volvió en sí y la intimidad que habíamos compartido en las últimas horas me habían hecho sentir entera, conectada en cuerpo y alma a otro ser humano. Mis escasos recuerdos estaban ahora llenos de él; durante unos minutos disfruté recordando los días que habíamos pasado juntos, la manera en que Jesse me había ayudado a superar los momentos difíciles, las bromas, las confidencias, las caricias... Perder de golpe esa conexión me entristecía y la idea de afrontar las próximas horas sin su apoyo me angustiaba sobremanera.

Pero la soledad y la tristeza que me invadían se me hacían más llevaderas que la amargura del desamor y la ira provocada por unos celos absurdos e inevitables; celos que, por masoquismo, aticé imaginándome cómo aquellos labios que con tanta pasión habían besado los míos unas horas atrás, jugaban ahora con otra boca; cómo aquellas manos bajo las cuales mi cuerpo se había estremecido, recorrían ahora otra piel.

"¡Para el carro, idiota!" —gritó la voz dentro de mi cabeza—. "Para empezar, está claro que esa chica es una informante, un topo, o lo que sea, y que todas esas muestras de «afecto» forman parte de una coartada".

Sabía que aquellas palabras tenían sentido, y eran mucho más creíbles que la idea de que Jesse había hecho una escala en el camino tan sólo para echar un polvo con una furcia. Hubiera podido sentirme menos mal si mi álter ego se hubiese conformado con aquel comentario; desafortunadamente, siguió recriminando mis actos:

"Y sobre todo, aunque no fuese así y esa fulana fuese la mujer de su vida, tú no tienes derecho de sentir celos. No es nada tuyo; le conoces desde hace menos de una semana y, que yo sepa, nunca te ha prometido nada. Te advertí que estabas jugando con fuego; no vengas ahora quejándote de que te has quemado".

De nuevo tuve que reconocer que mi voz interior tenía razón: en lo que a Jesse se refería, yo era la única culpable de mi lamentable situación. Yo había sabido que si no tenía cuidado me enamoraría de él, y también lo que ocurriría si lo hacía y, sin embargo, no había hecho nada para evitarlo. Me había autorizado a amarle y ahora merecía el dolor de perder algo que nunca me perteneció. Me sentía moralmente agotada. Una vez más mi estado de ánimo parecía embarcado en una montaña rusa de sensaciones contradictorias: miedo, valor, desesperación, optimismo, deseo, amor, celos, arrepentimiento... Era como si estuviese experimentando en una semana el catálogo condensado de sentimientos que se conocen en el transcurso de una vida.

Había dado rienda suelta a mis pensamientos para organizar mis ideas y saber un poco más sobre mi personalidad. Después de algo más de una hora conduciendo, no había sacado nada en claro y lo único que podía deducir sobre mí misma es que era una exagerada con tendencias bipolares y dada a dramatizar. El enorme cartel *Bienvenidos a Tegucigalpa* puso fin al masoquismo visceral que estaba haciéndome zozobrar en las oscuras aguas de la autocompasión. Había llegado a mi destino: ahora podría dedicarme a descubrir quién era y así poder por fin ponerme a salvo. Eso era lo único que debía importarme en aquellos momentos.

SEGUNDA PARTE

UN RASTRO DE PISTAS

SÉPTIMO DÍA, TEGUCIGALPA

Tegucigalpa resultó ser un laberinto de calles caóticas tomadas por una multitud de automovilistas alterados, motoristas kamikazes y peatones suicidas. Después de callejear sin rumbo un buen rato, llegué a una zona residencial de amplias avenidas, jardines cuidados y hoteles señoriales entre los cuales se encontraba el Intercontinental Real Tegucigalpa, el hotel donde debía alojarme. Justo en frente, separado por un bulevar peatonal, había un animado centro comercial.

Siguiendo las instrucciones de Jesse, abandoné el vehículo en una de las calles colindantes y me dirigí al centro comercial. Compré ropa, una maleta y todo lo necesario para parecer una mujer de negocios de paso por la ciudad. "O al menos para no parecer una loca homicida recién llegada de una semana de huida en la selva con una banda de narcotraficantes pisándole los talones" —matizó mi voz interior.

En unos lavabos públicos me quité los vaqueros, la camisa y las zapatillas de deporte y me puse un conjunto de blusa blanca de seda y pantalones negros, con zapatos de tacón. Después saqué del macuto el bolso de cuero negro que Jesse había encontrado en el avión y metí en él los dos pasaportes

111

y el dinero que llevaba encima; guardé en la maleta el resto de cosas, incluido todo lo que había comprado y, por último, me deshice del macuto vacío metiéndolo en el fondo de una de las enormes papeleras que había a la entrada de los lavabos. Entré en el hotel por la pasarela que lo unía al centro comercial y me registré como Elisa Luna de Mena. Subí a la habitación a dejar mis cosas, pero inmediatamente me dirigí al centro de negocios a disposición de los clientes del hotel. A las cuatro de la tarde, sentada frente a un ordenador conectado a Internet, empecé a buscar en Google cualquier pista sobre mi identidad a partir de lo único que sabía de mí: los dos nombres que figuraban en los pasaportes que habíamos encontrado.

Primero metí en el buscador el nombre *Lisa Hamilton*. Debía de ser un nombre bastante común pues aparecieron cientos de resultados; me pasaría horas mirando cada enlace antes de encontrar algo útil, suponiendo que hubiese algo útil que encontrar. Decidí probar suerte buscando el nombre que figuraba en el pasaporte español. Por suerte *Elisa Luna de Mena* apenas aparecía en la red, así que empezaría mi búsqueda por ahí.

Pinché media docena de enlaces, la mayoría de los cuales abrían páginas de Facebook y LinkedIn, antes de encontrar una pista sólida en un obituario de 2004 publicado en un periódico local de Charleston (Carolina del Sur). El pequeño artículo rendía homenaje a Daniel J. Gresley, miembro de una ilustre familia del sur, veterano y exitoso hombre de negocios, que falleció a causa de un accidente de tráfico. Según el artículo, entre los asistentes al sepelio se encontraban Robert E. Gresley, hijo menor del difunto y reputado abogado neoyorquino, acompañado de su futura esposa, *Elisa Luna de Mena*. Leí una y otra vez aquellas líneas esperando que se disipara la espesa cortina de humo que se interponía entre mi consciente y mis recuerdos. Pero no ocurrió nada: ni mi nombre ni el de mi *futuro esposo* despertaban ningún detalle en mi memoria. Continué mi búsqueda, pero esta vez a partir de las palabras *Mr. y Mrs. Robert E. Gresley*. El buscador me devolvió tres imágenes de una pareja elegantemente vestida —en las tres ocasiones se trataba de los Gresley asistiendo a galas benéficas—, así como varias fotos de un hombre joven y distinguido. Aumenté las imágenes de la pareja para observarlas mejor y las estudié con detenimiento: no cabía duda de que aquella mujer sonriente e impecablemente vestida era yo misma. Una sensación extraña se apoderó de mí. Aunque era evidente que aquella mujer y yo éramos la misma persona, me resultaba imposible reconocerme en ella. Hoy me identificaba más con Lisa, aquella involuntaria impostora, olvidadiza y perdida, que había nacido después del accidente de avión, hacía apenas una semana.

Dejé de lado aquellos pensamientos tan poco constructivos y concentré mi atención en la imagen de Robert Gresley, un hombre atractivo de pelo oscuro y armoniosas facciones: ojos color miel de mirada penetrante, nariz afilada y labios finos. Tanto él como su compañera desprendían la seguridad y el aplomo que se consigue con el éxito, el poder y el dinero. A pesar de todos mis esfuerzos por reavivar cualquier recuerdo, mi memoria seguía en blanco: no reconocía a aquel hombre con el que me había casado, ni recordaba aquellos lugares en los que habíamos estado juntos.

Dejé las fotos y seguí leyendo. Aparte del hecho de que nos casamos en 2005, no fui capaz de encontrar nada nuevo sobre la vida privada de los Gresley. Lo que sí descubrí fueron un montón de detalles sobre la fulgurante carrera profesional de Robert, desde su graduación con honores en la universidad de

Yale en el año 2000, hasta su ascenso a socio de la reputada firma neoyorquina *Newman, Stein y Asociados*. Copié el número de teléfono del bufete de abogados dispuesta a llamar tan pronto volviese a mi habitación; incluso si aquel hombre y yo ya no estuviésemos casados, podría darme información que me permitiese seguir reconstituyendo mi vida anterior al accidente.

Cuando volví a la habitación eran las cinco y media de la tarde en Tegucigalpa, lo que significaba que serían las siete y media en Nueva York. Sabía que lo que tenía que hacer a continuación era llamar al bufete, pero estaba aterrada. Me senté en el escritorio frente a la ventana y, sin ni siquiera plantearme lo que iba a decir, marqué el número de teléfono que había anotado y pedí que me pusieran con Robert Gresley.

—Despacho de Robert Gresley. ¿En qué puedo ayudarle? —contestó una secretaria con un marcado acento británico.

—Buenas tardes. Quisiera hablar con el Señor Gresley —dije con voz titubeante.

—El Señor Gresley está reunido. Si me deja su nombre, mensaje y número de teléfono, le devolverá la llamada tan pronto le sea posible.

Durante unos segundos dudé si verdaderamente merecía la pena dejar el recado o si sería mejor llamar más tarde, pero rápidamente decidí que no tenía tiempo que perder. Como no sabía si Robert Gresley y yo seguíamos casados, opté por darle mi nombre en vez de nuestro parentesco.

—Sí, por favor, dígale que ha llamado Elisa Luna...

—Señora Gresley —me interrumpió la secretaria antes de que pudiese terminar la frase—, disculpe que no la haya reconocido. Todos estábamos muy preocupados por usted. Inmediatamente le pongo con su marido.

Las piernas empezaron a temblarme y se me hizo un nudo en el estómago.

—¿Eli? —dijo una voz que no reconocí al cabo de unos instantes.

No sabía qué responder, así que me limité al banal:

—Hola, Robert.

—¡Dios mío, Eli! ¿Estás bien? ¿Te ha pasado algo? ¿Dónde te has metido?

La inquietud y la emoción contenidas en aquella voz desconocida corroboraba lo que ya había dicho la secretaria: Robert y yo seguíamos casados. Me faltaban las palabras. Ojalá hubiese preparado lo que iba a decirle. ¿Por dónde empezar? Todos los acontecimientos de los últimos días se apelotonaban en mi cabeza.

—¿Elisa? ¿Sigues ahí?

Tenía que decir algo.

—Sí, sí... Estoy bien. Te llamo desde Tegucigalpa—me esforcé por sonar tranquila.

—¡¿Tegucigalpa?! ¿Tienes idea de lo preocupado que estaba? Me estaba volviendo loco. Tengo a los investigadores del bufete y al FBI buscándote por todos lados.

Quizás había sonado demasiado tranquila porque, por el tono de su voz, parecía que mi marido estaba asumiendo que me había venido a Honduras de vacaciones o algo parecido. Interrumpí sus reproches.

—Robert, estoy bien pero he perdido la memoria. No recuerdo quién soy o por qué vine a esta ciudad. —Hice una pausa pues, por mucho que fuese mi marido, no sabía hasta dónde podía contarle, sobre todo por teléfono.

—¿Qué me estás diciendo? ¿Que has perdido la memoria? ¿Cómo? —El reproche había desaparecido por completo de sus preguntas.

—Hace una semana desperté tras un accidente y no recuerdo nada de lo que ocurrió antes de ese momento...

Mi voz se quebró y no pude seguir hablando. Empecé a llorar e intenté sin éxito que no se notara. Por absurdo que parezca, en esos momentos me sentí más vulnerable que nunca, como si el hecho de explicar la situación, la hiciese aún más terrible de lo que ya era.

—Por favor, Eli, no llores. Todo va a ir bien.

El tono suave que mi interlocutor utilizó para tranquilizarme apenas podía ocultar la preocupación que sentía. Durante unos segundos Robert no volvió a decir nada, dándome tiempo a que me repusiera. El ritmo de su respiración dejaba presentir frustración e impotencia. Con un clínex que había sobre la mesa me sequé las lágrimas y me soné la nariz. Respiré hondo y dejé escapar un suspiro que puso definitivamente fin a mi llanto.

—Dices que has sufrido un accidente. ¿Qué accidente? ¿Estás herida? —mi marido trató de hacerme hablar haciéndome preguntas lógicas y ordenadas.

—Físicamente no me ocurre nada... estoy bien —intenté buscar las palabras que describiesen cómo me sentía.

Me costó trabajo porque, aunque para Robert yo fuese su mujer, para mí él no era más que un desconocido y hablarle de mi vulnerabilidad me resultaba demasiado íntimo. Opté por ser lo más sincera posible:

—Hasta hace un rato ni siquiera tenía claro cómo me llamaba. Ahora sé mi nombre y que estoy casada, y estoy hablando contigo... y me sigo sintiendo igual de perdida... porque no reconozco tu voz y sigo sin saber quién soy... Quiero volver a casa pero no recuerdo dónde vivo, ni te recuerdo a ti, ni a nosotros... —callé antes de que volvieran a darme ganas de llorar.

—Cariño, lo siento tanto... Lo más importante es que estás bien y que juntos vamos a conseguir que recuerdes. Pero ahora sólo tienes que volver a Nueva York, donde está nuestro hogar. Todo lo demás ya se verá. Sé que será difícil, pero trata de no pensar demasiado en cosas que te angustien más de lo que ya estás.

A pesar de todos sus esfuerzos por parecer tranquilo, cada frase ponía en evidencia su preocupación. Volvió a las preguntas prácticas:

—¿Has ido a la policía?

El corazón me dio un vuelco y en un instante volví a la realidad, una realidad de la que todavía no le había hablado, llena de peligros y en la que no podía confiar en nadie.

—No, no puedo hablar con la policía —dije asustada—. Prefiero no darte detalles por teléfono, pero tengo que salir cuanto antes de este país.

Robert comprendió enseguida mi situación.

—Entiendo —dijo sin hacer más preguntas.

Después continuó hablando con firmeza:

—No te preocupes. Yo me encargo de todo. Mañana saldrás de ahí. Dime en qué hotel estás. ¿Tienes dinero y tu pasaporte?

Le di el nombre del hotel y el número de la habitación y le dije que tenía pasaporte y dinero en efectivo —evité decirle en aquel momento que también tenía un pasaporte falso—. Mi marido tomó nota y una vez más me tranquilizó diciéndome que todo iba a salir bien, él se ocuparía de todo para que al día siguiente pudiese volver a casa sana y salva. Durante unos segundos no supe qué decir, hasta que una pregunta se escapó de mis labios sin que pudiese evitarlo:

—¿Tenemos hijos? —le pregunté inquieta.

El breve silencio que siguió me hizo pensar que quizás mi abrupta pregunta le había desestabilizado.

—No, todavía no tenemos hijos. ¿De verdad no te acuerdas?

No supe si el suspiro que oí al otro lado de la línea era señal de desilusión, incredulidad, frustración o quizás un poco de todo.

—No. No recuerdo nada —respondí desanimada.

—No te preocupes. Ya recordarás. Descansa esta noche. Te llamaré mañana a primera hora con los datos del vuelo en que viajarás.

Tras una pausa, dijo con ternura:

—Te quiero, Elisa. Me imagino que no lo sabes pero es cierto.

—Gracias —respondí antes de cortar la comunicación.

Pensativa, me quedé mirando por la ventana cómo el sol se ocultaba en el horizonte. Me hubiese gustado devolverle el *te quiero*, pero no me había sido posible, no podía mentir y decir algo que no sentía. No recordaba la voz de Robert, ni tampoco cómo era. Aunque quería con todas mis fuerzas recordar el amor que sentía antes de perder la memoria, en aquellos momentos lo cierto era que no sentía nada por él. Aun así, le estaba inmensamente agradecida por quererme, por recordarme; por haberse preocupado por mí y por haber reaccionado como lo había hecho cuando, sin explicación alguna, le había dicho que no podía ir a la policía. Había conseguido que me sintiese un poco mejor sabiendo que ya no estaba sola, que en el camino que me quedaba hasta recuperar mi identidad, él estaría a mi lado, llenando los espacios en blanco de mi memoria con nuestros recuerdos.

Me arrepentí de no haberle preguntado todas aquellas cosas que ahora se amontonaban en mi mente, tantas preguntas para las que yo no tenía respuesta: cómo era, a qué me dedicaba, qué me gustaba hacer... Mañana volvería a Nueva York y tendría todo el tiempo para hacerle tantas preguntas como se me ocurrieran.

Entonces recordé que quería llamar también a Santiago Ochoa, el nombre que había encontrado escrito en un papel en mi bolso; marqué su número pero me salió un contestador. Colgué sin dejar mensaje; ni siquiera sabía con que nombre presentarme. ¿Elisa Luna o Lisa Hamilton? Había esperado que ese tal Santiago reconociese mi voz y me llamase por el nombre por el que me conocía. En el fondo me alegré de no poder localizarle aquella noche. Estaba agotada y había demasiadas cosas que tenía que asimilar. Hablar con él no era tan urgente ahora que ya estaba segura de mi identidad. Volvería a intentar ponerme en contacto con él desde Nueva York; presentía que él podría esclarecer los motivos que me habían traído a Tegucigalpa.

Aunque no tenía mucha hambre, pedí que me subieran una cena ligera a la habitación. Comí sin ganas, mirando desde mi ventana la ciudad cubierta por un manto de lucecitas blancas. Con un poco de suerte aquella sería mi última noche lejos de casa... Empecé a repasar las únicas noches de mi vida que recordaba, el puñado de noches que pasé en la selva. Entonces pensé en Jesse. Me di cuenta de que el vacío que sentía era su ausencia: le echaba de menos y deseaba, más que nada en el mundo, volverle a tener a mi lado.

Un sentimiento de culpa detuvo en seco mis divagaciones románticas. Me sentí mal por querer que Jesse estuviese a mi lado y no el marido cuya existencia ahora conocía; pero sobre todo me sentí culpable al darme cuenta de que, por mucho que tratase de evitarlo, en aquel momento estaba enamorada de Jesse y no de Robert. Estaba ante una situación absurda que escapaba a mi control. ¿Cómo podía obligarme a amar a un hombre del que no me acordaba y olvidar a Jesse, que era el único con quien tenía recuerdos? En la soledad de mi habitación, me pregunté si Elisa sentía por Robert lo mismo que Lis sentía por Jesse.

"Querida, sigue así y vas a terminar esquizofrénica; y francamente, no creo que sea lo que te haga falta en estos momentos". La voz familiar en mi cabeza me hizo darme cuenta de lo absurdo de mis dudas: yo era Elisa y sus sentimientos eran más reales que los de Lis, que sólo había existido por un breve espacio de tiempo. A medida que mi vida pasada se despertara en mí, esa otra vida, intensa pero tan fugaz, se iría desvaneciendo hasta no ser más que una anécdota en mi recuerdo. O al menos eso esperaba...

El cansancio terminó por ganar la batalla y, a pesar del desconcierto de mi estado de ánimo y la tristeza que sentía, me quedé dormida.

OCTAVO DÍA

Dormí con un sueño profundo y reparador. Si soñé, no lo recuerdo; sólo sé que cuando me desperté eran las siete de la mañana y me sentía como nueva... físicamente, al menos. Por primera vez sabía el día en que vivía y lo que iba a hacer: volver a casa.

Me levanté y abrí las cortinas dejando que la luz de la mañana llenase la habitación. Tegucigalpa se levantaba bajo un cielo radiante. Robert no tardaría en llamar, así que me duché deprisa, me lavé y sequé el pelo, que dejé suelto, y me maquillé discretamente. Después me puse uno de los conjuntos que había comprado en el centro comercial. Quería parecerme a la mujer que había visto en Internet, volver a sentirme atractiva, no sé muy bien si para Robert o para mí misma. Me observé en el espejo y, por primera vez en la última semana, no me desagradó la imagen que me devolvió.

A las nueve y media decidí bajar a desayunar a la cafetería del hotel —estaba demasiado inquieta y ver gente me distraería—. Avisaría en recepción que me pasaran allí la llamada que estaba esperando. Justo cuando me disponía a salir de la habitación sonó el teléfono. Descolgué a toda prisa esperando oír la voz de Robert con los datos del vuelo, pero fue Jesse el que contestó a mi saludo:

—Hola, Lis. Por si acaso ya no te acuerdas, como te suele ocurrir, soy Jesse, el apuesto caballero con el que has pasado los últimos días —bromeó—. Estoy en recepción. ¿Puedo subir a tu habitación?

Una felicidad inmensa se apoderó de mí y mis labios dibujaron una estúpida sonrisa. Le di el número y, con el corazón latiéndome frenéticamente, esperé junto a la puerta que abrí tan pronto oí llegar el ascensor en el pasillo. Jesse entró en la habitación con paso decidido y, sin previo aviso, me tomó en sus brazos y me besó.

Durante un instante olvidé todo y me perdí en su abrazo hasta que el recuerdo de la conversación que había tenido con Robert la noche pasada me devolvió a la realidad de manera irremediable. Con dificultad, mis labios pusieron fin a nuestros besos y mis manos apartaron de mí aquel cuerpo que tanto deseaba.

—¡Cómo me alegro de que estés bien! Pensé que no volvería a verte —conseguí articular con voz vacilante.

—Te prometí que haría todo lo posible por reunirme contigo en el hotel y aquí me tienes.

Jesse debió de darse cuenta de mi frialdad pues me cogió la mano y con una sonrisa burlona añadió:

—No me digas que estás celosa porque me viste besar a esa chica en el bar. Tina es uno de mis contactos locales. Teníamos que retirarnos a un lugar tranquilo donde poder hablar y ésa era la única manera de no levantar sospechas. —Se detuvo un instante para mirarme de arriba abajo—. Estás preciosa —dijo dando por terminada su explicación—. ¿Has recordado quién eres?

Es curioso cómo una simple frase puede cambiar completamente el curso de una conversación. Si en vez de preguntarme si había recuperado la memoria me hubiese preguntado si había descubierto información sobre mi vida, mi respuesta habría sido distinta y quizás el resto de la conversación lo habría sido también. Pero Jesse preguntó si había recordado algo: seguía sin recordar nada, ni siquiera lo que había descubierto, así que mi respuesta automática fue que todavía no. Antes de que pudiese contarle todo lo que había averiguado, así como la conversación que había mantenido con Robert la noche pasada, Jesse me interrumpió:

—No importa. Mi trabajo aquí está casi terminado, así que volveremos juntos a mi casa en San Antonio y desde allí averiguaremos quién eres.

No sé lo que Jesse leyó en la expresión de mi rostro, pero volvió a tomarme en sus brazos y mirándome a los ojos añadió:

—Lo he estado pensando mucho y no quiero que nos separemos. Nunca he conocido a nadie como tú, alguien que me haga sentir como me siento contigo. Sé que no nos conocemos lo suficiente y que las circunstancias y tu amnesia no son una base sólida para empezar una relación, pero el tiempo que pasemos juntos hasta que recuerdes tu pasado nos permitirá conocernos mejor y decidir si queremos construir un futuro juntos.

No podía creer lo que estaba oyendo. Aquellas palabras, que apenas un día antes habrían sido música para mis oídos, me desgarraban ahora el corazón. Sentí cómo se me empañaban los ojos y una vez más rompí el abrazo que nos unía. Jesse volvió a malinterpretar mis gestos, se sentó en la cama y, con mirada dolida y voz despechada, se apresuró a decir:

—Soy un idiota. Entre todos las reacciones que había anticipado en mi mente no había previsto la posibilidad de que tú no quisieras quedarte conmigo. Tenía que haber empezado por saber si soy para ti algo más que un buen...

Calló en seco dejando su frase inacabada. Cuando retomó la palabra, la amarga ironía de su voz había dejado paso a una sinceridad que me conmovió:

—Perdóname, Lis. No tengo derecho a enfadarme contigo cuando soy yo el que malinterpretó tus sentimientos. Pensé que tú también sentías algo por mí... —Durante unos segundos le miré sin saber muy bien qué decir—. Pero no te preocupes, aun así te ayudaré...

Esta vez fui yo la que le interrumpió dispuesta a poner todos y cada uno de mis sentimientos al descubierto; la sinceridad de Jesse merecía al menos eso.

—Claro que siento algo por ti. Creo que lo siento desde el primer día en que, para hacerte entrar en calor, me metí en tu saco de dormir. A pesar de intentarlo, no he podido evitar enamorarme de ti. No te imaginas cuántas veces he soñado despierta lo que podría ser nuestra vida juntos o todas aquellas ocasiones en las que me he mordido la lengua para no susurrarte al oído que te quería. Una y otra vez volvía a la realidad diciéndome que alguien como tú nunca se fijaría en alguien como yo...

Noté cómo me ruborizaba a medida que avanzaba en mi insensata confesión; confesión que no sólo le ofrecía a Jesse, sino también a mí misma. Mientras hablaba, Jesse me miraba asombrado. Cuando callé, se acercó a mí y me preguntó:

—Si todo lo que dices es cierto, ¿qué problema hay en que te vengas conmigo y tratemos de darnos una oportunidad? Porque te puedo asegurar que no sólo me he fijado en ti, sino que yo también he empezado a enamorarme. —Sus labios buscaron los míos, pero lo único que encontraron fue la decepción de mis palabras:

—Lo que hay, es que estoy casada con un hombre que aparentemente me quiere y que se ha estado volviendo loco buscándome. A ti te he amado una semana, a él parece ser que le he querido más de seis años.

Entonces le conté todo lo que había descubierto de mi vida pasada y la conversación que había tenido con Robert apenas unas horas atrás. Le conté que por lo visto éramos un matrimonio feliz y cómo aquel hombre me había prometido hacer todo lo posible para que volviese cuanto antes a nuestro hogar, donde él me ayudaría a recordar.

—Cuando llamaste pensé que sería Robert. Quedó en darme los datos del vuelo que tengo que coger para volver a Nueva York, a mi casa.

Jesse me escuchaba anonadado, como si no pudiese creer lo que le contaba...

—¿Y tú le quieres? —consiguió preguntarme casi con tristeza.

Mi respuesta brotó con frustración e impotencia:

—¿Cómo puedo quererle si ni siquiera recuerdo quién es? He visto sus fotos, pero es como quien mira por primera vez a un desconocido. No reconozco su voz, ni me resulta familiar lo que me cuenta.

Respiré hondo y con voz mucho más controlada añadí:

—Pero sé que tengo que recordar: se lo debo a él y a mí misma. No sabes cuánto desearía que mi memoria se despertase de golpe y no sentir esta angustia que siento; este miedo a volver a casa y seguir sintiéndome perdida, el temor de no saber cómo actuar... Me asusta pensar que cuando esté con él, seas tú el que ocupe mi pensamiento... pero me aterroriza aún más seguir a oscuras, no saber quién soy.

Desmoralizada, me acerqué a la ventana y dejé que mi vista deambulara por aquel valle de tejados rojos y altas palmeras.

Durante unos minutos los dos permanecimos en silencio, asimilando y aceptando una situación absurda pero sin remedio. Jesse fue el primero en romper aquel pesado silencio:

—Me alegro por ti, Lis... Bueno, supongo que tengo que acostumbrarme a llamarte Elisa, ¿verdad? —después, con una sonrisa añadió—: Aunque has de reconocer que tienes cara de llamarte Lisa.

Agradecí los esfuerzos que hacía por quitarle tensión a la situación. Sin saber qué añadir, le propuse que bajásemos a desayunar —necesitaba una dosis doble de café—. Antes de salir de la habitación llamé a recepción para decirles que estaba esperando una llamada urgente de Robert Gresley y les pedí que me la pasasen al restaurante del hotel.

Jesse y yo bajamos a la cafetería y pedimos un copioso desayuno. La incómoda compostura que mostraba cada uno de nuestros gestos desde la escena en la habitación fue desapareciendo poco a poco hasta dejar paso a la naturalidad cómplice que había marcado nuestra relación de los últimos días. Enseguida empezamos a recordar con humor algunos de los intensos momentos que habíamos compartido y a hablar de la próxima etapa en nuestras vidas.

Jesse me dijo que trataría de volver cuanto antes a Estados Unidos. Tan pronto atase los pocos cabos sueltos que quedaban para terminar la misión en la que había estado trabajando, tenía la intención de tomarse unas vacaciones largas y bien merecidas. Quería pasar algún tiempo con su familia y hacer un balance de lo que había sido su vida hasta ahora y hacer nuevos planes para el futuro.

—Supongo que sentir la muerte tan cerca me ha afectado bastante... o tal vez haya sido conocerte... ¿Quién sabe? A lo mejor me decida a dar un giro total a mi vida. Aunque estoy prácticamente seguro de que al final no haré grandes cambios. Más que un trabajo, lo que hago es un estilo de vida; es lo único que sé hacer y en el fondo me gusta —dijo con cierta ironía en la voz.

Cuando estábamos a punto de terminar de desayunar, Jesse garabateó una dirección y un número de teléfono en una servilleta. Después me miró a los ojos y con voz tranquila me dijo:

—Aquí podrás localizarme siempre. Llámame cuando tengas todo claro para decirme que eres feliz... Y sobre todo, llámame si descubres que no lo eres...

Me quedé mirándole fijamente tratando de interpretar esas últimas palabras. El camarero volvió para rellenar nuestras tazas poniendo fin a la seriedad del momento. Jesse continuó hablando pero esta vez en tono de broma:

—...Porque tengo la impresión que ese Robert no te conviene. Para empezar es abogado y ningún picapleitos es trigo limpio y, además, ¿qué se puede esperar de un tío que se conforma con comprarte un billete de avión y te deja volver sola sabiendo lo que has vivido? Y encima en avión. Yo habría venido a buscarte en persona.

—No seas injusto. Robert no sabe que he tenido un accidente de avión —precisé sonriendo—. He sido una chica obediente y no le he dicho a nadie lo ocurrido.

—Has hecho bien —el tono de Jesse se volvió serio de repente—. Mejor que no lo hagas hasta que estés fuera de este país.

Nos terminamos los cafés y mientras Jesse pagaba, me acerqué a la recepción para asegurarme de que no había recibido ninguna llamada. Mientras le esperaba me distraje mirando a un ruidoso grupo de turistas alemanes que se preparaba a subir a un autocar. Me llamó la atención un coche negro que se detuvo frente a la entrada y del que se bajó un hombre joven. Algo en ese individuo me resultó familiar, así que le seguí con la mirada mientras que, con pasos largos y decididos, se dirigía a la recepción. Cuando se quitó las gafas de sol me di cuenta de que aquel hombre alto y distinguido era Robert Gresley.

Nuestras miradas se cruzaron; la expresión de felicidad y alivio que se dibujó en su rostro me indicó que él también me había reconocido. Sin darme tiempo a reaccionar, se abalanzó sobre mí y me abrazó con cariño. Todo mi cuerpo se tensó; mi instinto inicial era de rechazo. Quería apartarme de aquel desconocido que se estaba permitiendo el lujo de tomarme en sus brazos, de imponerme físicamente su persona —por una fracción de segundo el recuerdo de Carlos forzándome sobre el capó del coche cruzó mi mente—. Al mismo tiempo, entendía y apreciaba el comportamiento de aquel hombre que había dejado todo para venir a buscar a la mujer que amaba y con la que compartía su vida. Robert debió de darse cuenta de lo incómodo de la situación y rápidamente se apartó de mí mientras me cogía de la mano para disculparse:

—Perdona... No he podido evitarlo. Soy Robert, tu marido. Sé que no me recuerdas, pero no te imaginas lo preocupado que estaba y lo mucho que te he echado de menos. ¡Me alegro tanto de que estés bien! Por un momento creí que me reconocías...

—No te preocupes, lo entiendo perfectamente. Te reconocí por las fotos que vi en Internet —me apresuré a decir—. Yo también me alegro de verte y te pido que disculpes mi reacción. Daría cualquier cosa por recordarlo todo, pero no es así. Dame tiempo...

En ese momento me di cuenta de que Jesse había vuelto y nos observaba sin saber qué decir.

—Robert, te presento a Jesse Morgan. Sin su ayuda nunca habría conseguido llegar hasta aquí y localizarte. Jesse, este es Robert Gresley, mi marido —dije intentando disimular lo violenta que me sentía.

Robert miró a Jesse con cierta sorpresa, pero inmediatamente le tendió la mano y con sinceridad le agradeció su ayuda. Jesse le devolvió el saludo y mirándome dijo:

—Yo también le debo a ella la vida ... —luego volvió a mirar a Robert y añadió—: Pero ésa es una larga historia que Lis le contará algún día.

Robert no pareció extrañarse de que Jesse me llamase Lis. Tampoco preguntó nada directamente relacionado con la larga historia que aparentemente yo iba a contarle algún día. Se limitaron a intercambiar banalidades. Yo me quedé pasmada unos segundos observando a aquellos dos hombres entre los que oscilaba mi vida.

Aparte de la estatura, no se parecían en nada. Jesse era y parecía más joven —cuando nos conocimos, me dijo que tenía veintiocho años, y yo había leído que Robert tenía treinta y seis—. El pelo rubio oscuro alborotado de Jesse y su barba de tres días le daban una imagen viril y desenfadada. La sombra de cicatrices y moratones, así como su atuendo —camiseta negra, camisa caqui, vaqueros desgastados y botas militares— reforzaban un cierto aire de chico malo, al mismo tiempo que la perfección de sus facciones, el color dorado de su piel y su sonrisa fácil evocaban más bien las páginas de una revista de moda masculina.

Robert era atractivo y elegante: pantalón y camisa blanca impecables, chaqueta y zapatos negros. Su pelo oscuro, corto y bien peinado, su cara alargada, pálida y perfectamente afeitada, hacían resaltar el ámbar dorado de sus ojos. Pero lo que más destacaba en él era la seguridad que emanaba y que le hacía llenar el espacio con su presencia, ser el centro de atracción donde estuviera.

—Lis, te deseo todo lo mejor —la voz de Jesse me hizo salir de mi ensimismamiento.

Aunque mi primera reacción fue evitar su mirada, pues temía que la mía pusiese en evidencia mis sentimientos hacia él, me obligué a mirarle a los ojos y, haciendo acopio de toda la naturalidad de la que fui capaz, le tendí la mano y me despedí diciendo:

—Lo mismo digo. Te agradezco todo lo que has hecho por mí.

Jesse me sonrió una vez más, se despidió de Robert y se marchó sin mirar a atrás. Tal como me había ocurrido el día anterior en el *Café del Reloj*, me quedé mirando como el hombre que amaba se alejaba de mí, esta vez convencida de que probablemente no volvería a verle. Este pensamiento hizo grietas en la fachada de normalidad que había construido para Robert. Respiré hondo y traté de contener las lágrimas que, a pesar de mis esfuerzos, habían empezado a rodar sobre mis mejillas. Robert puso la mano sobre mi hombro. Sin decir nada me pasó un pañuelo de seda blanco con las iniciales R.E.G. bordadas a mano.

—El chófer nos espera para llevarnos al aeropuerto, así que si quieres, ve a preparar tu maleta mientras que yo me encargo de pagar el hotel. Tan pronto termine, subo a buscarte a la habitación.

Era evidente que Robert quería darme la oportunidad de quedarme sola y reponerme del mal trago que estaba pasando. Sin mirar a mi marido o agradecerle aquel gesto, me sequé las lágrimas y subí a la habitación. Una vez sola, rompí a llorar, como si quisiera llenar con lágrimas el abismo que Jesse dejaba tras de sí. Al cabo de un rato me sequé la cara y recuperé el control; era hora de pasar aquella página de mi vida.

Cuando Robert llamó a la puerta, ya estaba más tranquila. Le dejé entrar y le pedí que se sentase en el sillón junto a la ventana. Acerqué la silla del escritorio y me senté frente a él. Después, mirándole directamente a los ojos le dije con voz clara y serena:

—Lo único que recuerdo de mi vida es la última semana, y Jesse es la persona con la que he compartido esos intensos días. Verle alejarse me ha dado la impresión de dejar marchar el único pasado que recuerdo y quedarme de nuevo sola. Siento no haber sido capaz de controlar mejor mis emociones...

Antes de que pudiese terminar de hablar, Robert puso su mano en mi rodilla y me dijo:

—No tienes que darme explicaciones ni justificar cada una de tus reacciones.

Su penetrante mirada confirmaba toda la ternura contenida en sus palabras:

—Sólo espero que sepas que no estás sola: me tienes a mí y juntos vamos a superar esto.

—Lo sé y no sabes cómo te lo agradezco —respondí al mismo tiempo que dejaba reposar mi mano sobre la suya.

Durante unos instantes nos quedamos inmóviles, dejando que el silencio llenase aquella habitación, testigo de nuestro primer intercambio genuino. Nada me retenía ya en Tegucigalpa y si no nos dábamos prisa perderíamos el avión, así que, sin decir nada más, dejamos el hotel y en el coche negro nos fuimos al aeropuerto.

* * * * *

Durante el trayecto apenas cruzamos palabra; había un montón de cosas de las que quería hablar con Robert —estaba segura de que él también quería preguntarme unas cuantas— pero la presencia del chófer, por discreto que pareciese, me impedía mencionarle cualquier cuestión comprometedora, y casi todo lo que tenía que contarle era difícil de explicar. En cuanto llegamos al aeropuerto, me explicó que volaríamos haciendo una breve escala en Houston, porque no había vuelos directos Tegucigalpa-Nueva York. Si no había ningún imprevisto, aterrizaríamos en La Guardia en torno a las diez de la noche.

—Tu pasaporte estadounidense estaba en casa, así que supongo que volaste con tu pasaporte español —comentó mientras nos dirigíamos al mostrador de United Airlines.

—¡No!

El énfasis que puse en aquella palabra hizo que Robert redujese el paso.

—Tengo mi pasaporte español conmigo, pero viajé con este otro —añadí al mismo tiempo que le entregaba el documento a nombre de Lisa Hamilton—. Creo que sería mejor no utilizarlo —añadí arrepintiéndome de no haberle explicado todo aquello discretamente en el hotel.

Robert se detuvo un momento. Una vez más me sorprendió su capacidad de digerir información y controlar sus reacciones: ojeó brevemente el pasaporte falso y me lo devolvió sin comentarios. Después, sin detenerse, me dio otro pasaporte que se había sacado del bolsillo interior de la chaqueta:

—Usaremos tu pasaporte americano para volver a Estados Unidos.

A continuación, mi marido sacó su Blackberry de la funda del cinturón e hizo una llamada rápida a la que yo no presté atención. Estaba absorta observando con incredulidad aquella tercera versión de mí misma que me miraba indiferente desde el pasaporte azul oscuro que Robert me había dado: *Elisa Gresley, nacida Luna de Mena.* Así que ése era mi verdadero nombre...

No llevábamos ni cinco minutos haciendo cola en el control de pasaportes cuando un hombre de aspecto elegante se acercó a mi marido y le saludó efusivamente:

—Querido tocayo, qué agradable sorpresa verle por aquí. Tenía que habernos avisado de su visita; estoy seguro de que a don Ernesto le habría encantado saludarle —dijo en un inglés correcto, aunque con un fuerte acento hondureño.

—Don Roberto, le presento a mi señora, Elisa. Elisa, éste es Roberto Paredes, con el que he tenido el gusto de trabajar en varias ocasiones —Robert continuó dirigiéndose al hondureño—. Siento no poder saludar a don Ernesto en esta ocasión, pero éste ha sido un viaje relámpago: mi mujer quería que visitase la casa que está pensando alquilar para las vacaciones, así que he llegado esta misma mañana y ya nos vamos.

Respondiendo a la amabilidad de don Roberto, mi marido había dicho todo esto en un español bastante bueno, pero cuando llegó el momento de explicarle la razón por la que le había llamado, cambió al inglés:

—Mi esposa entró en Honduras con su pasaporte español y se acaba de dar cuenta de que lo ha perdido. Si volvemos a la ciudad para poner una denuncia y hacer todos los trámites necesarios perderemos el avión y es fundamental que yo esté de vuelta en Nueva York hoy mismo. ¿Cree que habría problema en que saliese del país con su pasaporte americano, a pesar de no tener el sello de entrada?

—Ningún problema que no podamos arreglar desde aquí —dijo con una sonrisa cómplice.

Después nos acompañó al pequeño puesto de policía del aeropuerto; gracias a sus contactos, no nos llevó ni diez minutos hacer la declaración de pérdida correspondiente y obtener el justificante que nos permitiría cruzar la frontera. Por último, don Roberto nos hizo pasar el control de pasaportes sin tener que hacer cola y luego se despidió con la misma amabilidad con la que se había presentado:

—Señora Gresley, me alegra que haya elegido nuestro país para sus vacaciones. Ya sabe dónde tiene a un servidor. Robert, ha sido un placer poder ayudarle —añadió mientras intercambiaban un fuerte apretón de manos.

A pesar de lo rápido que había pasado todo, Robert y yo tuvimos que correr hasta la puerta de embarque porque nuestro vuelo estaba a punto de cerrar. Al entrar en el avión, nos recibió una azafata que amablemente nos condujo hasta nuestros asientos. La primera clase estaba casi vacía.

Con la respiración todavía entrecortada por la carrera, me senté en el confortable asiento dispuesta a disfrutar de las horas de relativa calma que el largo viaje de vuelta me ofrecería —iba a aprovechar esas horas para conocer mejor a Robert y a mí misma—. Pero en el preciso instante en que me abroché el cinturón, sentí una especie de descarga eléctrica. Ante mis ojos empezaron a desfilar imágenes del accidente aéreo que había sufrido hacía apenas una semana: el avión descendiendo en picado, los gritos histéricos de los pasajeros, el equipaje cayendo de los compartimentos superiores, las máscaras de oxígeno colgando del techo...

Ahogué el grito de angustia que me produjeron aquellos recuerdos y crispada me aferré a los reposabrazos de mi asiento. Durante un momento mantuve los ojos cerrados, tratando sin éxito de hacer desaparecer aquellas horribles imágenes.

—¿Qué te ocurre, Elisa? —La voz de Robert me sacó del estado de *shock* en el que me encontraba.

Con esfuerzo intenté controlar mi respiración inhalando grandes bocanadas de aire y poco a poco fui recuperando la calma. Robert me había cogido de la mano para tranquilizarme cuando me di cuenta de que el avión se había puesto en marcha. Abrí los ojos y durante unos segundos dejé que mi vista reposase mirando las instrucciones de seguridad proyectadas sobre la pantalla frente a mi asiento.

Permanecí callada durante el despegue, tratando de entender lo que me estaba pasando. Entonces comprendí que aquellos recuerdos constituían los primeros de mi vida antes del accidente —no se trataba de una simple sensación de ansiedad producida por volver a volar, sino de detalles precisos e imágenes concretas de lo que había ocurrido—. Por desagradable que hubiese resultado el episodio que acababa de vivir, sentí una cierta euforia pues recordar aquellos momentos significaba que mis recuerdos no habían sido borrados por completo, sino que estaban almacenados en algún escondido rincón de mi mente. Ahora más que nunca tenía la esperanza de volver a recordar todo lo que había olvidado. Busqué en mi memoria algún otro detalle del pasado, pero tan sólo el accidente y la semana siguiente al mismo llenaban mi recuerdo.

Llevábamos unos minutos en el aire cuando la azafata se acercó para ofrecernos una copa de champán. Acepté encantada la copa alargada que bebí de un trago ante la mirada desconcertada de mi marido. Después, me volví hacia él y en voz baja le dije que había recordado el accidente de avión.

—¡¿El accidente de avión?! —exclamó Robert, perdiendo un poco de su compostura característica. Rápidamente se serenó y con un tono mucho más comedido, añadió—: ¿No me estarás diciendo que viajabas en el vuelo que se estrelló la semana pasada? Pero si dicen que no hubo supervivientes.

Le miré a los ojos y asentí con la cabeza. Me temblaba el pulso y tenía problemas para apartar de mi mente las visiones del accidente y de lo que ocurrió después. Sin embargo supe que había llegado el momento de poner a Robert al corriente de lo que había vivido durante la semana en la que estuvimos separados. Había esperado que aquellas horas de viaje nos sirviesen para conocernos mejor, saber algo más sobre mí misma, sobre Robert y sobre nuestra vida juntos. Por supuesto, tenía la intención de ponerle al corriente de todo, pero sabía que me resultaría más fácil hacerlo cuando tuviese más confianza con él —Robert no dejaba de ser un extraño al que había conocido apenas unas horas antes—. Lamentablemente, la crisis que acababa de experimentar, y de la que Robert había sido testigo, me obligaba a cambiar mis planes.

Le pedí a la azafata que rellenase mi copa, necesitaba beber algo más para poder sincerarme con Robert. En la relativa intimidad de la casi desierta primera clase, y sabiendo que nuestra conversación sería engullida por el ruido de los motores, le conté a mi marido lo que había vivido desde el instante en el que, ocho días atrás, recobré el conocimiento en medio de los restos de aquel otro avión.

Comenzar el relato me resultó bastante más fácil de lo que esperaba: las palabras brotaron con fluidez, casi independientes de mi voluntad consciente. Empecé por contarle con detalle aquellos momentos en que, magullada y dolorida, desperté para descubrir con angustia, no solamente que era la única superviviente de una tragedia, sino que además había perdido por completo la memoria. Con sorprendente serenidad le describí el escenario del accidente, la muerte del pasajero en mis brazos, cómo me instalé en la cueva junto a la cascada...

También le hablé del *jeep* y la droga, del hallazgo de Jesse inconsciente, del trueque de cuerpos y de la vuelta de los traficantes. Le conté los motivos por los que, tan pronto como Jesse recobró el conocimiento, decidimos huir en busca de un lugar más seguro en vez de esperar a los equipos de rescate.

—Por cierto, ¿cuándo encontraron el avión? —pregunté de repente—. ¿Se sabe el motivo del accidente?

Hasta ese preciso instante no había tenido la más mínima curiosidad por conocer los detalles de la tragedia; mantenerme con vida y averiguar quién era habían acaparado toda mi atención. Robert me miró asombrado, pero no tardó en contestar:

—Por lo que se ha averiguado hasta el momento hubo un fallo mecánico... Leí en la prensa que se perdió el contacto con el aparato al poco de despegar... Si te digo la verdad, no he seguido de cerca la noticia. —Se encogió de hombros—. Pero sé que tardaron casi cinco días en encontrar el lugar del accidente; parece ser que el avión se había desviado mucho de su ruta.

"Cinco días" —pensé—. "El mismo tiempo que tardamos en abandonar el lugar. Si hubiésemos esperado un poco más nos habrían encontrado."

La azafata que nos había traído la carta vino a tomar nota de lo que íbamos a comer. En cuanto se marchó, continué con mi relato.

—Jesse y yo dejamos el campamento camino de la civilización. Todo se complicó al toparnos con tres hombres. A uno de ellos le reconocí enseguida: era uno de los que había vuelto a buscar la droga del *jeep*. Por suerte, ninguno de los tres reconoció a Jesse pero no iban a dejar que nos marchásemos...

Acababa de empezar a contarle nuestro encontronazo con Juan y sus secuaces, cuando se me quebró la voz y sentí el comienzo de un nuevo ataque de pánico. Miré a nuestro alrededor asustada; temía que alguien estuviese observando mis reacciones y sospechara que había algo raro. Por suerte, ninguno de los otros dos pasajeros de primera estaba mirando hacía atrás.

Hasta ese momento, y salvo cuando me dijo lo que sabía sobre el accidente, Robert había escuchado en silencio sin hacer preguntas —supongo que, a pesar de mi calma aparente, podía imaginarse lo difícil que estaba resultando para mí hablar de todo aquello y no quería cortar el hilo de mi relato—. Pero al ver mi reacción al mencionarle el encuentro con aquellos hombres, volvió a tomarme la mano y apretarla en signo de apoyo:

—No sigas si te afecta tanto. Ya tendrás tiempo de hablar de todo esto cuando te sientas a salvo en casa —dijo con calma, aunque su miraba delataba preocupación e impotencia.

Leí en sus ojos la lucha entre la necesidad de saber lo que había ocurrido, lo que aquellos hombres me habían hecho, y el deseo de evitarme revivir aquellos momentos tan duros. Yo hubiese querido callar y olvidar, cambiar de tema, pero por mucho que me costara hablar de todo aquello, Robert se merecía una explicación, así que haciendo un esfuerzo seguí con mi relato:

—Por si te preocupa, no me hicieron daño —dije con voz muy baja—. Jesse y yo no les dimos tiempo. Nos deshicimos de ellos antes de que ellos se deshiciesen de nosotros.

Hice una breve pausa, y después añadí llena de vergüenza:

—Tengo las manos manchadas de sangre.

Me froté las palmas como para limpiarlas de una culpabilidad que nunca podría hacer desaparecer porque estaba arraigada en lo más profundo de mi ser. Robert cogió mis manos entre las suyas y las besó con ternura.

—Tu vida vale más que las de esos indeseables. Me alegro de que seas tú la que tiene su sangre en las manos y no al revés.

El cariño y la delicadeza que Robert me demostraba consiguieron mitigar los desagradables recuerdos de aquel fatídico día. Durante unos segundos ninguno de los dos dijo nada. Mucho más relajada, dejé reposar mi cabeza sobre el hombro de Robert quien, a su vez, puso la suya sobre la mía. Cerré los ojos para disfrutar de ese momento de calma.

Pero entonces recordé que aquel mismo día había sido también cuando Jesse y yo hicimos el amor por primera vez. Un torrente de sensaciones despertó mis sentidos haciéndoles revivir las horas con el que, a partir de ese momento, sería mi amante: recordé el azul intenso de sus ojos, el olor de su piel, el sabor de su boca, el calor de su aliento, el acelerado latido de su corazón... La nitidez de aquellas imágenes hizo que me ruborizara. Avergonzada, me incorporé bruscamente.

Al darse cuenta de que me ponía tan tensa, Robert me soltó la mano y buscó mi mirada tratando de encontrar en ella una explicación. No podía adivinar que lo que yo estaba sintiendo no era pánico sino vergüenza y un terrible sentimiento de culpa. Quería reconfortarle y decirle una vez más que había salido ilesa de aquel encuentro pero, ¿cómo explicar entonces mi repentina reacción sin mentir o hacerle daño? ¿Cómo hablarle de San Germán del Camino o de Comayagua sin dejar traslucir lo que allí había ocurrido entre Jesse y yo? Si me conocía tan bién como parecía, se daría cuenta de que había algo más, leería entre líneas.

Tras unos instantes en los que dudé qué decir y qué callar, decidí ir directa al grano:

—En todo caso, ningún otro obstáculo se interpuso en nuestro camino. Seguimos nuestra ruta sin incidentes mayores y ayer llegamos a Tegucigalpa. Buscando en Internet el nombre que figuraba sobre mi pasaporte español, descubrí que estaba casada contigo. El resto ya lo sabes.

Si la brusquedad con que terminé mi relato despertó alguna sospecha en Robert, no lo mostró. Antes de que pudiese pedirme explicaciones, la azafata nos trajo el almuerzo. Comimos en silencio sumidos en nuestros pensamientos. Yo estaba muy cansada, así que, en cuanto terminé de comer, recosté el asiento y durante el resto del vuelo permanecí en un estado de duermevela.

Durante el viaje entre Houston y Nueva York no volvimos a mencionar nada sobre el accidente o lo que pasó después. Robert aprovechó esas horas para contarme muchas cosas sobre mí, mi trabajo, mi familia, nuestra vida juntos. Yo le escuché con atención, tratando de retener detalles que, aunque tenían que haberme sido familiares, era como si los oyese por primera vez.

Cuando por fin llegamos a casa, estaba agotada. El hecho de no reconocer nada de aquel apartamento en el que había vivido varios años no ayudó a que me sintiese mejor. Empezaba a pensar que el momento de lucidez que estaba esperando, ese instante en que todos los recuerdos de mi pasado volverían de golpe permitiéndome retomar mi vida donde la había dejado, no llegaría nunca.

TERCERA PARTE
POR EL CAMINO DE LOS RECUERDOS

NOVENO DÍA

El monótono sonido de las gotas de lluvia chocando contra los cristales me fue sacando lentamente de mi agitado sueño. Eran las diez y media de la mañana pero estaba cansada y me dolía la cabeza. Había dormido fatal; me había costado mucho conciliar el sueño tratando de asimilar lo que mi marido me había contado sobre mi vida. En lugar de devolverme la memoria, toda esa información sólo había conseguido aumentar mi inquietud y frustración. En torno a las tres de la madrugada conseguí dormirme, pero ni siquiera a partir de ese momento pude descansar puesto que me desperté varias veces, sobresaltada y con la sensación de estar olvidando algo fundamental, una cuestión de vida o muerte. Había pasado la noche dando vueltas en aquella cama inmensa que con tanto tacto Robert me había cedido.

Volví a recordar la breve conversación que tuvimos justo antes de irme a la cama, cuando reuní todo mi valor y me atreví a preguntarle si se le ocurría algún motivo que pudiese explicar por qué me había ido a Honduras usando un pasaporte falso. Robert se quedó unos instantes pensativo.

—No, no tengo la menor idea ni me puedo imaginar la razón por la que tendrías que haber viajado a ese país, ni de por qué no me dijiste nada... y mucho menos aún de cómo demonios conseguiste un pasaporte falso... —me miró fijamente a los ojos antes de añadir sin vacilar—: Pero de lo que estoy seguro es de que si lo hiciste es porque tenías una razón de peso para hacerlo. Eres la persona más prudente y honesta que conozco, y no puedo creer que no hayas actuado siguiendo el código moral que te guía siempre. Por extraño que todo esto parezca, sé que hay una explicación lógica y razonable, y que vamos a encontrarla juntos.

Las palabras de Robert me llegaron al alma: no me merecía aquella fe ciega que tenía en mí. Aparté esas ideas de mi mente y, desde la cama, recorrí con la mirada la habitación que había sido la nuestra desde hacía tres años pero que, al igual que el resto del enorme apartamento, me resultaba totalmente extraña.

Robert me contó que no había sido fácil encontrar un hogar a gusto de los dos: para él lo más importante era que estuviese cerca de su despacho y de los tribunales, mientras que para mí, la luz y el tamaño eran las condiciones imprescindibles —por lo que me explicó, no quería que en cuanto llegasen los niños que tanto deseábamos tuviésemos que mudarnos por falta de espacio—. Me dijo que visitamos muchas viviendas hasta que, al cabo de casi un año, encontramos lo que estábamos buscando: este dúplex de unos trescientos metros cuadrados que ocupaba las dos últimas plantas de un bonito edificio de ladrillos rojos situado en pleno centro de Greenwich Village.

Según Robert, para mí había sido amor a primera vista. Yo misma había dirigido las obras de reforma y la decoración del apartamento: suelos de madera, paredes de piedra alternando con muros blancos, tapizados y cortinas en tonos cálidos, muebles y elementos de diferentes estilos pero que, combinados, daban al conjunto un aire acogedor. Las fotografías y los libros que había por todas partes ponían el toque personal y mostraban detalles de nuestra vida.

La suave luz de otoño que entraba a raudales por los enormes ventanales rebotaba en el parqué oscuro, tiñéndolo todo de una cierta melancolía, eco de mi estado de ánimo interior. Una parte de mí quería esconderse bajo las sábanas, cerrar los ojos y no pensar en nada, mientras que la otra quería aprovechar aquel primer día de vuelta a mi entorno para empezar a reconstituir el pasado olvidado.

Por fin me levanté y en pijama fui a la cocina: necesitaba una buena dosis de cafeína para despejarme las ideas. Sólo el sonido de la lluvia contra los cristales rompía el silencio que reinaba en el apartamento. Robert me había dicho que tenía que ir al despacho a tratar unos temas urgentes pero que volvería tan pronto le fuese posible. Me había dejado una nota sobre la encimera:

Buenos días, bella durmiente:

Sé que necesitas descansar, así que no he querido despertarte. Estaré de vuelta cuanto antes. Todos mis números están en la agenda del teléfono. Llámame si necesitas cualquier cosa.

Te quiero,

Robert

PS: Trata de no volver a olvidarte de mí☺

Sonreí relajada; aquel pequeño gesto hacía que me sintiese mejor. Hasta el momento, Robert me estaba demostrando ser un marido ideal. Tenía tantas ganas de recordarlo todo y volver a estar enamorada de él...

El sonido del teléfono paró el hilo de mis pensamientos en el preciso momento en que la imagen de Jesse había comenzado a invadir mi mente. Sin pensármelo dos veces respondí a la llamada:

—¿Dígame?

—Hola, Elisa, soy Margaret. Siento mucho molestarte, pero llevo una semana dejándole mensajes al descastado de mi hijo sin que, hasta el momento, se haya dignado a responder. Sé que siempre está ocupado, pero debería saber que si le llamo no es para hablar del tiempo... —la voz madura y armoniosa de mi interlocutora tenía un ligero acento del sur, y sonaba bastante molesta—. Cada día se parece más a su padre, que en paz descanse: siempre anteponiendo el trabajo a todo lo demás.

No se necesitaba estar muy despierta para comprender que aquella mujer era mi suegra y que, por sorprendente que pareciese, no tenía ni idea de mi desaparición. Por alguna razón, que esperaba me explicase cuanto antes, Robert no había querido decirle nada. Quizás por eso había estado ignorando sus llamadas. Hasta hablar con mi marido y saber por qué lo había hecho, lo mejor sería que yo tampoco dijese más de la cuenta. De la manera más natural que pude, respondí a su saludo:

—Buenos días, Margaret. Robert ha estado muy ocupado. Yo casi no le he visto porque ha estado yendo a la oficina muy temprano y volviendo muy tarde todos los días. No me extraña que no haya podido contestar a tus mensajes.

—En fin, no pasa nada, pero necesito saber si vais a venir este fin de semana. Dan, Lea y Clare llegarán de California el sábado por la mañana. Rosie no sabe si Greg podrá liberarse, pero ella y los gemelos vendrán seguro. Me daría mucha pena que sólo faltaseis vosotros: no todos los días se cumplen sesenta y cinco años.

Mi suegra esperaba una respuesta de mi parte y yo no sabía qué decirle: si admitía no tener ni idea de la invitación, le daría la impresión de que había problemas entre Robert y yo; si la rechazaba, tendría que explicarle por qué. Conclusión, aceptar sería lo más fácil:

—Por supuesto que iremos. Me aseguraré de que Robert te llame esta tarde para decirte a la hora a la que llegaremos.

Callé sin saber qué más decir. Si al menos hubiese podido recordar el tipo de relación que yo mantenía con mi suegra, me habría resultado mucho más fácil actuar con naturalidad, pero dadas las circunstancias, decidí que lo mejor sería acortar la conversación al máximo.

—Bueno, si no necesitas nada más, te voy a tener que dejar. Tengo una reunión al otro lado de la ciudad y estaba a punto de salir cuando has llamado. ¡Nos vemos este fin de semana!

Margaret se despidió un tanto sorprendida por la brusquedad con la que ponía fin a nuestra conversación, pero repitiéndome lo feliz que estaba con la idea de reunirnos a todos para su cumpleaños.

Con mi humeante taza de café en la mano y una galleta que cogí de un tarro de cristal, me senté junto a la ventana y me distraje mirando las copas de los árboles teñidas de los bonitos colores del otoño neoyorquino. Había dejado de llover y el cielo empezaba a despejarse. Tenía que llamar a Robert para contarle la conversación con su madre antes de que ella volviese a llamarle. Además, quería desearle los buenos días; hasta que recordase lo que sentía por él, debía intentar al menos ser amable por todo lo que estaba haciendo por mí.

Tal como había dicho, los teléfonos de su oficina y de su móvil estaban en la agenda. Marqué este último para evitar tener que hablar con su secretaria. El teléfono ni siquiera había sonado dos veces cuando Robert contestó con tono alarmado:

—Eli, ¿te pasa algo?

—No, no me pasa nada; no te preocupes. Sólo quería darte los buenos días. ¿Te pillo en mal momento?

—Por supuesto que no; al contrario, me encanta que hayas llamado —dijo Robert complacido—. ¿Qué tal has dormido?

—Como un lirón —mentí para que no se sintiese mal por algo que no era culpa suya y contra lo que no podía hacer nada—. Si no te importa, hoy pienso pasarme el día cotilleando los armarios para ver si me acuerdo de algo.

—¡Por supuesto! Estás en tu casa y no tienes que pedirme permiso. Haz lo que tengas que hacer. Creo que también deberíamos ir a ver a la doctora Parras para que te examine y nos asegure que todo va bien. Quizás pueda ayudar a despertar tus recuerdos, ya sabes, hipnosis o algo por el estilo —Robert dijo esto con todo el tacto del mundo pero a pesar de ello añadió—: Si te parece bien, claro está.

—Me parece genial, pero preferiría dejarlo para la semana que viene. Físicamente me encuentro muy bien.

Lo cierto es que no me apetecía nada someterme a hipnosis; por un lado no quería que lo que había ocurrido entre Jesse y yo saliese a la luz, y por otro lado, hasta que descubriese las circunstancias de mi viaje a Honduras, prefería que nadie, ni siquiera nuestro médico de cabecera, estuviese al corriente.

Para cambiar de tema le comenté la conversación con mi suegra:

—Robert, acaba de llamar tu madre para saber si vamos a ir a celebrar su cumpleaños este fin de semana. Me ha sorprendido mucho que no supiese nada de mi desaparición.

—No le dije nada porque no sabía qué decirle. No estaba seguro de si te había pasado algo grave, y no quería darle un disgusto. Desde que murió mi padre se toma todo a la tremenda... Te quiere mucho y siempre me está diciendo que como no trabaje un poco menos vas a terminar por dejarme —titubeó unos instantes—. Si te soy sincero, tampoco quería que me dijese que quizás me habías abandonado... Ni siquiera quería contemplar esa posibilidad... Pero bueno, pensaba llamarla hoy e inventarme una excusa para no ir al cumpleaños.

—Pues espero que no te importe, pero le he dicho que iríamos —dije satisfecha y hasta un tanto conmovida por su explicación.

Por un momento, el silencio al otro lado de la línea me hizo pensar que había metido la pata. Quizás no debía haber aceptado la invitación sin consultarlo antes con él.

—Siento haber tomado la decisión sin contar contigo.

—No te disculpes. Si iba a rechazar la invitación es porque supuse que no te apetecería pasarte un fin de semana con personas que no recuerdas —soltó una risita espontánea—. Por suerte has olvidado que mi familia puede ser un poco abrumadora, sobre todo la reaccionaria de mi hermana. Pero me alegro de que hayas aceptado. Te agradezco el esfuerzo.

Robert me recordó que su madre vivía en Charleston, Carolina del Sur. Aunque lo más fácil era ir en avión, me proponía que hiciésemos el viaje en coche para evitarme la traumática experiencia del vuelo.

—Aunque hoy no voy a salir tan pronto como quisiera, mañana me he tomado el día libre, así que podemos ir tranquilamente conduciendo. No tenemos ninguna prisa, la celebración es el sábado por la tarde. Si es necesario también puedo tomarme el lunes para que volvamos en coche.

—No, es un viaje demasiado largo y no hace falta que nos demos esa paliza. Te prometo que no me importa volar —contesté con sinceridad—. Ya viste que en el vuelo Houston-Nueva York no tuve ningún problema. Además, eso nos permitiría visitar la zona y quizás reconozca algo. ¿Hay algún lugar que me guste especialmente por aquella región?

—Si quieres podemos dar una vuelta en el barco de mis padres. Hasta podríamos pasar allí la noche —dijo Robert tras pensarlo unos segundos—. Lo solemos hacer cuando vamos a ver a mi madre. Nos gusta mucho navegar y a ti te encanta contemplar los atardeceres desde el barco.

Así que me gustaba navegar, pensé con satisfacción pues, desde el accidente, una de las cosas más difíciles había sido no saber cuáles eran mis gustos. Podía ser divertido pasar el día disfrutando del aire libre en vez de estar encerrados en el apartamento, así que acepté de buen grado.

—Llegaré sobre las siete de la tarde. Si quieres podemos ir a cenar al restaurante indio que tanto te gusta.

Era evidente que Robert se estaba esforzando en alimentar mi memoria con todo aquello que me agradaba. "¡Ojalá que algo hiciese saltar la chispa del recuerdo!", pensé mientras mi marido seguía dándome detalles sobre el lugar. Nos despedimos deseándonos un buen día.

* * * * *

Me pasé toda la mañana y buena parte de la tarde registrando armarios, abriendo cajones, mirando fotos y revisando papeles. Descubrí un montón de detalles de mí: me gusta vestir colores claros y cuellos altos; el *jazz* y la música de los Rolling Stones; las películas de Woody Allen; el Rioja y la mantequilla de cacahuete.

Tranquilamente, fui recorriendo una tras otra todas las habitaciones del apartamento: más que un registro minucioso de cada rincón, abordé cada lugar en su conjunto, deteniéndome en los detalles que creí podrían tener un valor sentimental particular o podrían contarme algo de mi historia personal: los libros más gastados, los cuadros y fotografías, la manera de organizar los espacios... Como en una excavación arqueológica, aquella expedición me estaba permitiendo enriquecer con detalles el somero resumen de mi vida que Robert me había hecho el día anterior. Poco a poco, las diferentes piezas iban encajando, permitiéndome recomponer una cierta cronología de mi pasado.

Robert me contó que yo era hija única. Mi madre, Leonor de Mena Mondéjar, venía de una ilustre familia Sevillana. Mi padre, Fernando Luna Cardona, fue un diplomático español bastante reputado. Ambos habían fallecido: mi madre de cáncer cuando yo tenía once años, mi padre de un ataque al corazón hacía poco más de un año.

Las fotos de uno de los álbumes que encontré en la biblioteca del salón mostraban los primeros años de mi vida, los cuales, debido a los constantes cambios de destino de mi padre, parecían una sucesión de borrones y cuentas nuevas: México, París, Malabo... Cada nueva ciudad significaba un nuevo comienzo, hogar, colegio, amigos...

Me quedé unos instantes contemplando a mi madre, una mujer de estatura media y enormes ojos grises a la que yo me parecía mucho —en más de una foto aparecía llevando el colgante con la "L" que ahora llevaba yo puesto—. Las posturas, actitudes y gestos que se veían en aquellas imágenes me hicieron pensar que mi madre había sido una mujer discreta y sonriente, satisfecha de su vida y de la familia con la cual había sido bendecida. El amor y la admiración que sentía por su marido y su hija se adivinaban en cada mirada.

No sabía si mi personalidad antes del accidente se parecía tanto a la de mi madre como nuestro aspecto físico, pero lo que sí tenía claro era que la persona que yo había sido aquella última semana era muy distinta: la Elisa que sobrevivió al accidente estaba siempre al borde del llanto, asustada y tratando de recordar su lugar en el mundo. Volví a dejar los álbumes en su sitio y seguí buscando mi pasado.

Robert me había dicho que mi vida de nómada cambió radicalmente al morir mi madre, pues mi padre decidió meterme en un internado en Inglaterra. Nunca volvimos a vivir juntos ya que tras el internado, vino la universidad, el trabajo, mi independencia económica y el matrimonio. No obstante, Robert me aseguró que a pesar de la distancia, y hasta el día de su muerte, mi padre y yo habíamos estado siempre muy unidos.

En la última balda de una de las estanterías del enorme vestidor de mi habitación encontré una caja de cartón decorado con flores, llena de objetos de mi época de internado: fotos de clase, cuadernos de dibujo con retratos de personajes variopintos, entradas a dos conciertos en Wembley —uno de U2 y otro de Duran Duran—, y un fajo de sobres amarillentos.

Me senté en la cama y desaté el envejecido lazo rojo que mantenía unido aquel montón de cartas cuidadosamente organizadas por orden cronológico: se trataba de la correspondencia que mi padre y yo habíamos mantenido durante mis años de colegio. Leyendo por encima algunas de aquellas cartas descubrí que, aparte de pasar juntos cada Navidad y cada verano, mi padre venía a visitarme al internado siempre que le era posible. Entre visita y visita nos escribíamos largas cartas en las que yo le contaba mis éxitos escolares y mis dramas de adolescente, y él, además de insistir una y otra vez en lo orgulloso que se sentía de mí, me hablaba de mi madre y de lo que ella me habría aconsejado en cada situación.

Una de las pocas ventajas de la amnesia es que no se sufre por aquello que no se recuerda: el pasado que nos es contado, a diferencia del que es vivido y posteriormente recordado, nos deja indiferentes ya que está desconectado de los sentimientos. Así pues, cuando Robert me habló de la muerte de mis padres, yo no sentí el dolor que su pérdida, sin duda, me habría causado de haberles recordado. Aun así, la lectura de aquellas cartas me conmovió, no sólo por el profundo afecto que transmitían, sino también porque me entristecía no recordar todos aquellos momentos entrañables.

Con cuidado metí los sobres y el resto de los objetos en la caja de cartón. La volví a dejar en el mismo lugar donde la había encontrado con la esperanza de que algún día no muy lejano, todos aquellos objetos recobrarían su valor sentimental en mi memoria.

A media tarde, y una vez recorrido el resto de la casa, subí al ático del apartamento que estaba ocupado por una inmensa terraza. La mitad había sido cerrada con paredes de cristal para crear el luminoso estudio donde, al parecer, yo pasaba la mayor parte de mi tiempo. Al cruzar el umbral de la puerta sentí un cierto malestar que no fui capaz de explicar, pero que achaqué al largo día de investigación personal.

Robert me contó que al terminar los estudios superiores en la universidad de Columbia trabajé un par de años como ilustradora en una importante revista literaria. Allí fue donde conocí a Susan Norton, una editora talentosa que se convirtió en mi mejor amiga y con la que, unos años más tarde, monté una pequeña editorial especializada en libros testimoniales y autores jóvenes de Hispanoamérica.

Aunque al principio el negocio era un agujero negro en el que Susan y yo invertíamos todo nuestro tiempo y dinero, poco a poco, y a medida que nuestros autores empezaron a ganar premios y sus libros a venderse bien, nos fuimos abriendo un hueco en el mundo editorial. Según Robert, algunos de los mastodontes del sector empezaban hoy a mirarnos con cierto respeto.

Robert me explicó que hacía unos meses, quizás afectada por la muerte de mi padre o por mi dificultad para quedarme embarazada, le había dejado las riendas del negocio a Susan, limitando mi trabajo en la editorial a la lectura de manuscritos de autores noveles para recomendar los que, a mi juicio, deberíamos publicar. Desde entonces, me dedicaba principalmente a mi pasión, la ilustración de libros infantiles.

Lo único que encontré en el apartamento relacionado con la editorial fueron unas tarjetas de visita, así que supuse que debía tenerlo todo en las oficinas que ocupábamos no muy lejos de casa. El estudio en el ático, en cambio, rebosaba de detalles relacionados con aquella otra parte de mi vida profesional.

El centro de la estancia estaba ocupado por una gran mesa de dibujo abarrotada de vasos con pinceles, rotuladores y lápices de colores. Frente a la mesa, había un taburete alto y justo al lado opuesto, un sillón orejero de piel clara con escabel a juego. El resto de los muebles se limitaban a un par de estanterías altas repletas de libros de arte, archivadores y material de dibujo y unas cuantas mesillas de diferentes tamaños distribuidas por el resto de la habitación: sobre ellas, pilas de revistas polvorientas y cuadernos de croquis. En un rincón de la habitación, un ordenador enorme, una tableta de diseño gráfico y una aparatosa impresora blanca desentonaban con el resto del caótico lugar.

Aunque tampoco recordaba nada de aquel estudio en el ático, lo cierto era que algo en el aparente desorden que allí reinaba me resultaba familiar. Cogí una carpeta de una de las estanterías y, sentada en el confortable sillón, empecé a ojear las láminas con dibujos de ranas, princesas, hadas y duendes de los que aparentemente yo era autora, pero que no me evocaban nada en particular. Me pregunté si con mi memoria habría perdido también mis capacidades artísticas; desde luego, lo que parecía haber perdido eran las ganas de dibujar.

Antes de irme volví a recorrer la habitación con la mirada: tenía la extraña sensación de que estaba pasando por alto un detalle fundamental, un detalle que me ayudaría a esclarecer las razones de mi misterioso viaje a Honduras. Al darme cuenta de que no conseguía recordar nada, cerré la puerta decepcionada; había esperado que a estas alturas, tras un día entero de exploración en mi entorno cotidiano, habría encontrado algunas respuestas a la multitud de preguntas que tenía en la cabeza, pero lo cierto era que mi pasado seguía tan opaco como lo había estado desde el accidente.

Pero no tenía la intención de rendirme ni de consentir que el desánimo y el pesimismo se apoderasen de mí. Mañana sería otro día y con un poco de suerte, el fin de semana con la familia de Robert o una visita a la editorial la semana próxima, tendrían un efecto más positivo en mi recuerdo que la inspección del apartamento.

* * * * *

Justo cuando me disponía a arreglarme para la cena, llamó Robert para disculparse pues le sería imposible salir pronto del despacho y no podría llegar a cenar.

—No te preocupes. En el fondo casi me alegro; estoy rendida y me apetece cenar algo rápido, darme un baño caliente e irme pronto a la cama. ¿A qué hora tenemos que estar en el aeropuerto?

—El vuelo sale a las nueve. El taxi pasará a buscarnos a las siete y media.

—¿Quieres que te prepare la maleta? —según lo proponía me di cuenta de lo absurdo de mi oferta pues no recordaba nada de los gustos y costumbres de mi marido—. Bueno, quizás no sea una buena idea. De hecho, ni siquiera tengo claro lo que me gusta ponerme a mí o qué tipo de ropa tengo que llevar.

Robert soltó una carcajada.

—No te preocupes por mi maleta. Para no molestarte cuando llegue esta noche, la prepararé por la mañana. Y si quieres podemos preparar también la tuya al mismo tiempo. El sábado por la noche mi madre querrá que nos pongamos elegantes, pero el resto del tiempo lo mejor es llevar ropa cómoda.

Al colgar me di cuenta de que cada vez me sentía más cómoda con Robert. Mientras me comía una cena ligera que acompañé con una copa de vino de la botella que Robert había abierto la noche anterior, pensé en cómo el fin de semana iba a darme la oportunidad de conocerle mejor.

Robert seguía teniendo un comportamiento intachable, cariñoso, paciente y muy atento —una vez más, había dejado entender que esta noche volvería a dormir en la habitación de invitados—. A pesar de todo, era consciente de que tarde o temprano tendríamos que volver a compartir la misma cama y aquella idea me ponía bastante nerviosa.

"No me vengas ahora con remilgos" —dijo aquella voz en mi cabeza que tan callada había estado últimamente—. "¿Debo recordarte que no tuviste mucho inconveniente en tirarte a un tío al que apenas conocías?"

Como casi siempre, la voz en mi cabeza tenía razón, pero no por eso iba a resultarme más fácil actuar con naturalidad llegado el momento. Había tomado la determinación de disfrutar de una velada de relax en solitario y no tenía intención de estropeármela con ideas absurdas: como dicen los ingleses, "ya cruzaría ese puente cuando me tocase".

El cuarto de baño de nuestra habitación era sin duda el lugar más zen de la casa: paredes de mármol claro, suelos de madera exótica, sanitarios de piedra natural y toalleros de bambú; la luz tamizada que salía de los focos repartidos estratégicamente por el espacio acentuaba la paz que el conjunto inspiraba. Encendí unas velas aromáticas, me recogí el pelo y me metí en la enorme bañera encastrada que había llenado de agua muy caliente. Durante un rato largo disfruté de aquel ambiente apacible sin pensar en nada. Después, completamente relajada, me metí en la cama y me quedé dormida en el acto.

—¡Ayúdame! ¡No dejes que me hagan daño! —Los gritos desesperados de una niña me despertaron de golpe.

Aterrorizada, encendí la luz de la mesita de noche y miré a mi alrededor tratando de buscar de dónde venía aquella llamada de socorro. Pronto me di cuenta de que esa voz formaba parte de la confusa pesadilla que me había despertado violentamente. En el sueño corría angustiada por un lugar oscuro tratando de encontrar a una niña que suplicaba sin cesar que la ayudase. Yo sabía que para salvarla no sólo tenía que encontrarla, sino también recordar algo que por más que me esforzaba no conseguía recordar. Así que seguía corriendo en la oscuridad, y cuanto más corría yo, más parecía alejarse la voz de aquella niña cuya vida estaba en mis manos.

En la última semana había tenido pesadillas casi todas las noches, pero siempre relacionadas con el accidente aéreo o la banda de traficantes. Esta nueva pesadilla no parecía tener conexión alguna con aquellos sucesos, sin embargo me pregunté si mi inconsciente no estaría tratando de mandarme algún mensaje: quizás la niña que gritaba era mi propio pasado rogándome que lo desvelase.

Desistí porque eran las tres y media de la madrugada y estaba demasiado cansada para tratar de buscar una explicación a un mal sueño que, probablemente, fuese el resultado de un día de excavación arqueológica en mi vida.

Apagué la luz y cerré los ojos dispuesta a pasar el resto de la noche en vela, no creía que pudiese volver a conciliar el sueño. Pero volví a quedarme profundamente dormida y esta vez ninguna pesadilla interrumpió mi descanso.

DÉCIMO DÍA

Aquel viernes de otoño, Nueva York amaneció bajo un cielo gris y amenazador; aunque la temperatura estaba en torno a los 16 grados, la humedad y el viento del norte acentuaban la sensación de frío de manera bastante desagradable. Charleston, sin embargo, nos recibió con un día cálido y soleado que realzaba aún más la belleza tranquila de una ciudad adornada por innumerables vestigios de su pasado.

Durante el recorrido hasta el puerto, Robert me habló de su infancia, que había transcurrido sobre todo en aquella región en la que ahora nos encontrábamos. Mi marido nació en Charleston y vivió allí hasta los ocho años. Por aquel entonces, los negocios de su padre iban viento en popa pero hacían que pasase cada vez más tiempo fuera de casa, así que su familia terminó por mudarse a Chicago. No obstante, hasta la muerte de su abuela materna, cada año, sin excepción, volvían a pasar los meses de verano en la casona familiar, una suntuosa propiedad que había albergado, mucho tiempo atrás, una de las plantaciones más prolíficas del sur.

Al morir su abuela, la casa de Charleston se puso a la venta y la familia no volvió a la ciudad hasta que, hacía unos años, los padres de Robert decidieron instalar de nuevo su residencia principal en Charleston; los tres hermanos, Dan, Rose y Robert, recibieron la noticia con entusiasmo, felices de tener una excusa para reanudar el vínculo con un lugar tan importante en sus vidas.

Un poco antes de la una del mediodía llegamos al exclusivo puerto deportivo donde nos esperaba, listo para zarpar, el *Sweet Meg*, el barco de mis suegros. Se trataba de un espléndido yate a motor de 17 metros de eslora, de color blanco y tostado. Una gran cristalera permitía el acceso a un interior amplio y refinado de maderas cálidas y cueros color crema. El espacio principal, a nivel de la cubierta, estaba compuesto por una cocina americana, un salón comedor y la zona de mando. Los enormes ventanales que formaban las paredes de aquella planta permitían disfrutar del paisaje desde cualquier punto; el techo corredizo añadía aún más luminosidad y sensación de libertad al conjunto. En la proa había una zona de solárium con tumbonas y en la popa una terraza con mesa y banco para comer.

Robert me explicó que el *Sweet Meg* había sido un regalo de aniversario de su padre a su madre —Meg era el diminutivo cariñoso que mi suegro utilizaba para dirigirse a su mujer—. A mis suegros siempre les gustó navegar, algo que hacían con tanta frecuencia como se lo permitían sus compromisos sociales y profesionales. Las comodidades y seguridad que el *Sweet Meg* ofrecía, les había permitido hacer muchos viajes inolvidables. Desde la muerte trágica de su marido en un accidente de coche, la madre de Robert no había vuelto a pisar el barco porque le traía demasiados recuerdos; recuerdos de los que, al mismo tiempo, no quería deshacerse, y por esa razón se negaba a vender el yate.

—A ninguno de mis hermanos les gusta navegar, así que los únicos que sacamos al *Sweet Meg* somos tú y yo. A mi madre le encantaría que lo disfrutásemos más a menudo; siempre decimos que nos lo vamos a llevar a Nueva York para tenerlo más a mano, pero lo vamos posponiendo y hasta ahora no lo hemos hecho —comentó Robert mientras ponía la embarcación en marcha.

Decidimos que pasaríamos la noche a bordo, así que mientras Robert maniobraba con cuidado para sacarnos del puerto, yo bajé a recoger nuestros bolsos de viaje. El *Sweet Meg* tenía tres camarotes y al principio dudé si dejar el bolso de Robert en uno y el mío en otro; decidí que lo más natural sería que ambos ocupásemos el camarote principal, sobre todo teniendo en cuenta que yo esperaba que este fin de semana nos sirviese para retomar nuestra intimidad, de modo que colgué la ropa de ambos en el armario y puse nuestros productos de aseo en el cuarto de baño. Después cambié el vestido que llevaba puesto por un bikini blanco, una camisa amplia de flores y unas sandalias azules. Sonreí recordando la manera en que Robert me había ayudado a preparar el bolso de viaje, indicándome las prendas que al parecer yo prefería, aunque tenía el presentimiento de que había aprovechado para elegir las que prefería él.

Fuimos navegando paralelos a la costa durante varios kilómetros. El mar, que bajo la luz del sol tenía un color azul turquesa, parecía una balsa de aceite cuya quietud era sólo perturbada por la estela que nuestro motor iba dejando a su paso. Echamos el ancla frente a una playa desierta de dunas blancas; algo en aquel paisaje me resultaba vagamente familiar, aunque seguía sin ser capaz de recordar nada concreto.

Robert bajó a cambiarse. Si le sorprendió que yo hubiese puesto sus cosas y las mías en el mismo camarote, no hizo ningún comentario al respecto. Sin querer pensé que, en la misma situación, Jesse habría aprovechado la ocasión para bromear y hacer que me sonrojase...

"¡¿De qué vas, querida?!"— gritó la voz de mi conciencia—. "¿No te parece muy fuerte estar pensando en otro hombre mientras que tu marido se desvive haciendo todo lo posible para ayudarte a que vuelvas a ser tú?". Mi voz interior tenía razón, debía obligarme a olvidar a Jesse a toda costa, así que ahuyenté su imagen de mi mente, concentrando toda mi atención en preparar el almuerzo.

La nevera y los armarios de la cocina estaban muy bien abastecidos. Hice unos sándwiches y una ensalada mientras Robert instalaba un par de cañas de pescar en la plataforma situada en la parte trasera del barco.

Desde la cocina me quedé observando sus expertos movimientos, hasta que poco a poco me fui fijando en él. Robert era un hombre muy atractivo: el polo amarillo claro y el pantalón corto azul oscuro que llevaba hacían resaltar un cuerpo atlético y bien proporcionado; su piel clara había comenzado a dorarse con el sol y la brisa marina había alborotado su cabello oscuro dándole un aspecto más juvenil. Ojalá pudiese recordar lo que se sentía al estar en sus brazos...

Robert sintió mi mirada y se giró. Me ruboricé. La expresión de mi rostro debió delatar lo que estaba pensando porque me sonrió al mismo tiempo que con una pose exagerada imitaba a los culturistas, lo que me hizo soltar una carcajada.

Comimos disfrutando del entorno e intercambiando banalidades. El sol golpeaba con fuerza y el calor húmedo se pegaba a la piel. Nos dimos un chapuzón rápido en el agua cristalina —a pesar de todo, estábamos a mediados de octubre y la temperatura del Atlántico no se prestaba a excesos—. Después nos tendimos a secarnos al sol en las tumbonas que había en la parte delantera del yate.

—¿Cómo nos conocimos? —pregunté tratando de sonar lo más natural posible.

No sé por qué, me daba vergüenza hablar de nosotros. Quizás por eso, hasta ese momento había evitado cuestiones demasiado personales, concentrando la mayoría de mis preguntas en torno a nuestra vida cotidiana y nuestro pasado antes de conocernos. Tarde o temprano quería que Robert me hablase de nuestra relación, y me pareció que el entorno y el momento se prestaban a dicha conversación.

Mi pregunta debió de pillarle por sorpresa pues se incorporó de golpe, se quitó las gafas de sol y se quedó mirándome fijamente con expresión un tanto confusa, como si estuviese tratando de organizar sus ideas mentalmente. Al cabo de unos instantes, sonrió y empezó a explicármelo todo:

—Coincidimos en una de las fiestas que Susan solía organizar en la mansión de sus padres. Susan y yo nos conocemos desde críos porque nuestras familias han sido siempre buenas amigas. Nos presentó para que yo te diese mi opinión profesional sobre la forma jurídica más apropiada para la editorial que estabais pensando en montar. En el fondo creo que fue tan solo una treta de Susan para que nos conociésemos —yo estaba saliendo con una prima suya que no le caía nada bien y tú acababas de romper con un ex compañero de universidad que, según Susan, era un imbécil—. Nos pusimos a hablar y cuando nos dimos cuenta, la fiesta había terminado y la mayoría de los invitados se había ido.

Robert hizo una pausa para ir a buscar un par de cocacolas a la nevera. Después prosiguió con añoranza en la voz:

—Creo que para los dos fue amor a primera vista. Me conquistó la pasión con la que hablabas de cualquier tema: la editorial, tus proyectos, el mundo... como si no temieses desvelar tu alma en cada frase... —Robert se quedó un momento pensativo—. Al mismo tiempo, tenías la sorprendente capacidad de hacerme hablar de mí mismo sin reservas.

Dejó la frase en suspenso. Después dio un trago a su refresco y continuó con un tono mucho más relajado:

—Aquella misma noche rompí con la prima de Susan, y al día siguiente te llamé para invitarte a cenar. Tres meses más tarde empezamos a vivir juntos y un año después nos casamos. —Robert volvió a beber de la lata—. Una vez me confesaste que al día siguiente a la fiesta llamaste a tu padre para decirle que habías conocido al hombre de tu vida.

La expresión de su cara reflejaba cierta satisfacción, como si estuviese orgulloso de la reciprocidad de aquel flechazo.

—¡Caramba! —fue lo único que pude decir mientras que la voz en mi cabeza exclamaba con sorna: "Aparentemente, enamorarte locamente de desconocidos es un rasgo característico de tu personalidad".

—Conocerte ha sido lo mejor que me ha pasado —Robert terminó la frase con voz rotunda, al tiempo que su penetrante mirada trataba de encontrar en la mía alguna señal de reconocimiento.

Desgraciadamente, fui incapaz de ofrecerle ninguna señal pues por más que lo intentaba, no conseguía recordar nada de cuanto me contaba. Sin saber qué añadir, los dos nos quedamos en silencio, inmersos en nuestros propios pensamientos. Después Robert fue a comprobar las cañas de pescar y yo bajé a darme una ducha para quitarme el salitre que me hacía sentir pegajosa.

Cuando volví a cubierta, Robert no estaba a la vista. Me senté en la terraza a contemplar el atardecer. El sol se ponía en el horizonte cubriendo el cielo de rojos, amarillos y naranjas; su reflejo sobre el mar en calma era un conjunto de rosa, añil y plateado. Tan sólo se oía la caricia del agua contra el casco y el graznido de alguna que otra gaviota a los lejos. El olor a sal se mezclaba con un ligero aroma a leña quemada que la brisa traía de la costa. La belleza del momento era embriagadora. La voz melancólica de Billie Holiday empezó a sonar de fondo sacándome de mi ensimismamiento. Robert había encendido el equipo de música y estaba descorchando una botella de champán. Sirvió dos copas y me ofreció una:

—Chinchín —dijo levantando ligeramente la suya.

—Por la puesta de sol —suspiré—. Para que su magia me ayude a recordar —añadí con desaliento antes de dar un sorbo y dejar que las burbujas heladas se llevasen consigo la impotencia implícita en mi frase.

—Porque todo vuelva a ser como antes —concluyó Robert.

Después se sentó a mi lado a contemplar como caía la tarde. El sol se había escondido por completo dejando tras de sí una banda de fuego en el horizonte; en lo alto, la luna menguante parecía adornar con una sonrisa de nácar el cielo azul oscuro.

No sé cuánto tiempo permanecimos callados, absorbiendo el espectáculo que la llegada de la noche nos ofrecía. Robert fue el primero en romper el silencio y lo hizo con voz grave:

—He estado dándole vueltas a muchas cosas... tratando de imaginar cuál podía ser la razón por la que te fuiste a Honduras de la forma en que lo hiciste... —Hizo una pausa, tratando de encontrar las palabras adecuadas— ...Bueno, no sé si tiene algo que ver, pero hace poco más de un mes tuvimos una gran bronca... Llegué del trabajo y habías preparado una cena romántica... Al ver las velas y las flores en la mesa, me hice ilusiones... pensé que ibas a anunciarme que estabas embarazada...

Cabizbajo Robert no dejaba de mirar el juego nervioso de sus manos.

—Pero en realidad lo que querías decirme era que estabas cansada de intentarlo y que querías que considerásemos seriamente la posibilidad de adoptar; había un montón de niños sin familia ni oportunidades de futuro, mientras que nosotros perdíamos el tiempo persiguiendo algo que quizás nunca conseguiríamos.

Robert se puso en pie y llenó de nuevo su copa.

—Aquello me cayó como un jarro de agua helada. —Avergonzado, esquivó mi mirada—. Rechacé completamente la adopción explicándote que nunca podría querer al hijo de otros como al mío propio, y sin ningún tacto sugerí que contemplásemos la alternativa de contratar una madre de alquiler.

Robert dio un trago a su copa y continuó mirando al horizonte.

—Te enfadaste muchísimo... Me dijiste que te decepcionaba que no fuese capaz de querer a nuestro hijo, aunque fuese adoptado. El hecho de que además considerase la posibilidad de recurrir a un útero de alquiler, te resultaba muy chocante... Terminamos la conversación a voces, echándonos en cara un montón de cosas sin fundamento, con la única intención de hacernos daño... Nunca nos habíamos peleado así...

Por primera vez desde que empezó a hablar sus ojos buscaron los míos; su expresión reflejaba su profundo arrepentimiento. Yo estaba tratando de digerir todo lo que me estaba contando y de encontrar el vínculo que aquello podría tener con mi viaje. A primera vista no me parecía que los dos acontecimientos estuviesen relacionados.

Robert continuó hablando:

—No sabes cuánto lo siento; si pudiésemos volver a atrás yo... —dejó la frase en el aire y después continuó con tono más neutro—. Al día siguiente nos disculpamos, hicimos las paces y no volvimos a hablar del tema, pero desde ese momento has estado distante y sé que la idea de tener un hijo te sigue obsesionando... así que quizás...

—¡Espera un momento! —le corté en seco.

De repente comprendí lo que estaba intentando decirme.

—¿Estás sugiriendo que me fui a Honduras a buscar un bebé a escondidas? ¡¿Yo sola?! —exclamé sorprendida.

A Robert pareció pillarle por sorpresa la vehemencia de mi reacción e intentó justificarse:

—Bueno, cuando te fuiste me dijiste que te ibas un par de días a la costa oeste para conocer a un autor al que queríais representar. Al no tener noticias empecé a preocuparme, nunca te habías ido sin dar señales de vida. Llamé a Susan, pero ni ella ni tu secretaria estaban al corriente de los motivos de tu viaje; les habías dicho que te ausentabas por razones personales...

Hizo una breve pausa para terminarse su copa.

—Luego apareciste en Tegucigalpa y no recordabas nada... Me preguntaste si tenía alguna idea sobre tus motivos y no se me ocurre ninguna otra razón por la que me habrías ocultado tu viaje... Y además, está lo del dinero en efectivo, y el nombre falso... No sé... Centroamérica es uno de los lugares donde con buenos contactos y dinero se puede comprar lo que se quiera, incluyendo un bebé... —Robert titubeaba evidentemente incómodo por las implicaciones de lo que estaba sugiriendo.

Me apetecía chillar, gritar que aquello era imposible, que yo jamás habría hecho algo así, pero en lugar de hacerlo respiré hondo y traté de hablar con calma:

—No recuerdo cómo soy o mis convicciones morales, pero no me parece lógico, más bien todo lo contrario, por no decir que ridículo, pensar que por un lado me pareciese chocante la idea de contratar legalmente a una mujer para que se inseminara tu esperma y nos fabricase un bebé, y por otro lado me pareciese de lo más normal comprar un bebé en el mercado negro, utilizando un nombre falso y a espaldas de mi marido.

Hice una pausa para volver a tomar aire.

—¿No te parece que no tiene sentido?

Aunque intenté que mi última frase dejase a un lado el excesivo sarcasmo de mi discurso, no pude evitar que expresase reproche y frustración. Sin esperar su respuesta me levanté, me agarré a la barandilla y dejé vagar la vista por la oscura noche.

"No creo que tu marido se merezca que te enfades con él" —me echó en cara mi voz interior—. "Te recuerdo que fuiste tú la que le abandonó para irse a otro país con pasaporte falso y dinero en efectivo. ¡Eso sin mencionar el asesinato y el adulterio! Así que no vengas ahora con esos aires de santa ofendida".

Lamentablemente, era cierto que, en aquellos momentos y con la información a mi alcance, no podía descartar ninguna posibilidad por absurda que pareciese. Y era muy injusto pagar con Robert la rabia que debía dirigir a mí misma, pues al fin y al cabo, yo era la que había hecho cosas que no parecían tener ni pies ni cabeza. Completamente desmoralizada volví a sentarme junto a Robert. En lugar de disculparme con frases vacías, decidí confiarme a él y hacerle entender lo que me deprimía:

—No consigo recordar cuál fue el motivo de mi viaje, así que tal vez sea cierto lo que dices y no tengo derecho a ofenderme por ello... Me da miedo descubrir que soy el tipo de persona capaz de hacer algo tan... tan... —callé unos segundos tratando, sin éxito, de encontrar el adjetivo adecuado—. Pero supongo que lo que me duele es que aunque te equivoques, el simple hecho de que una idea tan descabellada te parezca factible, no dice nada halagador sobre la opinión que tienes de mí. Si además resulta que tienes razón, menuda esposa te has buscado...

A pesar de que estaba tratando de bromear, se me empañaron los ojos. La voz en mi cabeza gritó con exasperación: "¡Tanto victimismo es patético! ¿Qué te parece si tratas de suicidarte reteniendo la respiración?"

—Cariño, no ha sido mi intención ofenderte. —Robert me cogió la mano y la apretó con fuerza—. Pensándolo bien mi idea no tiene ningún sentido: creo que nunca harías algo así. Ya te dije que pienso que eres una de las personas más honestas que conozco...

Me acarició la mejilla y me giró la cara para que le mirase a los ojos.

—...Muchas veces me pregunto qué has podido ver en mí... No sólo eres la mejor esposa que he podido soñar sino que haces de mí un hombre mejor. Perdóname por decir tantas barbaridades.

Aquellas palabras me hicieron sentir avergonzada por haber pagado con él mi frustración y le respondí manteniendo su mirada:

—No hay nada que perdonar, Robert. Te agradezco todo lo que estás haciendo por mí. Es que no soporto esta sensación de impotencia... —suspiré.

Sin saber qué añadir, callé y apoyé la cabeza en su hombro, dejando que la música de *jazz* llenase nuestro silencio. De repente Norah Jones empezó a entonar *The Nearness of You* y el corazón me dio un vuelco. Tal y como me pasó en el avión de vuelta a Estados Unidos, una serie de escenas en *flash-back* fueron sucediéndose en mi mente. Me incorporé bruscamente y cerré los ojos tratando de retener aquellas confusas imágenes: una sala llena de caras familiares, rosas blancas, niños correteando, la expresión satisfecha de mi padre...

—¿Te pasa algo? —Robert preguntó inquieto.

—No, no, no te preocupes —me apresuré a decir—. Esta melodía me trae recuerdos que no logro identificar con claridad. ¿Sabes si esta canción tiene algún significado especial para mí?

El rostro de Robert se iluminó y empezó a hablar atropelladamente:

—Ésta fue la canción que abrió el baile de nuestra boda... La elegimos porque fue la que estaba sonando la primera vez que nos besamos... Habíamos ido a cenar a un club de *jazz*. Empezaron a interpretar la versión de Ella Fitzgerald y Louis Armstrong, y yo te saqué a bailar y entonces nos besamos... Cuando Norah Jones sacó una nueva versión te...

—Chisss... —Hice que se callara poniendo mi índice sobre sus labios.

Sabía que Robert estaba tratando de alimentar mi memoria con tantas imágenes de nuestro pasado relacionadas con esa melodía como le venían a la cabeza, pero yo necesitaba que se callase y me dejase pensar.

Me levanté y subí el volumen. En mi cabeza pude ver la escena con claridad: yo con vestido de cola blanco y Robert en traje gris de tres piezas. Nos estábamos mirando con los ojos llenos de amor. Recordé la manera en la que Robert pronunciaba el "sí, quiero" con solemnidad. Las imágenes se fueron desvaneciendo en mi memoria dejándome un gusto dulce en la boca.

Robert se acercó, me cogió de la mano y me invitó a bailar. No me resistí; cerré los ojos, apoyé la cabeza sobre su pecho y me dejé llevar. Al sentir el latido de su corazón, recordé de golpe su olor, el sabor de su boca, el tacto de su piel sobre la mía... La imagen de nuestros cuerpos desnudos y entrelazados hizo que me estremeciese.

Robert se dio cuenta de mi turbación y su corazón se aceleró. Levanté la vista y en su mirada leí sorpresa y anhelo. Con cautela, sus labios se posaron sobre los míos que inmediatamente correspondieron.

Seguimos bailando y nos seguimos besando transportados por la cálida voz de Etta James, que en la radio había empezado a cantar *Trust in Me*. Seguían viniéndome a la mente recuerdos indeterminados de nuestra relación, haciéndome sentir en una realidad paralela; una realidad en la que mi pasado y mi presente ocurrían simultáneamente. Al terminar la canción, Robert se detuvo y con cierta torpeza se sacó del bolsillo del pantalón un anillo compuesto de tres aros de oro entrelazados, cada uno de ellos de distinto color.

—Es nuestro anillo de bodas. Cuando desapareciste lo encontré en el cajón de tu mesita de noche. Desde entonces lo he llevado siempre conmigo... a la espera de que volvieras.

Me quedé paralizada observando con sorpresa aquel anillo y durante una fracción de segundo tuve la sensación de que iba a recordar algo desagradable; pero la sensación se esfumó tan rápido como había aparecido. Por primera vez me fijé en que Robert también llevaba un anillo idéntico en su mano izquierda. Mi marido continuó hablando al mismo tiempo que con delicadeza me ponía la alianza en el dedo anular de la mano izquierda.

—Pero hasta este momento no me he atrevido a devolvértelo... Temía que interpretases el gesto como una imposición...

Le callé con un beso.

—Sí, quiero —me oí decir al mismo tiempo que recordaba con claridad el preciso momento en que, cinco años antes, había pronunciado aquel mismo juramento.

Al principio, Robert me miró perplejo, sin entender lo que había querido decir con aquellas dos palabras. Pronto supe que lo había comprendido pues en su cara apareció una amplia sonrisa, al mismo tiempo que sus ojos decían, sin palabras, que me amaba. Nos besamos de nuevo, pero esta vez sin titubeos. Y seguimos bailando abrazados cada vez más desconectados de la música que continuaba sonando de fondo.

Las caricias se fueron sumando a nuestros besos. Robert me susurraba al oído cuánto me había echado de menos, mientras que su cuerpo delataba su deseo. Un torrente de imágenes íntimas nuestras vino a alimentar mi deseo y quise sentir su cuerpo contra el mío.

Bajamos al camarote y nos fuimos desnudando sin prisa, queriendo alargar al máximo aquel momento de reencuentro. Los movimientos de nuestros cuerpos redescubriéndose se hicieron más urgentes y recordé la sensación de tenerle dentro. Sintiendo mi prisa, Robert me penetró, haciéndome sentir más suya con cada embestida calculada y profunda. Nuestras caderas se sincronizaron a la perfección, retomando un ritmo que nunca habían olvidado.

El placer empezó a crecer en mí como una bola de fuego, derritiendo a su paso cualquier reserva. Alcancé el clímax entre gemidos, al mismo tiempo que le clavaba las uñas en la espalda; quería aferrarme a aquella ilusión de plenitud, retenerla, no dejarla escapar.

Las arremetidas de Robert se fueron haciendo más acuciantes hasta que hundió la cabeza en mi cuello, al mismo tiempo que la sucesión de espasmos me indicó que él también había alcanzado el orgasmo.

Nos derrumbamos el uno en los brazos del otro, completamente relajados. La sensación de satisfacción e intimidad hizo que por unos instantes olvidase todo lo demás. Me fui quedando dormida, mecida por el suave vaivén de las olas.

—Eres lo que más quiero en el mundo —oí decir a Robert antes de ser totalmente engullida por el sueño.

UNDÉCIMO DÍA

Me desperté muy temprano: el sol se estaba apenas levantando. A mi lado, Robert seguía durmiendo. No quise molestarle, así que, en lugar de levantarme, me giré despacio, dándole la espalda. Necesitaba pensar, tratar de explicar esta angustia que sentía y que no podía evitar.

Una vez más había dormido muy mal. Volví a soñar con la niña que me pide desesperada que la ayude, que no permita que le hagan daño. En mi pesadilla sé que su vida corre peligro y que sólo yo puedo salvarla, pero que para ello tengo que recordar una información fundamental. Sin saber qué hacer, avanzo a oscuras, guiada tan sólo por sus súplicas desgarradoras, pero nunca consigo encontrarla... Cuatro o cinco veces me desperté con el corazón encogido por la impotencia de querer ayudar a esa niña y no poder hacerlo. Me costaba un poco volverme a dormir, y cuando por fin lo conseguía, volvía a tener la misma pesadilla.

¿Qué sentido tenía ese extraño sueño? Tenía que significar algo o no se repetiría de aquella manera. Quizás la niña fuese yo misma, perdida, sin la capacidad de recuperar mis recuerdos. O quizás con lo que soñase fuese con los hijos que no podía tener. Si, como sugería Robert, me fui a Honduras a comprar un bebé, tal vez la niña que pide socorro en mi sueño fuese la misma que se quedó esperando una mamá adoptiva que nunca llegó...

Robert me dijo que estaba obsesionada con la idea de ser madre, pero lo cierto es que en esos momentos, sin memoria, no sentía esa necesidad, así que podía ser que mis pesadillas no fuesen más que mi subconsciente gritándome el deseo que yo había olvidado.

"¿Qué te parece si dejas el auto-psicoanálisis-de-pacotilla y disfrutas del aquí y ahora?" —oí decir a la sabia voz en mi cabeza.

Hasta el día anterior, lo único que recordaba era el accidente de avión, pero la noche pasada recordé mi boda y muchos momentos de intimidad con Robert. Al hacer el amor descubrí que mi piel no había perdido la memoria, y que mi cuerpo, al unirse al suyo, se sentía en casa.

Toda esa familiaridad debería llenarme de optimismo pues, aunque sólo hacía un par de días que había vuelto a mi vida, todo parecía indicar que pronto iba a recuperar el resto de mis recuerdos.

Uno de mis mayores temores había sido que, cuando por fin estuviese en los brazos de Robert, fuese Jesse el que ocupase mi pensamiento. Sin embargo, durante toda la noche, la imagen de Jesse se mantuvo alejada de mi mente. Este simple hecho debía alegrarme. Entonces, ¿por qué me sentía intranquila y melancólica?

Probablemente fuese porque todo estaba ocurriendo demasiado rápido. Era difícil digerir tantas emociones en tan poco tiempo... Y a pesar de eso, hubiera deseado que mi recuperación fuese aún más deprisa...

Me frustraba haber sido capaz de recordar mi relación física con Robert pero no poder recordar mis sentimientos hacia él. Cada vez me sentía más cómoda a su lado, pero a pesar de eso, hasta ahora no había podido decirle que le amaba. Y es que cada vez que lo intentaba, esas sencillas palabras se me atascaban en la garganta y se negaban a salir...

"Por el amor de Dios, Elisa, que a Jesse le dijiste que le querías al cabo de dos días" —me recriminó con razón la voz de mi conciencia—. "¿No crees que podrías hacer un esfuerzo por el hombre con el que te casaste? ¿El mismo que te está demostrando una y otra vez cuánto le importas?"

Aun sabiendo que el reproche de mi álter ego estaba justificado, me sentía incapaz de seguir su consejo y hacer lo que tenía que hacer. Con nostalgia recordé lo fácil que me resultó confesarle a Jesse que le quería en aquel hotel de Tegucigalpa. Sentí vergüenza al pensar en todas aquellas otras veces en que me mordí la lengua para retener las mismas palabras que ahora se negaban a salir de mi garganta. Un sentimiento profundo de culpabilidad empezó a nublarme la mente y me di cuenta de que, en aquellos instantes, me odiaba a mí misma. Me detestaba porque no conseguía borrar a Jesse de mi memoria, mientras que era incapaz de recordar mi amor por Robert. Y sobre todo me odiaba porque lo que sentía por mi amante de unos días parecía mucho más real que lo que sentía por mi marido de años...

De pronto, Robert se dio la vuelta y me abrazó. Tuve que luchar contra mi primer instinto: escapar. El ritmo tranquilo de su respiración contra mi espalda me indicó que seguía dormido. La sensación de agobio y opresión era muy fuerte, pero me obligué a quedarme donde estaba, pegada al hombre al que se suponía que debía amar. Vacié mi mente e intenté que mi cuerpo se relajase al contacto de aquel que tanto placer me había proporcionado la noche anterior. Mi respiración se fue haciendo más pausada y mi pensamiento empezó a vagar a su aire...

Pero entonces, sin poder evitarlo, recordé aquella noche en la cueva, cuando Jesse, aún inconsciente, me abrazó de la misma manera que lo estaba haciendo Robert. Me avergoncé al comparar como me sentí entonces, a salvo por primera vez, y como me acababa de sentir, atrapada y sin salida...

"¡Eres una ingrata y una zorra!" —me gritó la voz en mi cabeza—. "Quizás la diferencia tenga algo que ver con el hecho de que aquella noche estabas sola y desamparada en la selva, a pocos metros de un avión lleno de cadáveres, tratando de salvar al único otro ser humano vivo a tu alcance, a excepción de unos traficantes asesinos... ¿Conoces la expresión agarrarse a un clavo ardiendo? Pues eso, durante aquellos días, Jesse fue tu clavo ardiendo... Hoy en cambio estás en un yate, bebiendo champán y escuchando *jazz*... Tal vez el único peligro que te aceche sea darte un golpe al bajar la escalera o atragantarte con una ostra... Reconoce que hasta al propio Jesse le resultaría difícil parecer un valiente caballero al rescate..."

Qué razonable sonaba todo eso. Debía aceptar que el accidente y lo que ocurrió después fueron lo suficientemente traumáticos como para intensificar cualquier sentimiento. Tenía que darme cuenta de que lo que sentía por Jesse no era real.

"Pues claro, idiota. Además, si Jesse se hubiese parecido a Mister Bean, seguro que no hubieses intensificado nada". Sonreí y el mero hecho de poder hacerlo me inyectó una dosis de optimismo. Quizás no pudiese volver a querer del todo a Robert hasta no dejar de pensar en Jesse... Y en ese caso, lo que tenía que hacer era arrancarle por completo de mi mente... No iba a ser fácil pero era lo que debía y lo que iba a hacer... Mientras tanto, iba a darle tiempo al tiempo, y pronto recuperaría la memoria y todo volvería a ser como antes.

Lo que había descubierto hasta ahora de mi carácter antes del accidente era que era una persona razonable y sensata, así que debía existir un motivo razonable y coherente que explicase el viaje a Honduras. Y aunque no fuese así y mi viaje hubiese sido tan sólo una insensatez, todo el mundo tiene derecho a hacer locuras de vez en cuando. Robert parecía dispuesto a perdonarme fuesen cuales fuesen mis motivos, así que yo debía hacer lo mismo. Quizás ya no importaba por qué lo hice y fuese mejor no volver a recordarlo nunca.

"Pero si al final resulta que te vas a parecer Al Capone. Te recuerdo que tener y utilizar documentos falsos es un delito grave y que lo mínimo que deberías hacer es encontrar el cómo y el porqué cometiste tal delito."

Decidí ignorar mi voz interior. Tenía que concentrar toda mi atención en recordar mis sentimientos hacia Robert. En cuanto lo consiguiese volveríamos a ser lo que éramos. Mientras tanto tenía que fingir y no permitir que se diese cuenta de lo incómoda que me sentía cada vez que me reiteraba su amor. Iba a entrenarme diciendo *te quiero* hasta que me saliese de dentro...

Si había algo que me había demostrado a mí misma en los últimos días, era que podía conseguir lo que me proponía... Si había podido transportar un cadáver a cuestas, huir a través de la selva y seducir a unos desconocidos para que Jesse se ocupase de ellos, cómo no iba a poder decir *te quiero* a un hombre maravilloso que se desvivía por mi bienestar.

Llena de determinación y ternura, me di la vuelta y desperté a Robert con mis caricias. Hicimos el amor y aunque no pude decirle que le amaba, conseguí que cada gesto expresara mi aprecio. Después de desayunar volvimos al puerto. Durante el trayecto hacia casa de mi suegra me di cuenta de que estaba bastante nerviosa ante la perspectiva de pasar el fin de semana con un grupo de personas que, por mucho que me conocieran, no conseguía recordar.

DUODÉCIMO DÍA

Mis inquietudes resultaron infundadas; la reunión familiar fue mejor de lo que esperaba. Robert y yo habíamos decidido que les diríamos a todos lo de mi amnesia, pero sin mencionar las circunstancias en las que comenzó. La versión oficial era que me había golpeado la cabeza al resbalar en la bañera y como consecuencia estaba viviendo un episodio de amnesia parcial y pasajera. Al principio la familia se inquietó bastante y todos hicieron un montón de preguntas sobre lo que nos había dicho el médico, pero al final se quedaron satisfechos con nuestras explicaciones.

Por lo demás, todo salió muy bien. El sábado al mediodía llegamos a casa de mi suegra, una magnífica mansión situada junto a un lago. Dan, el hermano mayor de Robert, que era arquitecto, había diseñado aquella casona siguiendo los deseos de sus padres y reproduciendo el estilo, la solera y el embrujo de la residencia familiar que había sido vendida algunos años atrás. Según Robert, Dan lo había conseguido hasta tal punto que a veces esperaba encontrarse a su abuela caminando por los pasillos. Para alguien que como yo nunca había visto aquella otra casa, el frontón triangular sobre las columnas clásicas, las imponentes escaleras y las lámparas de lágrimas que había en cada sala evocaban más bien los decorados de *Lo que el viento se llevó*. Las instalaciones modernas con las que contaba además —piscina, pistas de tenis, embarcadero, sauna— convertían la residencia en un lugar fuera del tiempo y lleno de encanto.

Margaret, la madre de Robert, era una mujer elegante y distinguida. La templanza y mesura de cada uno de sus gestos ponían en evidencia un carácter sereno que incluso hubiese podido pasar por distante, de no ser por la pasión contenida en sus expresivos ojos verde esmeralda. Eran aquellos ojos, más que sus modales o sus palabras, los que mostraban todo el orgullo y la ternura que sentía por su familia y la inmensa felicidad que le producía el tenernos a todos reunidos en torno a ella.

De sus tres hijos, Dan era el único que había heredado los ojos maternos; Robert y Rose habían sacado los ojos color ámbar de su padre. Por lo demás, los dos hermanos varones se parecían mucho físicamente, ambos eran altos y bien proporcionados, y transmitían ese aire de seguridad en sí mismos que tanto me había llamado la atención la primera vez que vi a Robert —bueno, la primera vez que recuerdo—.

La genética, sin embargo, había jugado una mala pasada a mi cuñada que no poseía ni el atractivo de su padre ni la belleza discreta de su madre. Era bajita y excesivamente delgada, y aunque no podía decirse que fuese fea, sus rasgos eran comunes y sin interés.

Aparte de un físico agraciado, mi cuñado Dan parecía disfrutar además de un carácter afable y empático que le hacía llevarse bien con todo el mundo. Rose, en cambio, era mucho más altiva y desagradable que sus hermanos —al menos a juzgar por el comportamiento que demostró durante el fin de semana—, siempre dispuesta a polemizar sobre cualquier tema: la política, la educación de los hijos, la comida o las actividades propuestas por unos y otros para pasar el tiempo.

Mi cuñado había venido acompañado de su esposa, Lea, una bellísima mujer con la que aparentemente yo me llevaba muy bien, y de su hija Clare, una jovencita de 14 años, vivo retrato de su madre. Rose había traído tan sólo a sus hijos, Gregory y Maggy, unos gemelos juguetones y regordetes de 5 años, y a Sophie, la *au-pair* francesa que parecía dispuesta a doblegarse a todos los caprichos de aquellos querubines. Mi cuñada nos explicó que su marido había tenido que quedarse en Charlotte atendiendo un asunto urgente.

Hasta el domingo después del desayuno, Rose no nos confesó que Greg y ella habían decidido divorciarse —la amargura con que lo dijo daba a entender que la decisión había sido mucho más dolorosa y unilateral de lo que sus desapasionadas palabras parecían indicar—. Aunque todos se apresuraron a decir cuánto lo sentían y ofrecerle su apoyo incondicional en aquellos momentos, algo en la reacción del grupo me hizo pensar que la noticia no era ni inesperada, ni mal recibida.

Terminamos de tomar el café sin volver a tocar el tema, tratando de llenar el incómodo silencio con comentarios sobre el tiempo o la cena del día anterior. Al cabo de un rato nos fuimos dispersando: Lea y Clare se marcharon a jugar un partido de tenis, y Dan y su madre a dar un paseo por la propiedad. Robert aprovechó ese momento para dirigirse a su hermana:

—Rosie, ¿te pusiste en contacto con el abogado que te recomendé? Espero que hayas seguido mi consejo y te hayas desentendido de todos los asuntos de Greg. Tu marido siempre fue un descerebrado dispuesto a aprovecharse de cualquier ocasión, por turbia que fuese: no me extrañaría que sus negocios resultasen menos prósperos de lo que cuenta y que quiera aprovecharse del divorcio para quitarte lo que te pertenece.

El tono que usó fue bastante más neutro que el contenido de sus palabras, cuya dureza me pilló por sorpresa. Bajé la mirada y por un momento deseé que me tragase la tierra, pues tenía la impresión de que mi presencia añadía un testigo al agravio. Al principio Rose nos miró con frío desprecio, pero pronto la ira hizo que el color le subiese a las mejillas y que sus ojos pareciesen echar chispas.

—Cree el ladrón que todos son de su condición —la voz de mi cuñada rebosaba odio y despecho—. Hermanito, no creo que seas el más indicado para dar lecciones de moral y aún menos sentar cátedra sobre legalidad, cuando es evidente que no sabes distinguir sus márgenes. Quizás sea tu mujer la que necesite un abogado decente, suponiendo que tan extraña raza exista.

Sin darle tiempo a su hermano a defenderse, Rose salió de la cocina con la cabeza alta y el paso firme. Yo me quedé boquiabierta, sin poder dar crédito a lo que acababa de suceder. Cuando me disponía a preguntarle a Robert a qué venían aquellas acusaciones, éste me miró con resignación y dijo:

—No creo que lo recuerdes, pero mi hermana es una mujer amargada y reaccionaria, llena de prejuicios. Considera que los abogados somos una plaga del infierno, puestos en este mundo para burlar la ley y satisfacer los designios liberales de Lucifer: minar las sólidas bases morales de América, y defender a criminales y terroristas para permitirles que corran libres por nuestras calles.

Robert, que estaba de pie apoyado contra la encimera de la cocina, se encogió de hombros con impotencia.

—Siento que hayas tenido que ser testigo de esta escena —añadió con aire abatido.

Estaba claro que Robert quería mucho a su hermana y le entristecía lo que estaba ocurriendo. Así que recordando mi propósito de apoyarle y demostrarle mi cariño en todo momento, me acerqué a él, puse mis brazos alrededor de su cuello y le besé suavemente en los labios.

—Lamento que tu hermana esté pasándolo tan mal y que no se dé cuenta de que tú tan sólo quieres ayudarla.

Robert, que había puesto sus manos alrededor de mi cintura, me devolvió el beso y mirándome con dulzura me susurró:

—¿Tienes idea de lo feliz que me haces?

Nuestro cálido abrazo hubiese podido transformarse en algo más si no hubiese sido interrumpido por los gemelos que entraron corriendo del jardín, empapados y muertos de risa. La pobre Sophie les perseguía acalorada agitando una toalla de piscina, tratando sin éxito de evitar que lo pusiesen todo perdido. Riéndonos y cogidos de la mano, Robert y yo salimos de la cocina y nos fuimos a pasear hacia el lago.

—A juzgar por las miradas de desprecio y los comentarios puntillosos que tu hermana me ha dedicado desde que llegamos, he creído entender que tampoco yo soy de su agrado. ¿Sabes si he hecho algo en el pasado para caerle mal?

—Bueno, de manera general, y sin tener nada directamente contra ti, según la distorsionada lente con que Rose mira al mundo, los extranjeros sois, para este país, una lacra igual o peor que los abogados liberales: aprovechando nuestras leyes permisivas, os nacionalizáis con el único propósito de abusar de todo lo que nuestro "generoso sistema social" tiene que ofrecer. Añade a eso el que en las últimas elecciones votases a un negro "musulmán" para debilitar y destruir nuestra gran nación...

Robert dijo esto con sorna, tratando de quitarle hierro al asunto, pero la sonrisa forzada que se le había dibujado en los labios hacía presentir que la actitud de su hermana le repulsaba y le dolía.

—Y por si eso fuese poco, has tenido que casarte con su hermano, el abogado de Satanás, para contaminar la pura sangre sudista de nuestra familia.

—No me extraña que me deteste. Desde su punto de vista, hasta yo me doy asco —solté una carcajada—. Es una suerte para tu familia que no podamos tener hijos, así mi sangre y yo no podremos minar profundamente vuestro recio abolengo.

Robert me miró divertido.

—Veo que estás recuperando tu irónico sentido del humor.

—Volviendo al tema del divorcio, por las expresiones de alivio que creí leer en las caras de todo el mundo al oír la noticia, deduzco que no eres el único que desconfía del marido de Rose —comenté retomando la conversación que habían interrumpido los gemelos.

—Greg es un crápula y un oportunista sin escrúpulos que se casó con mi hermana por su dinero y que no ha dejado de ponerle los cuernos desde el primer día; no creo que le haya sido fiel ni durante la luna de miel —me explicó con tristeza—. Pero Rose siempre prefirió no ver lo que era tan evidente e ignorar lo que pensábamos todos. Y no sólo ha seguido financiando todos los caprichos del inútil de su esposo, sino que además ha avalado con su nombre todos sus negocios. No me preocupa que Greg trate de sacarle cuanto pueda con el divorcio; el muy imbécil nunca se preocupó por disimular sus infidelidades, así que ningún juez va a permitir que desplume a una esposa con dos niños pequeños, cuyo comportamiento hacia su marido y sus hijos ha sido siempre irreprochable. Sin embargo, me preocupa que todos sus negocios estén a nombre de los dos y que sea la absurda confianza que mi hermana tiene en él la que la lleve a la ruina.

Habíamos dado por zanjada la conversación cuando nos cruzamos con Margaret y Dan, que se dirigían también al lago. Caminamos junto a ellos recordando anécdotas divertidas sobre Daniel, mi suegro. Cuando los dos hermanos empezaron a hablar de fútbol americano, Margaret aprovechó para cogerme del brazo y reducir el paso haciendo que nos quedásemos ligeramente rezagadas.

—¿Así que has perdido la memoria? —me preguntó sin rodeos, aunque se notaba que se sentía incómoda haciéndolo. Parecía querer entablar una conversación personal y no saber muy bien cómo hacerlo.

—Bueno, no del todo. Según el médico, voy a ir recordando paulatinamente lo que he olvidado —mentí sin esfuerzo; últimamente me estaba entrenando bastante.

—Cuánto me alegro. Además, también me hace feliz ver que mi hijo y tú volvéis a estar como antes —dijo dándome unas palmaditas sobre la mano que tenía enlazada a su brazo.

—¿A qué te refieres? —pregunté extrañada. Era evidente que ése era el tema que le preocupaba y de lo que quería que hablásemos.

—Claro, lo más seguro es que no recuerdes que hace unas semanas fui a Nueva York con unas amigas y me invitasteis a cenar. Aunque lo pasamos muy bien, noté una gran frialdad entre vosotros. Por supuesto, no quise meterme en lo que no me llaman, pero desde entonces he estado preocupada. El hecho de que además Robert ignorase mis llamadas, me hizo suponer lo peor... No pensé que fuerais a venir y temí que si lo hacíais, fuese para anunciarnos vuestra separación.

Me di cuenta de que sus ojos estaban llenos de ansiedad y tristeza. Lo más probable es que Margaret nos hubiese visto después de la discusión sobre la adopción. Me dio pena verla así, de modo que, aun sin saber si Robert se molestaría por mi indiscreción, le dije con tono tranquilizador:

—Cuando viniste a visitarnos acabábamos de tener una pelea en torno a los hijos. Como supongo que sabrás, aunque para serte sincera, no me acuerdo —sonreí quitándole gravedad a la conversación—, no consigo quedarme embarazada. Le sugerí a Robert que considerásemos la adopción y se negó en redondo. Supongo que para él yo estaba tirando la toalla, y para mí, él estaba siendo muy egoísta.

A pesar de que no recordaba lo que sentimos durante la disputa, lo que le estaba diciendo a mi suegra parecía coherente con lo que me había contado Robert.

—Pero no tienes que preocuparte, ya lo hemos arreglado y estamos más unidos que nunca.

Al ver cómo se iluminaban los bonitos ojos de Margaret, me alegré de haberle mentido.

—No sabes qué peso me quitas de encima —suspiró aliviada—. De la misma manera como sé que mi hija no será feliz hasta deshacerse del mequetrefe con el que se casó, mi hijo nunca podrá serlo sin ti.

Sus palabras me llegaron al alma.

—Robert es igual que su padre: siempre con prisa, siempre queriendo más... —continuó con la mirada perdida en algún lugar lejano—. Incapaz de distinguir lo superfluo de lo que importa, de comprender que el fin casi nunca justifica los medios, y que, en el largo viaje de la vida, lo importante no es llegar al destino, sino el camino que recorremos hasta conseguirlo.

Margaret me miró con nostalgia y añadió:

—Yo fui la conciencia y la perspectiva para Daniel, su escala de valores, lo mismo que tú tienes que serlo para Robert.

Habíamos llegado a la altura de la cancha de tenis y Dan nos abandonó para reunirse con su mujer y su hija que estaban acabando su partido. Robert se acercó a nosotras tratando de interpretar la expresión en nuestros rostros.

—¿Deberían estar pitándome los oídos? —preguntó con franca sonrisa.

—Qué va —contestó Margaret con buen humor—. Simplemente estaba aburriendo a tu mujer con mis cursiladas, por si acaso ha olvidado que soy una vieja senil, pero que os quiere mucho.

—¡Mamá! No eres ni vieja ni senil, así que no enredes a mi señora.

Robert besó a su madre con ternura y después se puso en medio de las dos, nos cogió a ambas del brazo y nos animó a reanudar la marcha hasta la casa.

—Eli, no te fíes de mi madre. Por si lo has olvidado, te recuerdo que la última vez que te dejé a solas con ella terminamos organizando una boda multitudinaria en Charleston, en lugar de la íntima ceremonia familiar en Nueva York que tú y yo habíamos planeado.

—¡¿Cómo te atreves?! —exclamó mi suegra haciéndose la ofendida. Después soltó una risita espontánea y contagiosa y añadió—: Bueno, quizás haya sido un poquito culpable de ese cambio de planes, pero simplemente me limité a exponer lo feliz que me haría una boda según la tradición de nuestra familia.

Margaret me dedicó una sonrisa cómplice.

—Y eso sí, Elisa, te estaré eternamente agradecida por haber tenido en cuenta mi opinión.

El resto del domingo siguió su curso tan agradablemente como el día anterior y nadie volvió a mencionar el divorcio de mi cuñada o cualquier otro tema delicado. Robert y yo fuimos los primeros en marcharnos —Dan y su familia no volverían a California hasta el día siguiente y Rose y los niños iban a pasar la semana con Margaret—. Toda la familia, incluyendo mi arisca cuñada, nos despidieron con cariño; nos prometimos que haríamos lo posible para volver a reunirnos pronto.

En el vuelo de vuelta a Nueva York repasé mentalmente el fin de semana; me sentía muy satisfecha porque había sido bastante más positivo de lo que había esperado en un principio: no sólo había reanudado mi vida íntima con Robert, del que, a pesar de mis inexplicables reparos, me sentía cada vez más próxima, sino que además, había disfrutado del tiempo compartido con mi familia política. Mis padres habían muerto y no tenía hermanos, así que, aun sin memoria, no era difícil imaginar que considerase a los Gresley como mi familia más cercana y que me sintiese como en casa entre ellos.

Eran las nueve y media de la noche del domingo cuando aterrizamos en el aeropuerto de La Guardia. Todo el sueño que no había sentido en el avión me cayó encima de golpe al entrar en el taxi de vuelta a la ciudad. Robert me puso el brazo sobre los hombros; acurrucada a su lado, me quedé dormida en el acto. La vibración de su BlackBerry me despertó a unas cuantas manzanas de casa. Se apresuró a contestar para evitar que me despertase. Aunque no pude escuchar lo que decía la voz al otro lado del teléfono, sí fui capaz de distinguir su tono apremiante y sentir cómo Robert se ponía tenso.

—Lo entiendo, pero ya te dije que no quiero viajar esta semana —dijo tratando de hablar bajito.

La voz al otro lado de la línea siguió argumentando, pues Robert objetó con tono más firme:

—No, Peter, ni siquiera un par de días. Ya sabes que Elisa se está reponiendo de su accidente y no quiero dejarla sola hasta que me asegure de que está totalmente recuperada.

Me pareció que el tono de ese tal Peter se suavizó; en todo caso, mi marido prosiguió con voz mucho más conciliadora:

—Bueno, cálmate. Déjame llamarle y ver lo que se puede hacer. Quizá no sea necesario que me desplace hasta allí. Si lo que necesita es a alguien que le tome la mano y le tranquilice, siempre podemos enviar a Larry.

Robert terminó la conversación diciendo que le llamaría tan pronto tuviese noticias.

Hicimos el resto del trayecto en silencio: yo todavía medio despierta medio dormida y Robert absorto en sus pensamientos. No volvimos a mencionar la conversación telefónica, pero en cuanto entramos en casa se disculpó diciendo que iba a hacer un par de llamadas desde el despacho. A pesar de sus esfuerzos por parecer tan relajado como lo había estado hasta la llamada, era evidente que estaba preocupado y que parte de la tranquilidad del fin de semana se había esfumado por completo.

Mientras él trabajaba, me di una ducha, me puse cómoda y preparé una infusión. Después, con una humeante taza en una mano y una botella de cerveza helada en la otra, entré en el despacho donde mi marido seguía al teléfono. Robert aceptó la cerveza, que me agradeció con un movimiento de cabeza y una sonrisa.

—Te digo que se ha quedado mucho más tranquilo. Le he explicado que todo está atado y bien atado. Aun así le he dicho que le volvería a llamar mañana a primera hora. Hasta entonces no tenemos nada más que hablar. Buenas noches, Peter—. Robert colgó sin darle la oportunidad de replicar.

Después dio un trago al botellín y miró a su alrededor con gesto cansado. Parecía como si una tonelada de años le hubiese caído encima.

—A veces me pregunto si todo esto merece la pena, si no debería mandar esta profesión al cuerno y dedicarme a... —dudó unos segundos— ...la cría de salmones en Alaska, por ejemplo. —Sonrió con aire vencido—. ¿Crees que seguirías conmigo si lo hiciera?

Robert estaba bromeando, sin embargo, algo en su mirada parecía estudiar seriamente mi reacción ante la perspectiva de un cambio radical de nuestro estilo de vida. La vulnerabilidad que creí ver en aquel hombre, por lo general tan fuerte y seguro, me llenó de ternura, así que, antes de responder, me senté sobre sus rodillas y le puse mis brazos alrededor del cuello.

—Aunque en mi estado no puedo estar segura de nada, me parece recordar que juré acompañarte en lo bueno y en lo malo, en la salud y en la enfermedad y hasta que la muerte nos separase, ¿no? Pues creo que eso incluye seguirte hasta el fin del mundo —dije con tono divertido—. Pero puestos a elegir, ¿crees que en lugar de salmones en Alaska podríamos considerar la posibilidad de criar delfines en el Caribe o caballos en Andalucía?

Le besé suavemente en los labios y después añadí con voz mucho más seria:

—Mientras tanto, te prometo que me encuentro perfectamente, así que si tienes que irte unos días, hazlo tranquilo. Además, voy a estar muy ocupada familiarizándome con mi vida. Mañana pienso pasar el día en la editorial, lo que espero me ayude a llenar las pocas lagunas que van quedando en mi memoria.

Había dicho todo aquello mirándole fijamente a los ojos para que se diese cuenta de que hablaba en serio.

—No me gusta la idea de dejarte sola en estos momentos. ¿Qué pasaría si tuvieses otro ataque de pánico o volvieses a perder la memoria? —insistió con palabras llenas de aprensión.

—Robert, eso no va a ocurrir. No necesito un canguro, necesito normalidad. Y lo normal es que tú trabajes mucho y te vayas de viaje y que yo me quede en casa y te eche de menos.

Alejé de mi mente el hecho de que una parte de mí se alegraba ante la perspectiva de que se ausentara.

Me rodeó la cintura y hundió su cabeza en mi pecho. Después levantó la vista, me miró a los ojos con fervor y supe que iba a pronunciar aquellas fatídicas palabras que yo no sería capaz de corresponder. Así que cerré los ojos huyendo de su mirada, al tiempo que ponía mis labios sobre los suyos esperando que aquel beso sustituiría el "te quiero" inminente. Lamentablemente no funcionó pues, abrazándome aún con más fuerza, Robert suspiró:

—Te quiero tanto...

Temí que si me obligaba a decirle lo mismo, mis palabras sonarían forzadas y Robert se daría cuenta de la ambigüedad de mis sentimientos hacia él. Así que tratando de desviar el curso romántico de nuestro intercambio hacia lugares más eróticos y menos profundos, le mordí suavemente el lóbulo de la oreja y comencé a recorrerle el cuello con mis labios. Robert me cogió de la cara con ambas manos y me besó apasionadamente. Mi lengua jugueteó con la suya hasta que interrumpí el beso; entonces, mirándole con ojos libidinosos, me quité la camiseta, me arrodillé entre sus piernas y lentamente empecé a desabotonarle la camisa mientras mi boca iba explorando su pecho desnudo, saboreando su estómago firme, jugueteando alrededor de su ombligo...

Sin prisa le desabroché el pantalón, dejando en libertad aquel hermoso miembro que mis manos agarraron y mis labios recorrieron con avidez. Robert se estremeció y, echando la cabeza hacia atrás, se rindió a mí sin reservas. Muy despacio fui tragándome aquella parte del cuerpo de mi marido con la que tan bien me entendía, engulléndola centímetro a centímetro hasta que mi boca estuvo completamente llena y sentí nacer una arcada. Robert se retorció de placer y sus manos se enredaron en mi pelo, acompañando el suave vaivén de mi cabeza.

La sensación de poder era embriagadora. Poco a poco fui acelerando el ritmo, deseosa de recibir su semen en mi garganta. Pero Robert no me lo permitió; con ímpetu me subió a la mesa, me arrancó las bragas y empezó a mordisquearme los pezones mientras que sus habilidosos dedos comprobaban que yo estaba lista para recibirle. Entonces me penetró con fuerza, haciéndome gritar de placer. Después comenzó a moverse lenta y deliberadamente, tratando de llenarme por completo con cada embestida, de perderse más dentro de mí con cada nueva acometida.

Mi cuerpo estaba ardiendo y necesitaba ser satisfecho con urgencia, así que cogiéndole por las caderas le marqué un ritmo urgente al que se adaptó sin problema. Alcanzamos el clímax al mismo tiempo, ruidosamente y con violencia. Robert se desplomó sobre mí, su cabeza perdida en mi cuello, sus manos alrededor de mi espalda. Mis piernas rodearon su cintura y con las uñas empecé a acariciarle la espalda. Estaba totalmente relajada y satisfecha.

"Ahora o nunca" me animó la voz en mi cabeza. Siguiendo su consejo, me concentré, respiré hondo, giré la cabeza y le susurré al oído:

—Te quiero.

Si esperaba que mi declaración pasase desapercibida me equivoqué totalmente. Mi marido se incorporó apoyándose sobre sus antebrazos, puso una mano a cada lado de mi cara y buscó mi mirada.

—Cariño, yo también te quiero. ¿Sabes que es la primera vez que lo dices desde que volviste? —dijo con una luminosa sonrisa en los labios.

—¿De veras?

Decidí que era mejor hacerme la loca que confesarle lo difícil que había sido pronunciar esas simples palabras. Implacable, la voz en mi cabeza me sermoneó: "Como puedes ver, tu marido no es imbécil. ¿Cómo crees que se sentiría si supiese que en realidad sí has dicho "te quiero" después del accidente, pero no a él?"

Entonces Jesse invadió mi mente. Aunque seguía mirando a Robert lo que estaba viendo eran sus ojos azules, su sonrisa, cómplice e irresistible... Consternada cerré los ojos y traté de sacar su imagen de mi cabeza; maldije a mi álter ego que, con sus recriminaciones, lo único que conseguía era hacerme pensar en Jesse una y otra vez. "Querida, por si no lo sabes, la voz en tu cabeza y tú sois la misma persona. No me eches a mí la culpa de lo que es tu responsabilidad, pura y simple" —se burló mi voz interior.

—Pero si te estás ruborizando —dijo Robert ignorando la verdadera razón de mi sonrojo—. No ha sido mi intención hacer que te sientas incómoda. Yo temía que...

Dejó la frase en suspenso. Después pestañeó y volvió a hablar con voz más segura:

—No importa, lo único que ocurre es que lo he echado de menos.

No hay palabras que puedan expresar la mezcla de vergüenza y alivio que experimenté en aquel momento: vergüenza por mis sentimientos hacia Jesse, pero al mismo tiempo alivio porque Robert no se había dado cuenta y los ignoraba por completo.

Aquella noche en la cama decidí ser constructiva y concentrarme únicamente en el lado positivo de las cosas. Debía estar satisfecha por lo bien que estaba evolucionando todo. La semana que empezaba me llenaba de optimismo; tenía la certeza que me acercaría aún más a la normalidad. Cada vez iba recordando más detalles de mi pasado: mi padre, mi boda, momentos de mi vida de pareja. Tenía la esperanza de que la visita a la editorial me permitiría arrojar luz sobre las zonas de sombra que todavía quedaban en mi recuerdo.

Además, la ausencia de Robert me iba a permitir echarle de menos. Quizá por eso me alegraba de que se fuese... Poco a poco iría borrando completamente a Jesse de mi memoria y todo volvería a ser como antes...

El cansancio fue más fuerte que yo, y me quedé dormida con una sensación de bienestar nueva para mí. Poco me podía imaginar en esos momentos que los próximos días serían los más traumáticos que había conocido hasta ahora, y que las experiencias que iba a vivir harían que el accidente de avión y lo ocurrido la semana después no pareciesen gran cosa en comparación.

DÉCIMOTERCER DÍA

Una vez más soñé con la niña que pedía socorro, pero esta vez, en mi pesadilla, no corría en su busca, sino que trataba de alejarme de ella. No quería oír sus gritos desesperados, pero en lugar de taparme los oídos con las manos, me tapaba los ojos por lo que seguía oyendo sus súplicas y además, me iba golpeando con todo lo que se cruzaba en mi camino.

Me desperté chillando, aterrorizada por lo angustioso de la situación y lo inhumano de mi comportamiento en el sueño. Mis gritos despertaron a Robert que se incorporó sobresaltado; al darse cuenta que sólo había sido una pesadilla, me abrazó y trató de tranquilizarme con palabras cariñosas. Pero de nuevo, como me pasó en el barco, me sentí atrapada y tuve que controlarme para no empujarle y apartarme de él. Poco a poco conseguí relajarme hasta que al cabo de un rato, abrazados, volvimos a quedarnos dormidos.

El resto de la noche dormí profundamente y, a pesar de la pesadilla, cuando sonó el despertador me sentí descansada y optimista: iba a disfrutar del buen humor con el que me había acostado la noche anterior y no pensar en la pesadilla o en el hecho de que, dos veces en un mismo fin de semana, había sentido la necesidad de huir de mi marido.

Mi objetivo del día era visitar la editorial, así que me vestí para la ocasión, traje de pantalón y chaqueta. Quería llegar pronto, antes de que los empleados empezasen a llegar; aunque tenía la esperanza de que tan pronto pusiese el pie en la oficina recordaría todo el pasado, no quería arriesgarme y dar el espectáculo siendo incapaz de reconocer a la gente.

Robert estaba empeñado en acompañarme, pero le convencí de que me dejase ir sola; retomar cuanto antes mis costumbres tal vez me ayudaría a recordar. Por si acaso, durante el desayuno Robert trató de darme todos los detalles que me permitirían salir del paso en caso de necesidad.

Aprovechando que la editorial se encontraba a pocas manzanas de casa y que hacía una mañana muy agradable, fui dando un paseo. Manhattan se despertaba radiante y la actividad y el bullicio matinal me resultaron tonificantes. A medida que me iba acercando a mi destino, el nudo que se me había formado en el estómago se fue haciendo más presente.

La editorial ocupaba el tercer piso de un edificio de piedra clara y escaleras de incendio exteriores en pleno barrio del Soho. Entré utilizando la tarjeta de acceso electrónico que había encontrado en casa. Como había esperado, era todavía muy temprano y la planta estaba desierta.

Todo me resultaba familiar, sin embargo no era capaz de recordar detalles concretos como el nombre y la ocupación de las personas que se sentaban en los puestos de trabajo a la vista. Robert me había dicho que mi despacho se encontraba en el extremo derecho del luminoso *loft*, así que me dirigí a él con paso inseguro. Justo cuando me disponía a abrir la puerta, oí gritar tras de mí:

—¡Elisa! —Me di la vuelta a tiempo de ver a una mujer de mi edad abalanzarse sobre mí—. Dios mío, Eli, ¿tienes idea del susto que nos has dado? —dijo mientras me estrujaba con fuerza.

De repente recordé con claridad a Susan y la amistad que nos unía. Durante unos instantes me quedé petrificada viendo desfilar ante mis ojos imágenes de nuestra relación. Por fin respondí a su abrazo mientras que mi amiga, sin darse cuenta de mi turbación, seguía achuchándome y dándome voces:

—Ingrata, mala amiga. ¿Cómo pudiste desaparecer así? Creíamos que te había pasado algo, aunque yo estaba casi segura de que te habías esfumado de motu propio. ¡Qué carajo! Yo misma te había dicho que necesitabas un cambio de aires. Pero, joder —soltó una potente risotada—, teníamos que habernos fugado juntas.

—No es lo que te imaginas. —Conseguí zafarme de su abrazo.

—Pues tienes que contármelo todo si quieres que te perdone. El soso de tu marido no quiso darme detalles, sólo se limitó a decirme que estabas bien y que pasarías hoy por aquí.

—Pero antes vamos a por un café.

Susan aceptó de buena gana. Tenía que ganar un poco de tiempo para decidir lo que le podía contar o no. Robert me había aconsejado no dar demasiados detalles sobre mi odisea, al menos hasta que supiésemos exactamente las razones que me habían llevado hasta ella. Tan pronto nos instalamos en su despacho, volvió a la carga:

—Venga, cuéntame por qué te fuiste, dónde estabas y, sobre todo, con quién —insistió con una sonrisa pícara y un guiño exagerado.

—¿Por qué crees que me fui con alguien? —pregunté de

golpe, temiendo que hubiese por mi parte una infidelidad de la que no me acordaba.

Susan me miró sorprendida por la brusquedad de mi pregunta.

—Vamos, Eli, no te enfades. Sabes que siempre estoy bromeando con el tema, pero sobre todo porque eres una mojigata y una rancia; sino no sería tan divertido —me tranquilizó.

"Pues lo de mojigata ha debido de pasársete en el accidente. Si Susan supiera..." —se mofó mi voz interior, que desde la noche pasada se había mantenido en silencio.

—Ya, divertidísimo. —Me esforcé por reírle la broma.

—Bueno, no cambiemos de tema. Cuéntame todo lo que has hecho durante estas dos semanas.

—Lo cierto es que no hay mucho que contar. Un día desperté y había perdido la memoria por completo: había olvidado quién era o dónde estaba. Tardé unos días en recordar los detalles que me permitieron ponerme en contacto con Robert. —Bebí un sorbo mientras mi amiga me miraba con cara de no dar crédito a sus oídos—. Te confieso que sigue habiendo bastantes lagunas en mi cabeza, pero poco a poco voy recuperando los recuerdos. Por ejemplo, hasta esta mañana no me acordaba de ti y, de repente, recuerdo todo lo que hemos vivido juntas.

—¿Qué me estás diciendo? —tras una breve pausa, Susan empezó a someterme a un interrogatorio exhaustivo—: ¿Amnesia?... Quizás tuviste un accidente. ¿Estabas herida? ¿Dónde estabas cuando despertarte? ¿Cuántos días pasaron antes de que pudieses llamar a Robert? ¿Por qué no llamaste a cualquiera de los contactos de tu móvil?

La versión sucinta y suavizada que le había ofrecido en un principio tenía el mérito de ser cierta —muy parcial, pero cierta—. Si respondía a sus preguntas, tendría que mentir o contarle más de la cuenta. Decidí que lo mejor era no responder, y para conseguirlo, le dije lo único que se me ocurrió en ese momento:

—Me está empezando a doler un poco la cabeza. No me resulta fácil hablar de lo ocurrido... —dejé escapar un suspiro para darle más fuerza a mi frase—. El médico me ha recomendado que evite hablar demasiado del tema hasta que esté recuperada del todo.

Susan se quedó mirándome sin saber qué decir. Se notaba que se debatía entre las ganas de satisfacer su curiosidad y las de respetar las recomendaciones del doctor. Sin darle tiempo a decidirse, cambié de tema:

—Pero bueno, ahora cuéntame tú cómo ha ido todo por aquí y sobre todo cuéntame cómo van las cosas con el galán de turno: quiero todos los detalles indecentes. —Esta vez fui yo la que le dediqué una mirada descarada.

Entre las muchas cosas que había recordado de repente estaba el hecho de que, en la vida de Susan, siempre había al menos un hombre atractivo, generalmente más joven que ella, dando guerra. Incluso recordaba que en dos ocasiones se había casado con "el galán de turno" y que, como era de esperar, ambos matrimonios habían terminado en divorcio. Mi amiga picó el anzuelo y durante la siguiente media hora se deleitó hablándome de sus dos temas preferidos: la editorial y sus líos amorosos. A las nueve y media nos interrumpió el sonido del teléfono: la visita que Susan estaba esperando acababa de llegar. Mi amiga se fue a la Sala de Juntas y yo volví a mi despacho.

Mientras hablábamos, los empleados habían empezado a llegar. Susan me había asegurado que nadie estaba al corriente de mi desaparición. La versión oficial era que me había ido a España para ocuparme de unos asuntos familiares, así que la gente que me fui cruzando me saludó con normalidad.

Entré en mi despacho y me senté frente al escritorio. Miré a mi alrededor sin saber muy bien qué hacer a continuación. No se había producido el milagro que había estado esperando y una parte importante de mi pasado seguía a oscuras. Me distraje ojeando los documentos extendidos sobre mi mesa: un par de invitaciones a entregas de premios literarios y galas benéficas, unos bocetos de tapas para los dos libros que, según una nota pegada encima, debían salir a la venta en Navidad, y la revista de prensa de todo lo publicado la semana pasada sobre la última novela de Tomás Morantes, quien deduje debía de ser uno de nuestros autores estrella.

Cuando terminaba de leer por encima el último artículo, sonó el teléfono. Era Robert para asegurarse de que todo iba bien. Se alegró cuando le dije que había recordado a Susan, y que me encontraba en plena forma; preferí no mencionar todo lo que seguía sin recordar y lo frustrada que estaba empezando a sentirme.

—Uno de nuestros principales clientes quiere que me reúna con él para aclararle unos detalles. Serían solo un par de días... Sé que ayer me aseguraste que no te importaba que me fuese, pero no me siento tranquilo dejándote sola tan pronto...

—Robert —le interrumpí antes de que me hiciese perder la paciencia —, me encuentro perfectamente. No me va a pasar nada. Pero para que te quedes más tranquilo, te prometo que te llamaré si noto el más mínimo síntoma de ansiedad. Además, si fuese necesario, me instalaría en casa de Susan hasta que volvieses.

—Bueno, pues si es así... Por favor, sé sensata y no te canses demasiado. Recuerda que aún no estamos seguros de que estés recuperada del todo —insistió.

—Sí, mamá, prometo portarme bien —me burlé.

—Ja, ja, muy chistosa —respondió divertido—. Te llamaré esta noche. Te quiero.

—Y yo a ti.

Colgué con una sonrisa de oreja a oreja ante la naturalidad con la que lo había dicho. Las cosas iban viento en popa.

Acababa de colgar cuando alguien llamó a la puerta. Una mujer joven entró y se dirigió a mí con cordialidad. En ese instante supe que se trataba de Isabel, la secretaria que Susan y yo compartíamos.

—Buenos días, Elisa. Me alegra que estés de vuelta. Durante tu ausencia Susan ha ido tratando todos los temas urgentes, así que sólo te he dejado sobre la mesa lo que podía esperar. Y aquí tienes dos manuscritos nuevos. —Isabel se acercó y me entregó dos portadocumentos de grosor medio—. Tu nuevo teléfono estará listo esta mañana.

La miré extrañada pues no sabía a qué se refería.

—Tu marido me dijo que habías perdido el móvil, así que desactivé la tarjeta SIM y pedí una nueva conservando tu número —terminó poniéndome al tanto de las llamadas pendientes. —...Y por último, la semana pasada te llamó Santiago Ochoa desde Tegucigalpa. Estaba preocupado porque habías quedado en llamarle, pero cuando le dije que te habías ido a España se quedó más tranquilo. Me pidió que le llamases tan pronto estuvieses de vuelta. Aquí tienes el número de móvil en el que puedes localizarle.

El corazón me dio un vuelco: Santiago Ochoa era el nombre que había encontrado en mi bolso después del accidente. Recordé que había tratado de llamarle desde mi hotel en Tegucigalpa y al no poder dar con él, me había propuesto llamarle esta semana. De repente me invadió una sensación de desasosiego difícil de explicar, el presentimiento de que algo horrible acechaba. Disimulando mi inquietud, cogí el papel que Isabel me tendía y le di las gracias.

Una de las razones por las que no le había dejado un mensaje en el contestador cuando le llamé, había sido no saber qué nombre utilizar. Ahora sabía que Santiago Ochoa conocía mi verdadera identidad, y que me llamaba desde Honduras. Con un poco de suerte también podría decirme cuál fue el propósito de mi misterioso viaje.

Sin pensarlo mucho, marqué el número que me había pasado Isabel. Mientras esperaba a que cogieran la llamada, traté de controlar la ansiedad: tal vez estuviese a punto de descubrir lo que había estado buscando con tanto empeño. Una voz masculina que no reconocí respondió enseguida:

—¿Santiago? Soy Elisa...

Antes de que pudiese seguir hablando, mi interlocutor empezó a dar voces:

—¡¿Eli?! ¡¿Dónde demonios te has metido?! Se suponía que debíamos vernos en Tegucigalpa hace más de una semana. Francamente, esta vez te has pasado un huevo. No puedes llamarme rogándome que te consiga urgentemente un pasaporte falso y te organice una serie de entrevistas con unas personas de las que no había oído hablar jamás, y luego desaparecer sin dar señales de vida...

Hizo una pausa para tomar aire. Soltó un suspiro y, un poco más calmado, continuó su retahíla de reproches sin darme tiempo a defenderme:

—¿Sabes que creí que estabas en el avión que se cayó? Estuve a punto de llamar a Robert a pesar de que te prometí que no lo haría, pasase lo que pasase... Te aseguro que si no lo hice fue porque tu secretaria me dijo que habías ido a España... ¿Cómo pudiste cambiar de planes en el último momento y ni siquiera dignarte...?

No dejé que terminase la frase. Aquella reprimenda, por muy justificada que fuese, no nos llevaría a ninguna parte y había un montón de cosas que yo desconocía y que él parecía poder aclararme. La familiaridad con la que me trataba hacía suponer que Santiago y yo nos conocíamos bastante bien, así que yo me dirigí a él en el mismo tono:

—Santiago, cálmate. Tu enfado está justificado, pero debes escucharme. No hubo cambio de planes. Si no te he llamado antes es porque, tal como temías, yo viajaba en el vuelo que se estrelló. Fui la única superviviente, pero perdí la memoria.

No iba a permitir que nada rompiese el hilo de lo que me había propuesto decirle, así que, ignorando sus exclamaciones de horror, continué exponiéndole la situación:

—Aunque he empezado a recordar el pasado, sigo sin acordarme de la razón por la que viajé a Honduras de la manera en que lo hice. De hecho, ni siquiera sé quién eres tú... —Hice una breve pausa, consciente de lo inverosímil de mi explicación—. Después del accidente encontré tu nombre y teléfono en mi bolso. Traté de localizarte el miércoles pasado desde Tegucigalpa con la esperanza de que pudieses darme alguna pista sobre lo ocurrido. Saltó tu contestador y no quise dejar ningún mensaje porque no sabía si me conocerías por Elisa Luna, Elisa Gresley o Lisa Hamilton.

—¡Dios mío! ¿Qué me estás diciendo? En los periódicos dijeron que no había supervivientes... —Era obvio que mi relato le dejaba anonadado.

—Y es mejor que sigan pensando eso: no estoy en condiciones de explicar por qué no me puse en contacto con las autoridades para hacerles saber que había un sobreviviente... —seguí hablando pero casi para mí misma—: No puedo decirles que viajaba con pasaporte falso...

"Y mucho menos el encontronazo con los traficantes", pensé.

—Con un poco de suerte no tendré que decirlo nunca... Muchos de los cadáveres estaban destrozados o calcinados, así que quizás no descubran que falta un pasajero... y si lo descubren, Lisa Hamilton no existe... —Sacudí la cabeza obligándome a volver al presente—. Santiago, sé que querrás hacerme un montón de preguntas y trataré de responderte a todas, pero antes te agradecería que me contases todo lo que sepas de mi viaje a Honduras. Y de paso, si pudieses empezar por contarme de qué nos conocemos y por qué acudí a ti...

Dejé la frase en suspenso. Me preguntaba qué tipo de persona sería este hombre al que yo recurría cuando quería conseguir papeles falsos.

—¡Carajo, me dejas de piedra! —contestó al cabo de lo que me pareció un largo silencio en el que supuse estaba tratando de decidir por dónde empezar—. Nos conocimos en la universidad. Estuvimos saliendo juntos un tiempo... —vaciló unos instantes— ...Pero pronto nos dimos cuenta de que éramos más amigos que otra cosa. Después de la carrera me volví a Tegucigalpa para ocuparme de los negocios familiares. Somos buenos amigos a pesar de que, como mucho, nos hablamos un par de veces al año y de que no nos hemos visto desde tu boda.

Mientras me decía todo aquello me preguntaba por qué, si tal como me decía era un buen amigo, no me acordaba de él. Esta mañana había recordado a la primera a Susan, a Isabel y a algunos de los empleados de la editorial... Empezaba a sospechar que mi pérdida de memoria era selectiva y que sólo permanecían oscuros los detalles relacionado con el maldito viaje a Honduras... Aquella revelación requería un análisis más detenido, pero de momento debía concentrarme en lo que Santiago me estaba contando:

—Hace cosa de un mes me llamaste con mucho misterio. ¿Por qué a mí? Supongo que no tienes una tonelada de amigos íntimos en Honduras —añadió con sarcasmo—. Me dijiste que necesitabas un favor, y que era cuestión de vida o muerte. Te negaste a darme explicaciones por teléfono.

Suspiró y luego continuó con voz vencida:

—Debí mandarte al diablo, pero en lugar de eso, acepté sin condiciones. ¿Qué puedo decir en mi defensa? Supongo que sigo teniendo una cierta debilidad por ti. No lo recuerdas, pero nuestra ruptura fue bastante unilateral —hizo una pausa antes de finalizar—. En definitiva, el misterioso favor consistía en hacer dos cosas: conseguirte un pasaporte falso y organizarte una reunión con una periodista hondureña, quien a su vez debía conseguirte una entrevista con otras tres personas más.

—¿Es decir, que te llamé para pedirte papeles falsos? Así, como si nada. ¿Puedo preguntarte a qué te dedicas? ¿O a qué me dedico yo? —No hice nada por disimular mi asombro.

Santiago soltó una carcajada espontánea.

—Tengo una constructora... Digamos que a veces, el éxito de mis negocios depende de mi capacidad de hacer favores a gente influyente que, a cambio, está dispuesta a apoyar mis proyectos. —Se detuvo un momento, quizás para darme la oportunidad de hacer algún comentario al respecto—. ¿Qué? ¿No quieres sermonearme como de costumbre? A lo mejor lo de la amnesia te ha hecho más tolerante. ¡Ja! Aunque he de reconocer que la última vez que hablamos criticaste mucho menos mi ética profesional. Claro, fue la vez que me pediste un favor no muy... "ético" —terminó con sorna.

—Me alegra que te diviertas. Al menos veo que se te está pasando un poco el enfado. Pero, ¿te importaría volver al tema que nos ocupa? —intenté que mi tono sonase a broma aunque en el fondo estaba cada vez más nerviosa.

—Bueno, conseguirte un pasaporte no me resultó muy difícil; me bastó con pedir un favor a uno de mis contactos en los bajos fondos. Te lo mandé por mensajero. Tampoco tuve problema en localizar a la periodista con la que querías reunirte. Os ibais a encontrar en mi despacho, el miércoles... justo el día en que se estrelló aquel avión...

Me quedé esperando un momento a que dijera algo más. No añadió nada; como si acabase de asimilar todo lo que acabábamos de discutir.

—¿Cómo se llama esa periodista con la que dices que iba a verme y cómo conseguiste que aceptase la reunión? —pregunté rompiendo el incómodo silencio que se había instalado entre nosotros—. Y otra cosa, dijiste que quería entrevistarme con tres personas más. ¿Quiénes eran?

Me di cuenta de que le estaba agobiando con tanta pregunta, así que le dejé hablar a su ritmo.

—Yo sólo tenía que llamar a Consuelo Zambrano, la periodista, de parte de una editora americana que quería entrevistarse con ella. También debía pedirle que organizase una reunión con las otras tres mujeres a las que querías ver: Carmen, Rocío y Marina. No me diste apellidos pero me dijiste que ella sabría quiénes eran. Y así fue.

El corazón empezó a latirme con fuerza: a pesar de no ser capaz de identificar aquellos nombres, algo en ellos aumentaba la angustia que sentía y que había comenzado en el mismo instante en que Isabel mencionó el nombre de Santiago Ochoa.

—¿Y tienes idea de por qué quería verlas? —conseguí articular.

—No, no tengo ni idea de quiénes eran ni de lo que querías hablar con ellas. Lo que sí puedo decirte es que al menos una de ellas ha muerto. Consuelo Zambrano fue asesinada hace unos días. Escribía para el diario local y su muerte ha tenido gran repercusión en la prensa. Por lo visto entraron en su casa para robar y ella llegó en mal momento; les pilló in franganti y por eso se la cargaron.

La inquietud y tensión expresada en la voz de Santiago se hicieron eco del profundo *shock* que aquellas palabras producían en mí.

—Francamente, Elisa, puede que su muerte no tenga nada que ver con tu visita, pero como me debo estar volviendo paranoico, me resulta difícil pensar que sólo sea una coincidencia.

Antes de que pudiese pedirle más explicaciones, sonó el timbre de una puerta al otro lado de la línea telefónica.

—Eli, te tengo que dejar. Tengo una reunión muy importante. Me alegro de que estés bien y espero que recuperes la memoria cuanto antes.

—Gracias. ¿Te importa si vuelvo a llamarte si se me ocurre alguna pregunta más? —pregunté tímidamente.

—No creo que pueda decirte nada más de lo que te he dicho, pero claro que puedes llamar cuando quieras. Ya sabes que tengo debilidad por ti —bromeó—. Sobre todo ahora que te has vuelto más tolerante con los pecados ajenos.

Colgué el teléfono y me froté la sienes con ambas manos, tratando de frenar el terrible dolor de cabeza que se me estaba echando encima. Los nombres de Consuelo Zambrano y Carmen Prado retumbaban en mi cabeza. Santiago me había dado el nombre y apellido de la primera. Aunque había mencionado a una tal Carmen, me había dicho que yo no le había dado su apellido. Y sin embargo, en ese momento yo estaba segura de que una de las personas con las que había querido entrevistarme en Tegucigalpa se llamaba Carmen Prado... Por un instante creí que estaba a punto de recordar la clave de todo, pero entonces me faltó el aire. Me levanté y abrí la ventana: el cielo se había cubierto de nubarrones negros que anunciaban un chaparrón inminente. Estaba intentando respirar con normalidad mientras me distraía mirando cómo el viento jugueteaba con las hojas de los árboles cuando, sin razón aparente, me vinieron a la mente los frescos de la Capilla de la Arena, una pequeña iglesia en el norte de Italia que, de repente, recordé haber visitado con mi padre cuando tenía catorce años. Ante mis ojos aparecieron las escenas del infierno que Giotto había pintado en la parte inferior derecha del enorme fresco representando el Juicio Final. En el centro de la escena vi dibujarse las letras NF/SP seguidas de tres números, 279.

Todo empezó a dar vueltas y sentí que perdía el equilibrio. Intentando no caerme, volví a sentarme y puse la cabeza entre las rodillas para calmar el mareo. ¿Qué me estaba pasando?

Cuando me sentí mejor, me incorporé, apoyé la cabeza en el respaldo del asiento y, con los ojos cerrados, traté de buscarle un sentido a las visiones que acababa de tener. Todo parecía indicar que iba recuperando poco a poco la memoria exceptuando cualquier detalle, persona o acontecimiento relacionado con el viaje a Honduras. Analizando las cosas desde ese ángulo, parecía bastante lógico que no recordase ni a Santiago, ni la razón por la que viajé, ni a las cuatro mujeres con las que debía entrevistarme en Tegucigalpa. Pero, ¿qué demonios pintaban los frescos de Giotto o la capilla que visité hacía años en todo aquello? ¿Y qué significaba la referencia NF/SP 279? Por más vueltas que le daba, nada tenía sentido.

La cuestión de si debía llamar o no a Robert se añadió a mi confusión mental. Por un lado le había prometido avisarle si se producía cualquier incidente —no cabía duda de que el ataque de ansiedad de esta mañana entraba dentro de esa categoría—. Por otro lado, según Santiago, yo no quería que mi marido supiese nada de mi viaje, y si le llamaba ahora tendría que contarle lo que había descubierto, por parcial y confuso que fuese.

Al cabo de unos minutos de debate interior llegué a la conclusión de que no quería que hubiese secretos entre Robert y yo. Le pondría al corriente de todo cuanto descubriese, pero lo haría cuando tuviese algo concreto y no una lista interminable de preguntas sin respuesta. Le contaría todo lo que me había dicho Santiago en cuanto tuviese las cosas más claras. Y si cuando volviese de su viaje seguía sin tener respuestas, le diría lo que sabía de todos modos, pero en persona, lo cual sería más correcto que hacerlo por teléfono. Mientras tanto, sería mejor que me fuese a casa. No quería ni pensar lo que habría ocurrido si la exagerada de Susan hubiese entrado en mi despacho cuando yo estaba al borde del desmayo...

Metí los dos manuscritos que Isabel me había dado en un maletín que había en la estantería y fui a despedirme de mi amiga; si me iba sin decirle nada, sospecharía que algo no iba bien y llamaría a Robert. Fue un alivio encontrarme con su despacho vacío. Cuantas menos explicaciones tuviese que darle mejor, así que le dejé una nota sobre la mesa diciéndole que estaba un poco cansada y me iba a casa.

Cuando me marchaba, mi secretaria estaba al teléfono. Con un gesto me pidió que esperase un momento. Mientras terminaba su conversación, me dio un iPhone blanco. Después arrancó una hoja de su bloc de mensajes telefónicos que me pasó distraídamente. El corazón me dio un vuelco; el tiempo se detuvo y me flaquearon las piernas. La nota decía que Jesse Morgan necesitaba hablar conmigo urgentemente. Había dejado un número de teléfono para que le llamase tan pronto me fuese posible.

Me quedé mirando el pedacito de papel aturdida. Cerré los ojos tratando de romper el hechizo que parecía haberme paralizado. No podía seguir allí plantada, así que me despedí de Isabel con un gesto de la mano, sin esperar a que terminase su acalorada discusión telefónica.

Hacía unos instantes casi se me había parado el corazón, ahora tenía taquicardia y me faltaba el aire. No llamé al ascensor, sino que bajé las escaleras de tres en tres y salí como una posesa a la calle. Me sujeté a una farola y aspiré con fuerza una bocanada de aire helado que me raspó los pulmones. Después emprendí el camino a casa, despacio, sin darme cuenta de que había empezado a llover. Tan sólo el recuerdo de Jesse ocupaba mi mente. La determinación con la que había ahuyentado su imagen durante el fin de semana se esfumó; ya no quedaba nada del empeño con el que había tratado de sacarle de mi pensamiento una y otra vez.

El simple hecho de leer su nombre en un trozo de papel había revivido todos los sentimientos que tenía hacia él. El vacío que había dejado Jesse tras de sí parecía ahora un agujero negro que se lo tragaba todo: culpabilidad, lógica, voluntad... Aunque parecía una eternidad, hacía solamente cinco días que le había confesado mi amor en el hotel de Tegucigalpa. Recordé con dolor nuestra despedida, aquel momento en que tuve la certeza de que nunca más volvería a saber de él... Hoy me daba cuenta de que había sido la convicción de que no volveríamos a vernos, la que me había dado la fuerza para intentar olvidarle... La posibilidad de volver a oír su voz aniquilaba mi determinación.

Debía rendirme a la evidencia: no podía dejar de pensar en Jesse aunque quisiera porque le seguía amando de una manera irracional e injustificada. Me obligué a pensar en Robert, pero el sentimiento de culpa sólo consiguió que me odiase a mí misma por serle infiel con el pensamiento y el corazón. Ojala pudiese odiar también a Jesse por hacerme sentir como me sentía...

¿Por qué trataba de localizarme ahora? ¿Acaso no había quedado claro que lo nuestro no podía ser? Recordé que me había dicho que le llamase para decirle que todo iba bien. ¿Sería eso lo que quería? ¿No se daba cuenta de que con su llamada ponía en peligro la estabilidad precaria de mi vida?

Estuve a punto de romper el papel y jurarme que no le llamaría, pero mi voz interior me detuvo con su lógica aplastante: "¿Debo recordarte que en la nota dice que necesita hablar contigo «¡Urgentemente!»? ¿Qué palabra en «hablar contigo urgentemente» te hace pensar que lo que quiere es conversar y asegurarse de que estás bien? No sé, quizás tenga algo «urgen-te» que decirte; tal vez algo relacionado con los asesinatos que perpetrasteis en vuestro tiempo libre" —finalizó mi álter ego con su sarcasmo característico.

A medida que me acercaba a casa, mi actitud se fue volviendo más razonable. Pensar que yo había sido para Jesse algo más que una aventura era absurdo e infantil; pensar que su llamada no tenía una justificación importante y que, por consiguiente, podía evitar devolvérsela, era ridículo e irresponsable. Por supuesto debía llamarle y averiguar lo que quería. Además, quizás él pudiese ayudarme a desvelar el misterio de mi viaje a Honduras: seguro que por su profesión tenía más medios que yo para indagar en la vida de Consuelo Zambrano. Y hasta podría investigar si de verdad existía una Carmen Prado y qué relación había entre las dos.

Cuando entré en el portal de mi edificio había tomado la decisión de llamar a Jesse tan pronto entrase en casa. Marqué el número que me había pasado Isabel, mientras repasaba mentalmente lo que le iba a decir y cómo iba a hacerlo. Por desgracia, saltó el contestador:

—Hola. Has llamado a Jesse Morgan. Ahora no puedo atenderte pero deja el mensaje al oír la señal.

—Hola, Jesse, soy Elisa. He recibido tu mensaje. Estaré en casa toda la tarde, así que llámame cuando quieras.

Colgué el teléfono dándome cuenta de que, a pesar de todas las razones lógicas que había buscado para justificar aquella llamada, la verdad era que lo que había estado deseando era volver a oír la voz de Jesse.

De manera impulsiva, llamé a Robert a su móvil. Necesitaba callar mi conciencia que me repetía insistentemente que mi marido no se merecía lo que le estaba haciendo.

Robert descolgó a la primera:

—Elisa, ¿estás bien? ¿Ocurre algo?

—Tranquilo, no ocurre nada —traté de sonar lo más relajada posible—. Como no dejes de asustarte cada vez que te llame, voy a dejar de hacerlo. ¿Te molesto?

—Nunca me molestas. Bueno... a mí no, pero estamos preparándonos para el despegue y la azafata me está haciendo gestos para que cuelgue.

—Está bien, sólo quería que supieses que he vuelto a casa para leer unos manuscritos y que te echo de menos —dije ignorando los reproches de mi voz interior.

—Yo también te echo de menos. Pero volveré pasado mañana y si quieres, cuando regrese, podríamos irnos una semana de vacaciones a algún sitio los dos solos... —Al otro lado de la línea, una voz insistía en que apagase su móvil—. Te llamo esta noche. Pero por favor, cuídate y llámame si ocurre cualquier...

—Robert, si no cuelgas te van a echar del avión —le interrumpí antes de que siguiera repitiendo lo que ya sabía. Después añadí alto y fuerte: "Te quiero".

Aunque en ese momento aquellas palabras carecían de sentido y tan sólo tenían para mí el sabor amargo del remordimiento y la pena, las pronuncié consciente de que a Robert le harían feliz y, tal vez por eso, sentí una cierta paz interior.

* * * * *

Para relajarme y desconectar un poco de los últimos acontecimientos, pasé el resto de la tarde leyendo uno de los dos manuscritos que me había traído de la editorial. Se trataba de la primera novela de una joven escritora puertorriqueña, una obra con poco interés literario pero un cierto potencial comercial. Aunque no estaba segura de si deberíamos considerar o no su publicación, su lectura me había permitido olvidar mis problemas y dudas durante unas horas.

Empecé a tener hambre, así que cerré el manuscrito con la intención de bajar a prepararme algo de comer. Al dejar el portadocumentos sobre la mesa encima del otro, me llamó la atención la serie de números y letras marcadas en el lomo: F/SP 345. Me fijé entonces en la referencia de la carpeta donde estaba el segundo manuscrito: NF/EN 284.

Sentí vértigo: aquella sucesión de cifras y letras se parecía mucho a la que había aparecido durante la visión que tuve aquella misma mañana. Cogí el móvil y llamé a Susan. Me disculpé por haberme ido sin despedirme. Tras asegurarle que todo iba bien, le pregunté:

—¿Qué significan las letras y números en el lomo de los manuscritos?

—Es la referencia interna que les asignamos para catalogarlos —respondió mi amiga sin hacer preguntas—. F significa ficción y NF no ficción. Después marcamos EN o SP dependiendo de si la obra nos ha sido enviada en inglés o en español, y por último, los números corresponden al orden de llegada. Mary es la persona que lleva el control de todos los manuscritos que recibimos.

Antes de dejarme decir nada, añadió un tanto sorprendida:

—¿Por qué lo preguntas? ¿Acaso no recuerdas nuestro sistema de clasificación?

—Pues no. Como te dije, tengo todavía ciertas lagunas de memoria que trato de despejar a medida que aparecen. ¿Te importaría pasarme a Mary?

Satisfecha con mi explicación, Susan se despidió y transfirió mi llamada a la encargada del registro de manuscritos.

—Hola, Mary. ¿Te importaría decirme a qué obra pertenece la referencia NF/SP 279?

—Hola, Elisa. Espera un segundo que te lo miro enseguida.

Mientras la oía teclear, Mary me preguntó por mi viaje a España, a lo que, por supuesto, respondí con mentiras.

—NF/SP 279 corresponde a *Carne de cañón*, de Consuelo Zambrano.

Empecé a temblar: Consuelo Zambrano era la periodista con la que yo iba a entrevistarme en Honduras. Mary continuó sin notar el efecto que aquella información me había provocado.

—Llegó el 13 de septiembre pasado. Te lo pasé y según esto, sigue en tu poder. No hay nada más en la ficha, aún no me has dado el resumen ni tus conclusiones.

—Muchas gracias, Mary. Eso era todo lo que quería saber. Inmediatamente llamé a Isabel para pedirle que mirase si no me había dejado ningún manuscrito en el despacho. No encontró ninguno y no le sorprendió pues según me dijo yo tenía la costumbre de llevarme todos los manuscritos a casa y no los devolvía a la oficina hasta haberlos valorado. Tal como recordaba, mi secretaria me confirmó que sólo se hacían copias de los manuscritos que habían obtenido una opinión favorable del primer lector.

Carne de cañón tenía que estar en casa o perdido entre los escombros del avión. Tuve la certeza de que, de un modo u otro, aquel manuscrito escondía la clave que desvelaría el misterio de mi viaje a Honduras. Encontrarlo debía ser mi prioridad absoluta. Aunque había inspeccionado el apartamento el jueves pasado, no lo había hecho buscando nada en concreto, así que el manuscrito podía estar en cualquier sitio.

Acababa de entrar en la cocina a prepararme un sándwich cuando sonó el teléfono. Pensé que sería Robert para decirme que había aterrizado y que podía volver a localizarle si le necesitaba. Pero la voz que respondió a mi saludo fue la de Jesse.

—Hola, Lis. Es urgente que nos veamos. Podría estar en tu casa en una hora.

No se me ocurrió hacerle preguntas sobre lo que quería o cómo había encontrado mi dirección. Por absurdo que parezca, lo único que me preocupó en ese instante fue la perspectiva de encontrarme a solas con él en mi apartamento. Para evitarlo le propuse que nos viésemos en un café que había a dos manzanas de casa. Se me había quitado el apetito, así que salí de la cocina y subí a arreglarme. Mientras me duchaba traté de ignorar el nudo que se me había hecho en el estómago y que me hacía sentir como una colegiala ante su primera cita.

Me puse un vestido de punto de cuello alto color crema y chaqueta y botas altas de ante. Al salir comprobé que había dejado de llover y que el cielo estaba de nuevo despejado: sonreí pues era como si el clima quisiera hacerse eco de mi variable estado de ánimo. Estaba nerviosa pero muy animada: haber descubierto la existencia del manuscrito Zambrano y la perspectiva de volver a ver a Jesse me habían puesto de buen humor.

Llegué al café donde habíamos quedado antes de lo previsto. Tan pronto entré, recordé muchas de las ocasiones en que había estado allí camino a la oficina o de vuelta a casa—me alegró comprobar que mi memoria se iba despertando sin prisa pero sin pausa—. Pedí un descafeinado y me senté en una de las mesas con vistas a la calle. Mientras esperaba decidí que aunque hoy ya era tarde para ponerme a buscar el manuscrito, mañana no pararía hasta encontrarlo. Estaba impaciente por leer aquel documento y al mismo tiempo, me daba miedo hacerlo pues el presentimiento de que lo que iba a descubrir no me gustaría era cada vez más fuerte.

¿Qué era lo que podía contar ese dichoso manuscrito para que yo hubiese tenido que viajar a Honduras, con una identidad falsa? ¿Por qué era tan fundamental que me entrevistase en persona con su autora? ¿Y quiénes eran Carmen Prado, Marina y Rocío, las otras tres mujeres a las que quería ver? Hasta ahora, en vez de respuestas, descubrir la existencia del manuscrito Zambrano sólo había suscitado más preguntas.

Levanté la vista y vi a Jesse entrando en la cafetería. Me vio y se acercó a mi mesa obsequiándome con una de sus irresistibles sonrisas. Sentí que me subía el rubor a las mejillas.

—Hola, Lis —me saludó al tiempo que me daba un beso desenfadado en la cara y tomaba asiento frente a mí—. Perdona el retraso. No tengo tu móvil, así que no pude avisarte

—dijo mientras cogía el iPhone que yo había dejado sobre la mesa y, sin pedirme permiso, se hacía una llamada perdida.

—Ahora ya tengo tu número y tú, el mío.

Volvió a dejar el teléfono sobre la mesa.

—Estás preciosa. Veo que Nueva York te sienta bien. Yo no lo aguanto.

Le agradecí el halago, hice un comentario superficial sobre las grandes ciudades y la lluvia, y me quedé esperando a que se decidiera a decirme la razón por la que había querido verme. A pesar de sus esfuerzos por mostrarse distendido, Jesse parecía preocupado.

—Como te expliqué, estaba en Honduras infiltrado en una red de traficantes bastante activa en nuestro continente. Estamos en proceso de desmantelamiento y en los próximos días vamos a llevar a cabo una serie de detenciones que terminarán con ella definitivamente.

Dio un trago al café que acababan de traerle y se frotó la barbilla como tratando de buscar las palabras para seguir su relato.

—Apasionante, pero, ¿qué demonios tiene que ver eso conmigo? —pregunté intentado que fuese al grano.

—Verás, entre los muchos documentos que se han incautado hasta ahora, hemos encontrado una lista de nombres entre los que aparece el tuyo. Al menos tres personas de esa lista han sido asesinadas o han muerto de forma sospechosa en las últimas semanas.

Jesse se quedó mirándome fijamente a la espera de una reacción. Se me heló la sangre y lo único que pude hacer fue mirarle horrorizada mientras él trataba de quitarle hierro al asunto.

—Por supuesto, podría tratarse de una coincidencia, por lo que no debemos asustarnos demasiado.

No era capaz de asimilar lo que acababa de oír. Tenía la sensación de estar viviendo una pesadilla y no conseguía pensar con claridad. ¿Cómo podía estar pasándome esto a mí? En cualquier momento me despertaría y mi vida carecería de peligros, accidentes de avión y narcotraficantes.

—A ver si lo he entendido bien: es probable que una red de asesinos quiera eliminarme pero aun así, no crees que debamos asustarnos demasiado, ¿es eso? —dije cuando por fin fui capaz de articular palabra.

—Suena mucho más dramático dicho de esa manera. Ya te digo que es demasiado pronto para sacar conclusiones. Si no te conociese personalmente, ni siquiera hubiese hecho nada respecto a tu nombre en una lista.

Por más que lo intentaba, sus esfuerzos por tranquilizarme estaban fracasando estrepitosamente.

—Créeme: no hay razón para que te pongas así. Al fin y al cabo nos hemos visto en situaciones peores y hemos salido airosos, ¿no?

Jesse sonrió y me hizo un guiño cómplice. Después prosiguió con tono más serio:

—¿Se te ocurre alguna razón por la que tu nombre haya aparecido en esa lista?

—Pues como no sea nuestra aventura en la selva...

Me quedé pensando. Quizás fuese el momento de hablarle de todo lo que me había contado Santiago. Jesse continuó hablando antes de darme tiempo a ordenar mis ideas y decidir por dónde empezar:

—Sí, al principio yo también pensé que podría tener que ver con el hecho de que nos cargásemos a tres miembros de la banda. Pero hay algo que no cuadra. Cuando lo hicimos, no estábamos seguros de cuál era tu verdadero nombre... —hizo una pausa y después sacudió la cabeza cambiando de tema—:

En fin, poco importa. En un par de días todo habrá terminado y no tendremos que preocuparnos más. Pero mientras tanto, tal vez sería conveniente que Robert y tú os fueseis de viaje o que os quedéis en un hotel.

—Robert está de viaje y no volverá hasta pasado mañana... pero cuando vuelva estamos pensando tomarnos una semana de vacaciones. Quizás podría esperar a que volviese...

—No, prefiero que no estés sola —dijo tajante—. Pasaremos por tu casa para recoger lo que necesites y te acompañaré a un hotel fuera de tu radio de acción. Mejor que no vayas a trabajar...

Antes de que pudiese terminar la frase sonó su móvil. Miró el número y se explicó:

—Disculpa, tengo que coger esta llamada. Vuelvo enseguida.

Desde mi mesa le vi salir a la calle y meterse en un coche de color oscuro aparcado en la acera de enfrente. Me sentía abrumada. La idea de irme a un hotel no me apetecía nada. Quizás Jesse se estuviese pasando de prudente... Pero no podía arriesgarme. Lo peor iba a ser explicárselo a Robert. Tal vez sería mejor que me fuese a casa de Susan hasta su vuelta. Podía decirle que me sentía sola o algo por el estilo... Aunque, pensándolo bien, pasar dos días con Susan me apetecía todavía menos que irme a un hotel... ¿Y si cogía un avión a Carolina del Sur y me instalaba en el *Sweet Meg*? Ahí estaría a salvo. La verdad es que no se me ocurría un lugar mejor donde pasar la semana en pareja de la que habíamos estado hablando Robert y yo... Se suponía que desde hacía tiempo queríamos traernos el barco a Nueva York. ¿Qué mejor momento para hacerlo?... Desde luego a Robert le chocaría que me hubiese ido antes que él volviese, pero lo entendería cuando pudiese contarle la verdadera razón y le explicase que había sido para ponerme a salvo.

La vuelta de Jesse interrumpió mis pensamientos:

—Van a volver a llamarme: tengo que mirar unas fotos e identificar a unos individuos... —dijo dándome más explicaciones que las que necesitaba—. Si te parece, mientras tanto puedes ir a casa y preparar lo que vayas a necesitar. Yo pasaré a buscarte tan pronto termine; calculo que no será más de media hora.

Salimos juntos a la calle. Volvió a sonar el móvil de Jesse. Se despidió con un gesto de cabeza antes de meterse en el coche oscuro desde donde había estado hablando anteriormente.

Durante el breve trayecto hasta casa, tomé la decisión de instalarme en el barco de mis suegros. La verdad es que me apetecía hacerlo. Lo único que me contrariaba era no poder buscar el manuscrito hasta mi vuelta. Quizás, si me daba prisa haciendo la maleta, hasta que llegase Jesse podía echar un vistazo en mi estudio; lo lógico era que lo hubiese puesto allí puesto que se trataba de algo relacionado con el trabajo.

Al llegar al apartamento tenía claro todo lo que iba a hacer. Decidí llamar a Jesse para decirle que se tomase su tiempo. Con una mano saqué el iPhone del bolso y llamé al último número marcado, mientras que con la otra metía la llave en la cerradura. La puerta se abrió sola, aunque no recordaba haber echado el cerrojo, estaba completamente segura de haberla cerrado bien. Mi mente empezó a mandarme señales de alarma; debí salir corriendo, y buscar ayuda. En lugar de eso, entré en casa, incapaz de reaccionar o asimilar lo que veía. El apartamento había sido saqueado y todo estaba manga por hombro: armarios abiertos, cajones volcados con su contenido esparcido por el suelo, libros tirados por todas partes, cristales rotos...

—Dime. Ya estoy en camino.

En el preciso instante en que Jesse respondía a mi llamada telefónica, oí pasos en el piso de arriba. ¡¿Por qué diablos había supuesto que los saqueadores se habían marchado ya?!

—¿Lisa? ¿Estás ahí?

Sin responder ni colgar, y de forma instintiva e inexplicable, me escondí el móvil en la bota, di la vuelta y empecé a correr hacía la puerta. No había dado ni un par de pasos cuando sentí que me golpeaban con fuerza en la cabeza. Caí al suelo. Lo último que recuerdo fue un dolor intenso y luego una oscuridad total.

DECIMOCUARTO DÍA

No sé cuánto tiempo estuve inconsciente, pero fue el mismo dolor que me había hecho perder el conocimiento el que me hizo volver en mí. Tardé unos segundos en recordar lo que había pasado: alguien había entrado en el apartamento y me habían golpeado mientras trataba de escapar.

Abrí los ojos pero todo estaba a oscuras. Traté de chillar pero la mordaza que me habían puesto ahogó el sonido de mi grito. El pánico se apoderó de mí. El fuerte latido de mi corazón me golpeaba el pecho haciéndome sentir punzadas de dolor. Me faltaba el aire y tenía ganas de vomitar. Necesitaba calmarme, ponerme histérica no iba a ayudarme en estos momentos. Cerré los ojos y traté de controlar como pude mi respiración, llenando al máximo mis pulmones con cada inspiración y relajando uno a uno todos mis músculos con cada espiración.

Algo más tranquila intenté analizar la situación. Parecía que me encontraba en el maletero de un coche en marcha. Tenía las manos atadas en la espalda. Un dolor atroz de cabeza se unía a otras molestias como el desagradable roce de la cuerda mordiéndome las muñecas o la tirantez que la mordaza ejercía sobre las comisuras de mi boca. Cada bache y cada curva hacían que se me clavasen en el cuerpo las latas y demás objetos que había en el maletero. Olía a gasolina y a sucio. Tenía mucho frío: el vestido de punto y la chaqueta que llevaba puesta al salir de casa no me protegían lo suficiente.

En ese instante recordé el móvil que me había metido en la bota. Aunque no podía cogerlo con las manos atadas, sentí su presión sobre la pantorrilla, lo que me produjo una cierta sensación de alivio: seguro que a Jesse se le habría ocurrido rastrear el móvil por lo que sabría hacia dónde me estaban llevando. Había tenido razón al preocuparse y al aconsejarme que me fuese de casa. Lástima que no hubiese servido de mucho porque de todos modos me habían secuestrado. Intenté tranquilizarme repitiéndome que Jesse estaba en camino, siguiendo el coche en el que me encontraba. Tan pronto como nos detuviésemos me rescataría...

Una idea espantosa interrumpió mi razonamiento: ¿y si a Jesse le había pasado algo? ¿Y si había llegado al apartamento cuando me estaban secuestrando y le habían matado? Se me hizo un nudo en el estómago y volví a sentir náuseas. Una vez más tuve que concentrarme para controlar mi respiración y tratar de calmarme. Si vomitaba me ahogaría.

Aparté de mi cabeza la idea de que algo grave le hubiese ocurrido a Jesse: era más de lo que podía soportar, así que no iba a pensar en ello. Hubiese deseado ahuyentar el resto de mis lúgubres ideas, dejar mi mente en blanco, pero no fui capaz. Si por alguna razón Jesse no estaba en condiciones de venir a salvarme, no tenía ni idea de cómo iba a salir de ésta. Ni siquiera estaba segura de que alguien se diese cuenta de mi desaparición hasta que Robert regresara el miércoles por la noche...

Por supuesto, Robert estaría tratando de localizarme en casa y en el móvil, y al no poder hablar conmigo se preocuparía... Confiaba en que se alarmaría lo suficiente como para volver antes de tiempo o enviar a alguien a comprobar que todo iba bien. De lo que no cabía duda era de que, a la vista del estado en el que había quedado el piso, cualquiera se daría cuenta de lo que había sucedido y llamaría a la policía.

¿Cuánto tiempo pasé inconsciente? ¿Seguiría siendo lunes por la noche? ¿Me estarían buscando ya? ¿Qué más daba? Aunque me estuviesen buscando, ¿cómo iban a poder dar conmigo?

Jesse era mi única esperanza...

Si le había pasado algo, debía aceptar la fatalidad: no iba a salir de aquella con vida. Lo único que me quedaba por hacer era rezar para que el final fuese rápido y la forma de morir lo más indolora posible... No quería morir. Seguía teniendo miedo, pero de alguna manera, la resignación ante lo que parecía inevitable me hizo sentir algo más tranquila.

Una serie de pensamientos absurdos y poco constructivos se fueron formando en mi cabeza. Primero deseé haber muerto en el accidente de avión; me habría ahorrado tantos sufrimientos... Me tranquilizó pensar que al menos mis padres, al haber fallecido, no tendrían que pasar por todo aquello. Pobre Robert, tener que vivir mi desaparición de nuevo. Sería él el que tendría que identificar mi cadáver...

"¡Para el carro, tarada!" —me gritó enfurecida mi voz interior—. "¿Eres idiota o es que el golpe te ha dejado tonta perdida? Aquí no va a morir ni Dios, ¿me oyes? Así que recomponte, reacciona y deja de castrar tu instinto de supervivencia".

De repente, el coche dio una curva brusca a la derecha, entrando en una zona irregular; a juzgar por los baches parecía que habíamos entrado en un camino de tierra. Dejé de pensar a la expectativa de lo que ocurriría a continuación.

Al cabo de unos minutos interminables, el vehículo se detuvo. Me quedé inmóvil, aterrorizada, casi incapaz de respirar. El maletero se abrió de repente y antes de que pudiese ver nada, me taparon la nariz y la boca con un trapo que olía a hospital. Intenté resistirme pero la sustancia con la que habían empapado el paño hizo efecto y volví a perder el conocimiento.

No sé cuánto tiempo estuve inconsciente antes de que alguien me arrojase un cubo de agua helada, haciendo que recuperase el sentido de golpe. Me retorcí de dolor. Parecía que se me iban a dislocar los brazos y que las costillas se me estaban clavando en los pulmones. Quise abrir los ojos pero los tenía tapados con una venda que me oprimía la sienes y me tiraba del pelo. El lugar olía a orín y humedad. Me di cuenta de que estaba colgada de las muñecas con los pies descalzos apenas apoyados en el suelo. Al quitarme las botas habrían encontrado el móvil. ¡Ojalá Jesse hubiese tenido tiempo de localizarme!

Grité socorro pero entonces alguien me abofeteó brutalmente:

—¡Nada de voces, zorra! Hablarás únicamente cuando te pregunte, ¿te enteras? —dijo con rabia un hombre de voz gutural. Hablaba con un acento hondureño que reconocí inmediatamente.

Reprimí los gritos y me quedé quieta. Expectante. El sabor a sangre me llenó la boca mientras sentía como se me hinchaba el lado derecho de la cara.

—Perdone a mi compañero, doña Elisa. A veces tiene problemas para controlarse —dijo con calma un segundo individuo.

Su voz era suave y sus modales mejores que los del cafre que me había partido la cara, pero algo en aquel hombre me resultaba aún más amenazador; quizás el hecho de que me hubiese llamado por mi nombre.

—Le vamos a hacer algunas preguntas y si colabora, todo irá bien y en poco tiempo estará de vuelta en casa. Sería una pena tener que sacarle la información a la fuerza; aunque debo admitir que a mi compañero le atrae mucho más esa posibilidad. ¿Lo entiende?

Asentí con la cabeza.

—Sólo queremos saber dónde está el manuscrito Zambrano y quién, además de usted, lo ha leído.

Si creía que era imposible estar más asustada de lo que lo había estado hasta el momento, aquellas palabras me hicieron cambiar de opinión. Empecé a temblar sin poder controlarme; aunque quisiera, no podría decirles lo que no recordaba.

—¿Y bien, zorra? —preguntó el de la voz áspera—. ¿Vas a contestar al señor o prefieres jugar antes un ratito?

La risita viciosa con la que terminó su frase hizo que se me pusiese la carne de gallina.

—Yo... no puedo ayudarles... —empecé a decir con un hilo de voz.

Un puñetazo en el estómago interrumpió mi frase y me cortó la respiración. Traté de coger aire pero me taparon la boca al mismo tiempo que tirándome del pelo me echaban la cabeza hacia atrás. Sentí el cuerpo de mi agresor contra el mío, los botones de su camisa y la hebilla de su pantalón clavándose en mi piel. Solo entonces me di cuenta de que estaba medio desnuda, lo que hizo que me sintiese aún más vulnerable.

—Eso no es lo que queremos escuchar.

El aliento fétido de mi verdugo llenó el aire que con tanta dificultad estaba tratando de llevar a mis pulmones. Después, aquella mala bestia me empujó haciéndome perder el equilibrio. Sin el apoyo de mis pies, todo el peso de mi cuerpo colgó de mis muñecas: el dolor era insoportable.

—Sabemos que tiene el manuscrito —de nuevo tomó la palabra el hombre tranquilo—. Lo sabemos porque antes de morir su autora nos confesó que se lo había enviado a usted. Por si le sirve de algo, a Consuelo Zambrano sólo le hicieron falta diez minutos para decirnos todo lo que necesitábamos saber.

"Por si cabe alguna duda sobre la sinceridad de sus propuestas, a Zambrano se la cargaron a pesar de que sólo tardó diez minutos en colaborar" —pensé con angustia.

Mientras hablaba el hombre tranquilo, el sonido de su voz me permitió ubicarle: había estado paseándose de un lado a otro de la habitación. Ahora se había callado; no saber dónde estaba me agobiaba todavía más. De repente sentí su presencia a mi espalda y di un respingo.

—Lo que ocurre es que nadie se resiste a mi compañero —dijo mientras me acariciaba el cuello y la cintura con parsimonia.

Se me erizó la piel y a duras penas pude reprimir el deseo de agitarme y esquivar su contacto: todavía sentía el puñetazo que me habían dado por hablar. Distraídamente, sus dedos juguetearon con el tirante de mi sujetador. Mi dolorido cuerpo estaba en tensión y el corazón me latía con fuerza.

—Entonces, ¿nos va a decir dónde está el manuscrito o prefiere que mi compañero le saque esa información por otros medios?

Empecé a llorar, pero las lágrimas se quedaron atrapadas en la venda sobre mis ojos.

—Bueno, basta de charla. ¿Dónde está...?

El rugido de un coche quemando rueda seguido de un estruendo procedente de algún lugar sobre nuestras cabezas interrumpió súbitamente el interrogatorio. Al estrépito, que pareció causado por el choque de un vehículo contra una superficie metálica, siguió el sonido de una alarma.

—Como hagas el más mínimo ruido te rajo —dijo el hombre de la voz ronca al mismo tiempo que me llenaba la boca con un trapo que me supo a mugre.

La violencia contenida en su amenaza me impidió oponer resistencia. Oí el chirrido de una puerta al abrirse y pasos alejarse a la carrera. Parecía que me habían dejado sola. Traté de aprovechar la oportunidad para desatarme, pero lo único que conseguí fue que la cuerda se clavara aún más en mis desgarradas muñecas.

No tardé en darme por vencida, así que dejé de intentarlo y me quedé expectante, tiritando, muerta de frío, aguardando el regreso de mis secuestradores y la continuación del interrogatorio que me conduciría inevitablemente a la muerte.

Alguien entró corriendo en la habitación. Empecé a patalear y a retorcerme histérica, sin pensar en el dolor que me producía cada movimiento.

—Chisss... Cálmate, Lis. Soy yo, Jesse... —me susurró una voz familiar al oído al mismo tiempo que me retiraba la venda de los ojos y que, sujetándome por la cintura, cortaba mis ataduras.

Después, me dejó con suavidad en el suelo. Le miré aturdida.

—Tenemos que salir de aquí enseguida. ¿Crees que puedes andar? —preguntó mientras me sacaba el trapo de la boca.

Asentí con la cabeza; aunque me flaqueaban las piernas, estaba segura de poder salir de allí por mi propio pie.

Jesse se quitó la chaqueta militar que llevaba y me la puso con cuidado tratando sin mucho éxito de no hacerme daño. Después se sacó una pistola de la parte de atrás del pantalón y me hizo señas para que le siguiera.

Salimos del cuarto donde había sido interrogada y corrimos por un pasillo oscuro hasta una escalera de cemento que subimos a toda prisa. En lo alto, un marco sin puerta daba a una nave inmensa llena de maquinaria oxidada y cajas de madera destartaladas. Las paredes estaban ennegrecidas y el suelo lleno de yerbajos y charcos. Las sombras difusas que producía la tenue luz que entraba por una hilera de ventanas altas, daban al lugar un aire tenebroso y siniestro. A juzgar por la claridad, debía ser de madrugada.

Nos ocultamos tras un contenedor lleno de escombros que se encontraba en frente de la escalera. Durante unos minutos permanecimos en silencio a la escucha de cualquier ruido que nos indicase la posición de nuestros atacantes. El sonido de la lluvia, amplificado por el choque de las gotas contra el techo de latón, nos complicaba la tarea.

—Voy a echar un vistazo por fuera, tú baja y cárgate a la chica —oí decir al hombre tranquilo que en aquellos momentos lo era mucho menos de lo que había sido anteriormente.

Sin decir palabra, Jesse me dio el arma que llevaba en la mano. Después se alejó hasta salir de mi campo de visión. Me quedé pasmada, en cuclillas, con la espalda apoyada contra el contenedor, contemplando con incredulidad la pistola en mis manos. Jamás había sujetado un arma; si lo había hecho, no lo recordaba.

El sonido de un disparo me sacó del estado de trance en el que había caído. Como una autómata, me levanté y me asomé por la esquina de mi escondite, justo a tiempo para ver a Jesse y a un hombre corpulento caer enzarzados por las escaleras que habíamos subido. Después los perdí de vista.

En ese momento, llegó corriendo un segundo individuo; debía de ser el hombre tranquilo. Agazapada desde mi escondite puede ver cómo se dirigía con sigilo a la puerta a través de la que habían caído Jesse y el otro agresor. Sólo entonces me fijé en que el hombre tranquilo empuñaba una pistola; aunque no podía ver a Jesse, desde donde estaba podía oír la pelea. Comprendí que no podría defenderse de un segundo atacante armado...

Lo que ocurrió a continuación lo recuerdo como una especie de experiencia extracorporal vivida a cámara lenta y sin sonido: El hombre tranquilo se asoma al umbral de la puerta apuntando su pistola al frente dándome la espalda... Yo avanzo en silencio y casi a quemarropa le disparo en la nuca... El hombre tranquilo se desploma ante mí y yo reculo hasta que mi espalda choca con el contenedor que me había servido de escondite.

En ese momento volví a mi cuerpo. A pesar del zumbido de mis oídos, de nuevo fui consciente de la alarma del coche que, desgañitada, se iba apagando. El dolor, que parecía haberme abandonado el tiempo que duró la escena, fue volviendo a mi cuerpo. Bajé la vista y con incredulidad contemplé mis manos que, crispadas alrededor de la pistola, temblaban violentamente. Con asco dejé caer el arma al suelo.

El sonido de una sirena a lo lejos distrajo mi atención. Y entonces las fuerzas me abandonaron y me derrumbé. Lo último que recuerdo fue a Jesse corriendo hacia mí y luego nada.

* * * * *

Cuando volví a abrir los ojos estaba en una cama de hospital, embotada y dolorida. Quise tocarme la cara que sentía hinchada, pero abandoné la idea antes de empezar: levantar los brazos me pareció un esfuerzo sobrehumano. Miré a mi alrededor tratando de mover la cabeza lo menos posible: dormido en una silla junto a mi cama estaba Jesse. Le llamé pero tenía la garganta seca, y el único sonido que salió de mi boca fue una especie de carraspeo bronco.

Jesse se despertó de golpe. Me miró y sonrió al mismo tiempo que me cogía la mano.

—Caray, Lis, tenemos que dejar de encontrarnos en estas circunstancias. Si querías que volviese a cogerte en mis brazos, sólo tenías que haberlo dicho; no era necesario hacer que te secuestrasen unos matones.

Lo absurdo de su comentario me hizo reír, pero al hacerlo me pareció como si las costillas fuesen a desgarrarme los pulmones, por lo que mi breve sonrisa se transformó en una mueca de dolor. La garganta seca y las punzadas en los pulmones me hicieron toser, lo que aumentó el dolor y la dificultad para respirar. Seguí tosiendo cada vez más hasta sufrir un auténtico e incontrolado ataque de tos.

Jesse llenó un vaso de agua y levantándome con cuidado, me ayudó a beber un par de tragos. Poco a poco la tos fue cediendo y pude volver a respirar con normalidad.

—¡Eh! Tómate las cosas con calma, chica. Tienes una costilla rota, así que va a pasar algún tiempo antes de que puedas reír a pleno pulmón —dijo mientras me ayudaba a recostarme de nuevo. Después volvió a sentarse en la silla y a acariciarme la mano—. ¿Cómo te sientes?

—Como si me hubiesen dado una paliza... —respondí con aire pensativo—. ¿Sabes lo que tiene gracia? Es la primera vez en mi vida que esa expresión no es una mera exageración sino que describe exactamente la realidad de lo que me ha ocurrido.

—Ironía en estas circunstancias: me encanta —dijo Jesse obviamente divertido.

—En fin, lo que tengo claro es que de no ser por ti me sentiría mucho peor ...o ya no sentiría nada...

Una oleada de imágenes me vino a la cabeza. Cerré los ojos con fuerza tratando de dejar mi mente en blanco.

—No sé cómo darte las gracias: una vez más te debo la vida —Le miré agradecida mientras recordaba las otras ocasiones a las que me refería.

—Ni lo menciones. Además, estamos en paz. Si no te hubieses cargado a ese cerdo probablemente yo tampoco estaría aquí.

Sus palabras me dejaron desconcertada: casi había olvidado que había matado a un hombre pegándole un tiro a bocajarro... No sólo era sorprendente que hubiese olvidado el asunto sino que, ahora que lo recordaba, no me sintiese abrumada por los remordimientos.

"Chica, me aburres" —dijo con retintín mi voz interior—. "¿Acaso no has oído hablar del síndrome de estrés postraumático? Pues eso, considéralo como un regalo del cielo y disfruta de sus efectos mientras duren".

—Por cierto, ¿cómo me encontraste? ¿Pudiste rastrear el móvil? —dije volviendo al mundo real.

—Sí, no entiendo por qué no lo dejaron en el apartamento. Pero fue una suerte.

—No lo dejaron en el apartamento porque me lo escondí en la bota.

—Bien hecho —dijo soltando una carcajada—. Cuando recibí tu llamada y no dijiste nada, pensé que habías marcado sin querer. Pero cuando llegué a tu piso y encontré la puerta abierta y todo patas arriba, supe que mis temores se habían hecho realidad.

Por primera vez desde que desperté, Jesse esquivó mi mirada.

—No debí dejarte sola... —Hizo una pausa antes de volver a mirarme a los ojos—. Seguí la señal de móvil hasta que la perdí en una zona de campo no muy lejos de Albany. Lo único que había por esa zona era una fábrica abandonada. Supuse que te habrían llevado ahí...

Jesse sonrió pensativo y no dijo nada más.

—Pues me alegro de que tus suposiciones fuesen fundadas —respondí sin pensar demasiado en lo que habría ocurrido si los secuestradores me hubiesen llevado a otro lugar.

—¿Tienes idea de por qué te secuestraron? —me preguntó.

—Sí y no —contesté sin saber muy bien por dónde empezar—. Querían que les diese información sobre un manuscrito que llegó a la editorial hace unas semanas; querían saber dónde estaba y quién más lo había leído. El problema es que no consigo recordar ni el manuscrito, ni dónde lo pude haber guardado. Así que por mucho que me hubiesen torturado, no hubiese podido decirles nada...

Me quedé sin habla; en un instante reviví los acontecimientos de las últimas horas y miré de frente a lo que hubiese ocurrido de no haber sido por Jesse. Y entonces, sin poder evitarlo, empecé a llorar con un llanto desesperado y catártico que decía todo lo que las palabras no podían expresar.

Jesse se sentó en la cama. Con mucho cuidado, me tomó en sus brazos y me consoló repitiéndome, una y otra vez, que ya había pasado todo.

—Estás a salvo, nadie más te va a hacer daño, te lo prometo —me aseguró.

Cuando conseguí calmarme, Jesse se recostó junto a mí y me pasó el brazo sobre los hombros. Sus gestos me hicieron recordar la complicidad que habíamos compartido durante nuestra aventura en la selva. Acurrucada a su lado me sentí a salvo y, a pesar de mi cansancio, encontré las fuerzas para contarle todo lo que había descubierto sobre mi misterioso viaje a Honduras.

Le expliqué la conversación telefónica con Santiago por la que me enteré de que el propósito de mi viaje había sido entrevistarme con la autora del manuscrito que mis secuestradores estaban buscando. También le hablé de todas aquella cosas que parecían no tener sentido pero que estaba segura eran la clave del misterio: el nombre que había recordado, Carmen Prado, mis extraños sueños en los que una niña desconsolada me suplicaba que la ayudara, y la visión en la que se me había revelado la referencia del dichoso manuscrito en medio de un fresco de Giotto.

—Mi amigo Santiago me dijo que Consuelo Zambrano había sido asesinada porque volvió a su casa en medio de un robo. Los hombres que me secuestraron me confesaron que la habían matado ellos... —dejé escapar un suspiro de frustración—. Si al menos pudiera recordar lo que hay en ese maldito manuscrito, o por qué se me ocurrió viajar a Honduras en la manera en que lo hice para entrevistarme con ella... ¿Y si fuese yo la que la puse en peligro?

—No sirve de nada que te atormentes con algo que no tiene solución. Es normal que te sientas abrumada por todo esto, pero no puedes culparte por ello. Todo parece indicar que fue Zambrano la que te puso en peligro mandándote el manuscrito. No obstante, la habrías ayudado si hubieses podido, y lo hubieses hecho aun sabiendo que era peligroso y que ponías en juego tu vida.

—¿Cómo puedes estar tan seguro si apenas me conoces? —le pregunté sorprendida y algo incrédula por esa fe ciega que parecía tener en mí.

—¿Que cómo puedo estar seguro? —dijo levantándome la barbilla para que le mirase a los ojos—: ¿Acaso se te ha olvidado la manera en que me encontraste? Te recuerdo que no dudaste ni un instante en ayudar a un desconocido inconsciente incluso sabiendo que los traficantes podrían volver a por ti.

Sus palabras hicieron que me sintiese algo mejor. No era la primera vez en que Jesse me ayudaba con palabras de ánimo y consuelo... Cerré los ojos y recordé aquella noche en San Germán en que sus explicaciones habían conseguido suavizar mi culpa —en aquella ocasión yo me había derrumbado al tomar conciencia de que había participado en la muerte de tres personas...

Abrí los ojos y, sin poder evitarlo, me perdí en la mirada azul de Jesse. El rubor en mis mejillas delató la naturaleza de mis pensamientos. Jesse me retiró un mechón de pelo de la cara y despacio posó sus labios sobre los míos. Durante los breves instantes que permanecimos así me olvidé del mundo, del dolor de mi cuerpo o de mis obligaciones.

Hasta que, avergonzada, pensé en mi marido; me sentí aún peor al darme cuenta de que ésa era la primera vez que pensaba en él desde que desperté en este hospital.

—¡Tengo que avisar a Robert! —exclamé apartando a Jesse de mi lado. Impulsivamente intenté levantarme pero la cabeza empezó a darme vueltas y de no haber sido por los reflejos de Jesse habría caído al suelo.

—Cuidado, Elisa; tienes que tomarte las cosas con calma —dijo Jesse mientras me ayudaba a volver a tumbarme.

Mi verdadero nombre en sus labios sonaba falso y ajeno.

—Siento lo que acaba de pasar; te prometo que no volverá a ocurrir —añadió sin mirarme a los ojos.

Después miró su reloj y cambió radicalmente de tema.

—Hemos tratado de localizar a tu marido pero según su secretaria, está volando de regreso a Nueva York y no aterrizará hasta dentro de una media hora.

—¿Qué hora es? —Recordé que Robert debía volver de su viaje el miércoles por la noche—. ¿Qué día es hoy?

—Son las once y media de la mañana del martes diecinueve. Como Robert no estaba en Nueva York, puede que no se haya dado cuenta de tu desaparición.

—Robert no debía regresar hasta mañana por la noche; si ha adelantado su vuelta es porque sabe que algo va mal... —respondí con impotencia.

—Tranquilízate. Le llamarás tan pronto aterrice. Piensa que en cuanto oiga tu voz y no la de la policía se sentirá aliviado.

Jesse me puso unas almohadas en la espalda para que estuviera más cómoda. Después se sentó en la silla junto a mi cama. A diferencia de lo que había hecho hasta ahora, esta vez se mantuvo a distancia y no volvió a cogerme la mano.

—¿Qué tal os van las cosas? —Jesse estaba haciendo lo posible para que volviese a sentirme cómoda.

—Todo va bien. Exceptuando lo relacionado con mi viaje a Honduras, he recuperado la memoria y, aunque sólo ha pasado una semana desde que volví, voy acostumbrándome a mi antigua vida. ¿Y tú, qué tal estás? Creía que te ibas a tomar un tiempo para decidir lo que querías hacer con tu vida.

—Y es lo que tengo previsto en cuanto termine oficialmente esta misión, lo que con un poco de suerte ocurrirá en los próximos días.

Antes de que pudiese darme más detalles entró en la habitación una enfermera para tomarme la tensión, la temperatura y verificar que la intravenosa pasaba como debía. Al poco tiempo llegó también un médico joven que, tras pedirle a Jesse que saliese unos minutos, se presentó y me explicó el estado en el que estaba:

—Señora Gresley, soy el Dr. Lewis. Me alegra mucho verla despierta. Esta mañana ingresó usted inconsciente y con múltiples laceraciones y hematomas en diferentes partes del cuerpo. Aparte de una costilla rota, los exámenes no revelan ninguna lesión interna. Todo parece ir evolucionando bien —dijo al tiempo que ojeaba el *dossier* que le había pasado la enfermera.

—Si no hay nada grave, ¿cuándo cree que podré irme a casa? —pregunté deseando salir de ahí cuanto antes.

—Verá, debido a su pérdida de conocimiento preferimos tenerla en observación hasta mañana. —Tras una breve pausa, añadió con el mayor tacto posible—: Además, lamento informarle de que ha sufrido un aborto espontáneo...

Me quedé mirándole sin dar crédito a lo que me estaba diciendo.

—¿Un aborto? Yo... No sabía que estaba embarazada.

—Lo siento. Estaba usted de unas cinco semanas...

A partir de ese momento desconecté por completo de todas las explicaciones que me estaba dando aquel médico joven y respondí como un zombie a sus preguntas sin escucharlas realmente.

Cinco semanas. Quería decir que me quedé embarazada varias semanas antes de irme a Honduras... Incluso estaba embarazada cuando Robert y yo discutimos sobre la adopción... Qué diferente hubiese sido todo de haberlo sabido... Llevábamos tanto tiempo queriendo tener un hijo... Y el primer embarazo que conseguíamos se acababa sin que ni siquiera nos hubiésemos dado cuenta de su existencia...

Lo más sorprendente era que, aunque aquella noticia debería de dejarme destrozada, lo único que sentía era la pena de tener que decírselo a Robert. Aquella falta de reacción me dejó perpleja. El médico seguía hablando y yo lo único que podía hacer era tratar de analizar lo que sentía y preguntarme por qué lo que sentía se parecía más al alivio que a otra cosa. ¿Sería a causa del estrés postraumático al que se había referido mi álter ego? Enfrascada en mis pensamientos no recuerdo haber visto salir al doctor de la habitación, ni tampoco recuerdo haber visto entrar a Jesse. Fue su voz la que me hizo salir de mi abstracción:

—Robert debe de haber aterrizado ya. Estaría bien que le llamases —dijo pasándome su móvil—. Yo voy a bajar a por un café bien cargado y a intentar localizar a esa tal Carmen Prado de la que me hablaste.

En cuanto me quedé sola, marqué el teléfono de Robert sin pensar demasiado lo que le iba a decir. Mi marido contestó enseguida con voz neutra; evidentemente su teléfono no reconocía el número de Jesse.

—Hola, Robert, soy yo.

Sin darme tiempo a decir nada más, me cortó en seco perdiendo los estribos de una manera poco habitual en él; al menos según lo que yo recordaba.

—¡Por el amor del cielo, Elisa! ¿Tienes idea de lo que me has hecho pasar? Llevo llamándote sin parar desde ayer por la noche. Te he dejado mensajes en el móvil, en casa y en la oficina. No sabía si habías perdido de nuevo la memoria, si habías tenido un accidente o qué sé yo... —Mi marido hizo una pausa, y cuando volvió a hablar lo hizo en tono mucho más calmado y conciliador—. Bueno, lo importante es que no te haya pasado nada. ¿Dónde te has metido?

Estaba tan abrumada por todo lo que me estaba ocurriendo que, durante la retahíla de quejas de Robert, mi primera reacción había sido mandarle al cuerno. Su cambio de actitud me desarmó completamente: ¿cómo podía reprocharle su reacción dadas las circunstancias? ¿Cómo recriminarle por preocuparse y desconfiar con todo lo que nos estaba ocurriendo? Al fin y al cabo, lo triste del caso no era que se imaginase lo peor, sino que habiéndolo hecho se hubiese quedado corto.

No sabía por dónde empezar, así que respiré hondo y le conté lo que había pasado tratando de tranquilizarle y quitarle hierro al asunto:

—Antes que nada déjame decirte que estoy bien. Anoche, cuando volví a casa, me encontré el apartamento saqueado y a dos tipos dentro. Antes de que pudiese huir me golpearon la cabeza.

Preferí no mencionar lo del secuestro. Me pareció que sería mejor decírselo en persona, cuando pudiese ver con sus propios ojos que, dentro de lo que cabe, estaba fuera de peligro.

—Estoy hospitalizada y, aunque no es nada grave, van a tenerme en observación hasta mañana.

Hasta ahora había hablado de manera tranquila, casi indiferente, como si todo aquello no fuese conmigo. Mis últimas palabras dejaron entrever sin embargo la fragilidad de mi estado emocional.

—Robert, estoy tan cansada... quiero despertar y descubrir que las últimas semanas han sido sólo un mal sueño...

Como de costumbre, a mi marido le bastó un instante para encajar lo que le acababa de contar y reponerse:

—Tranquilízate, amor mío, lo peor ya ha pasado. Acabo de aterrizar en el JFK. Voy para allá. ¿En qué hospital estás?

Sólo en ese momento me di cuenta de que no tenía ni idea de dónde estaba. Con esfuerzo busqué en la mesita de noche algún documento en el que figurase el nombre del hospital. Le di la dirección y me despedí pidiéndole que se diese prisa.

—Eli, estaré allí en cuanto pueda. Trata de descansar. Te quiero.

Tan pronto colgué me pregunté si debía haberle dicho que habíamos estado embarazados y que por desgracia habíamos perdido el bebé, pero inmediatamente decidí que había hecho bien no contándoselo por teléfono: lo único que hubiese conseguido hablándole del aborto o de los otros detalles que omití —como el secuestro y lo demás— habría sido aumentar su angustia y su sentimiento de impotencia. Ya tendría tiempo de contarle todo cuando llegase.

Agotada, cerré los ojos y, probablemente gracias a las medicinas que me estaban administrando, me quedé profundamente dormida.

CUARTA PARTE
CARNE DE CAÑÓN

DECIMOCUARTO DÍA,
UNAS HORAS MÁS TARDE

Me desperté arrullada por el suave susurro de voces junto a mi cama. Quise disfrutar un rato más de aquel estado de duermevela pero el dolor se fue apoderando de mi cuerpo y, aun con los ojos cerrados, recordé todo aquello que quería ignorar: el accidente de avión, la amnesia, el secuestro, el aborto... Y bajo el peso de los acontecimientos, me sentí emocionalmente insensible, incapaz de reaccionar o sufrir.

Entonces alguien me cogió la mano. Abrí los ojos y vi a Robert; en sus rasgos cansados se leían nervios, impotencia y falta de sueño.

—Mi vida, ¿cómo te encuentras? —preguntó en susurros, al tiempo que acercaba su boca a mi mano para besarla con suavidad.

—Mejor —mentí tratando con mis escasas fuerzas de acompañar mis palabras con una sonrisa—. ¿Y tú? Tienes mala cara. Si no te cuidas un poco serás tú quien acabe en un hospital.

—¿Qué cosas dices? ¿Así que soy yo el que tiene mala cara? Robert me miraba con incredulidad y durante un segundo casi sonrió. Pero pronto su expresión se ensombreció a pesar de sus esfuerzos por mostrar entereza.

—No trates de cambiar de tema. Puedo ver lo que te han hecho y no pareces sentirte nada mejor...

—Te prometo que es verdad y además, el médico dice que no tengo nada grave y que me voy a recuperar rápidamente. Si Robert no había hablado todavía con el doctor, lo haría muy pronto y entonces se enteraría del estado en que llegué al hospital y de lo del aborto. Sería mejor que se lo contase yo y cuanto antes mejor. El problema era que no tenía ni idea de cómo abordar el tema de la manera más delicada posible. Le miré a los ojos, tratando de buscar en ellos algo que me permitiese decidir lo que decir y cómo hacerlo. Pero Robert se adelantó y habló casi en un murmullo, dejándome entrever el desasosiego que le consumía por dentro:

—No trates de disimular. He hablado con el Dr. Lewis y sé que no sólo te golpearon en la cabeza como me hiciste creer. Y también sé lo del bebé... —su voz se quebró. Al verle tan vulnerable se me partió el corazón. Le acaricié la cara y traté de darle ánimos.

—Te prometo que estoy bien. Los moratones ya están empezando a desaparecer. Siento que hayamos perdido el bebé, pero lo más importante es que ahora sabemos que podemos quedarnos embarazados, ¿no te parece? Si lo conseguimos una vez, volveremos a lograrlo.

—Perdóname por no haber estado contigo. Nunca debí hacerte caso... Si hubiese cancelado mi viaje, a pesar de tu insistencia, nada de esto hubiese ocurrido y ahora estaríamos en casa celebrando nuestro primer...

—¡No sigas! —le interrumpí.

Aunque quería que Robert se sintiese mejor, yo tampoco estaba en plena forma, así que no tenía intención de permitirle que nos arrastrase a ambos por el camino de la autocompasión.

—No quiero que perdamos el tiempo reprochándonos lo que no hicimos, o compadeciéndonos de nuestra suerte o la falta de ella. Esos hombres iban a por mí, y aunque hubieses estado conmigo veinticuatro horas al día, siete días a la semana, habrían terminado por encontrar el momento de atacar o te habrían matado...

Antes de que pudiese acabar la frase, mi garganta seca hizo de las suyas y empecé a toser de nuevo con fuerza. Hasta ese momento no me había fijado en que Jesse estaba también en la habitación, de pie, apoyado junto a la puerta: durante un instante me pareció leer en sus ojos una cierta melancolía; sentí mucho que hubiese tenido que presenciar la conversación que acabábamos de tener Robert y yo. Como ya había asistido a uno de mis repentinos ataques de tos, Jesse no tardó en servirme un vaso de agua y ayudarme a beber con cuidado.

—Vamos, Lis. ¿No quedamos en que tenías que tomarte las cosas con calma?

El rostro relativamente distendido de Jesse contrastaba con la expresión alarmada del pobre Robert, que trataba sin mucho éxito de mostrarse tranquilo. Si no hubiese sido por el dolor y la gravedad de las circunstancias, hubiese sido un momento cómico: yo hecha un asco en una cama de hospital tratando de descifrar las expresiones de los dos hombres entre los cuales vacilaba mi corazón. El hecho de que pudiese ver el lado divertido de la situación no hacía más que confirmar que estaba al límite de la cordura, al borde de lo que podía soportar antes de que una crisis nerviosa me rompiese en mil pedazos.

Alguien llamó a la puerta y dos hombres trajeados entraron en la habitación. Saludaron a Jesse dándole una palmada amistosa en la espalda y después se presentaron brevemente mientras nos mostraban sus placas del FBI. El más alto de los dos, el agente especial Weaver, se dirigió a mí directamente:

—Señora Gresley, si no tiene inconveniente, nos gustaría hacerle unas preguntas.

Aunque Robert protestó diciendo que yo acababa de sufrir un traumatismo grave y que no estaba en condiciones de hacer esfuerzos, los dos agentes insistieron en que aquello sólo llevaría unos minutos. Deseé haberle contado a Robert lo del secuestro antes de que tuviese que enterarse de aquella manera. Si hubiese sabido que no tendría tiempo de hacerlo antes de ser interrogada por la policía, se lo habría dicho por teléfono. Pero ya era demasiado tarde...

También me hubiese gustado ponerme de acuerdo con él y con Jesse, decidir con ellos lo que tenía que decir y lo que tenía que ocultar al FBI, pero como la ocasión no se presentó, me limité a contar la verdad de lo ocurrido, omitiendo únicamente todo lo referente a mi viaje a Honduras. Les expliqué con detalle todo lo que había ocurrido: mi llegada al piso desmantelado, el secuestro y el interrogatorio. De vez en cuando, los agentes me interrumpían para hacerme alguna pregunta o para que les aclarase alguna cuestión.

Traté de hablar con calma, concentrándome en relatar los hechos y evitando cualquier referencia a mis sentimientos; no les hablé ni del miedo, la desesperación, el frío... Tenía que poner distancia entre lo que había ocurrido y mi vida si quería seguir entera y superar aquel trámite. Sentado al fondo de la habitación, Jesse no me quitaba la vista de encima, asintiendo discretamente con la cabeza. Me imaginé que él había declarado antes que yo; su asentimiento significaba que nuestras versiones coincidían.

Robert estaba apoyado en el borde de la ventana, no muy lejos de Jesse. Intenté no mirarle a la cara mientras hablaba para evitar que su expresión me distrajese. Me arrepentía tanto de no haberle hablado de todo esto cuando tuve ocasión... Sabía lo difícil que debía estar resultándole escuchar por primera vez mi relato. Hubiese preferido que no tuviese que oír todos los detalles de mi secuestro, o al menos no de aquella manera tan impersonal...

—Dice que la estaban interrogando, ¿qué era exactamente lo que querían saber aquellos hombres? —preguntó con tono neutro el más bajito de los agentes, un hombre amable cuyo nombre no recuerdo.

La pregunta entraba de lleno en terreno delicado; temía meter la pata y decir más de la cuenta. Intenté responder con naturalidad, aunque hablando muy despacio, pues estaba midiendo cada palabra. Para justificar mi lentitud de discurso fingí fatiga, haciendo pausas regulares para recuperar el aliento.

—Querían saber dónde estaba y quién había leído *Carne de cañón*, un manuscrito que llegó a mi editorial hace unas cuantas semanas y cuya autora... es Consuelo Zambrano, una periodista hondureña.

Estuve a punto de hablar en pasado pero me di cuenta de que sería mejor no mencionar lo que sabía sobre su muerte.

—Por desgracia, aunque me hubiesen seguido torturando no hubiese podido decirles lo que querían pues he perdido dicho manuscrito... —titubeé unos segundos y después añadí con apuro exagerado—: Verá, hace unos días me golpeé la cabeza y desde entonces he sufrido una pérdida parcial de memoria; nada grave, pero hay ciertos detalles de mi vida cotidiana que no consigo recordar del todo. Uno de esos detalles es el paradero y el contenido de ese dichoso manuscrito.

—Y si no lo recuerda, ¿cómo sabe su título, su autor o el hecho de que haya sido usted la que lo haya perdido?

251

—preguntó el mismo agente dejando traslucir cierta desconfianza.

—En la editorial llevamos un registro detallado de todos los manuscritos que recibimos. Según el género o la lengua en que estén escritos, la primera lectura de cada manuscrito es asignada a una persona en particular; por ejemplo, yo soy la que lee primero todos los manuscritos que nos llegan en español. Si el primer lector decide que la obra no merece ser considerada para publicación, el manuscrito se devuelve a su autor con una breve nota de excusa; si por el contrario considera que la obra en cuestión tiene potencial, se la entrega al comité editorial que será el que, en última instancia, decida si ha de ser publicada o no.

Había descrito con detalle aquel proceso que tan bien conocía para que me diese tiempo suficiente para organizar las ideas en mi cabeza.

—Precisamente ayer por la tarde estuve revisando el registro de manuscritos recibidos en las últimas semanas y el único que se suponía que estaba en mi poder para primera lectura era *Carne de cañón*. Como tengo costumbre de llevarme los manuscritos a casa, mi intención era dedicar el día de hoy a buscarlo por el apartamento.

—Ya veo —asintió el agente Weaver aparentemente convencido de mi larga explicación.

Después me pidió que continuase el relato de los hechos. Antes de explicarles el rescate en detalle, tuve que carraspear para aclararme la garganta. Hablar tanto me estaba provocando un picor molesto y quería evitar un nuevo ataque de tos, por lo que le pedí a uno de los agentes que me pasase el vaso de agua sobre la mesita de noche.

—Señora Gresley, le agradecemos mucho el esfuerzo que está haciendo —dijo el agente bajito mientras yo bebía despacio.

Le devolví el vaso y continué con mi relato deseando terminar cuanto antes. Lo único que no conté fue el hecho de que Jesse y yo nos conocíamos previamente.

—Desde el momento en que el señor Morgan llegó al lugar donde me habían estado interrogando y me desató, todo ocurrió muy deprisa. Salimos corriendo y nos escondimos detrás de un contenedor para no ser descubiertos. Después el Sr. Morgan me entregó su pistola y aprovechando que uno de los dos agresores se había quedado solo, empezó a pelear con él. Desde mi escondite vi llegar al segundo individuo empuñando un arma. Comprendí que su presencia desequilibraría trágicamente la pelea, así que, sin pensarlo dos veces, me acerqué por detrás, levanté la pistola y apreté el gatillo...

Me quedé sin habla, incapaz de añadir nada más. Por primera vez estaba tomando conciencia de que había matado a un hombre. Se me aceleró el corazón y empecé a sentir escalofríos. Cerré los ojos y respiré hondo, tratando de controlarme, mientras los demás permanecían en silencio. Cuando recuperé las fuerzas, terminé mi declaración:

—Supongo que me desmayé porque lo siguiente que recuerdo es despertarme en esta habitación de hospital.

Los dos agentes hicieron un par de preguntas más sobre lo ocurrido y luego se despidieron pidiéndome que me pusiese en contacto con ellos si recordaba cualquier otro detalle o si encontraba el manuscrito en cuestión. Antes de salir, el agente Weaver se volvió y me preguntó, como el que no quiere la cosa:

—Un último detalle, señora Gresley. Hace un par de semanas su marido se puso en contacto con la división de personas desaparecidas. Aparentemente usted había desaparecido sin dejar rastro. Al cabo de unos días, retiró la denuncia explicando que todo había sido un malentendido. ¿No le parecen sospechosas dos desapariciones diferentes en tan poco espacio de tiempo?

Robert se disponía a protestar, pero con un gesto le pedí que me dejara responder:

—Mi marido y yo habíamos discutido. Sentí la necesidad de estar sola para pensar en nuestro futuro. Nunca pensé que Robert se fuese a preocupar de la forma en que lo hizo. Ahora sé que fue un comportamiento egoísta e irresponsable, pero sinceramente, no veo cómo se le podría ocurrir a nadie que estuviese relacionado de algún modo con este otro incidente.

"No se le podría ocurrir a nadie que se tragara semejante bola. Anda que si supieran que te fuiste a Honduras, usando un pasaporte falso, que sobreviviste a un accidente de avión y que en vez de contactar con las autoridades, saliste huyendo a través de la selva con una red de traficantes, la misma que te secuestró, por cierto, pisándote los talones... " —se burló mi voz interior.

—¿Y puedo preguntarle cuál fue el motivo de la disputa?

Esta vez Robert intervino sin darme tiempo a reaccionar:

—Definitivamente, no. Es una cuestión totalmente personal que, como bien ha dicho mi mujer, no está en nada relacionada con su secuestro. Creo que Elisa ha colaborado con ustedes a pesar de su estado; si no les importa, les agradeceríamos que la dejasen descansar.

Los dos agentes aceptaron sin insistir y se despidieron pidiéndome una vez más que les llamase si recordaba cualquier detalle que pudiese ayudarles. Jesse salió de la habitación con ellos dejándonos solos a Robert y a mí. Sólo entonces miré a mi marido.

—Debiste contarme todo por teléfono...

El abatimiento que leí en su rostro me hizo olvidar por un instante mi propio estado de ánimo.

—No te lo dije porque prefería hacerlo personalmente. Nunca pensé que no me daría tiempo... Siento que hayas tenido que enterarte de esta manera. Como dijiste, lo peor ya ha pasado y estoy bien. ¿Cómo te sientes? —pregunté mientras le tendía la mano como tratando de transmitirle apoyo moral.

Me miró y sin decir nada se sentó en la cama. Después me abrazó con fuerza. Aunque me mordí la lengua, no pude contener del todo el gemido de dolor que me produjo su abrazo.

—Perdóname. Se me había olvidado lo de la costilla —dijo separándose de mí con mucho cuidado.

—Creo que por algún tiempo vamos a tener que limitar nuestras muestras de afecto —añadí con una sonrisa triste en los labios.

Jesse volvió enseguida. Parecía satisfecho.

—Buen trabajo, Lis. A no ser que encuentres el manuscrito, no creo que el FBI vuelva a molestarte. Por supuesto, todavía tendrás que repetir la historia a la poli, pero eso no será un problema.

—¿Creéis que debía haber hablado del viaje a Honduras? —pregunté preocupada.

—No —dijeron los dos al unísono.

Después Jesse tomó la palabra:

—La versión que diste es perfecta, y coincide totalmente con la mía: yo tampoco dije que te conocía. Les conté que fui a la fábrica abandonada siguiendo una pista y fue entonces cuando descubrí lo que estaba ocurriendo y decidí intervenir. Como conozco bastante bien el modus operandi de la red y la ejecución de rehenes que practican, no me ha sido difícil justificar mi intervención antes de la llegada de refuerzos.

—¿Crees que debí mencionarles algo de lo que me contó Santiago sobre mi intención de entrevistarme con Consuelo

Zambrano o sobre lo que me dijeron los secuestradores sobre su asesinato?

La expresión de sorpresa de Robert me hizo recordar que él ignoraba todo lo de la conversación que había tenido con mi amigo hondureño.

—No, hiciste bien en no decir nada. No va a cambiar nada y lo único que podría ocurrir es que tuvieses que dar más explicaciones de las necesarias. El FBI ya estaba al corriente de la existencia del manuscrito puesto que en mi declaración les había explicado lo que me habías dicho sobre este asunto. Tan pronto como intentaron ponerse en contacto con Consuelo Zambrano para interrogarla, se enteraron de su reciente fallecimiento. Como te dijo Santiago, las autoridades achacaron su muerte a un robo fortuito. Lo único que va a pasar ahora es que se va a abrir una nueva investigación.

Sin molestarse en disimular su preocupación, Robert preguntó qué medidas debíamos tomar para protegerme. Jesse respondió con seguridad:

—Veréis, todo hace pensar que la razón por la que querían eliminar el manuscrito Zambrano y a cualquier persona sospechosa de haberlo leído era el temor a que éste pudiese implicar a ciertas personalidades destacadas en la red de traficantes que está siendo desmantelada. Lo que no sabían es que no hemos necesitado el manuscrito y que en los próximos días se van a llevar a cabo una serie de arrestos entre los que se encuentran varios altos cargos hondureños. Con ello pondremos definitivamente punto final a la red en Honduras y a sus ramificaciones en nuestro país. A partir de ese momento, hacer desaparecer el manuscrito ya no tendrá ninguna importancia y Elisa estará a salvo. No obstante, durante unos días vais a contar con la protección de la policía.

Robert y yo nos miramos aliviados.

—Bueno, yo tengo que seguir mi camino. Vuelvo a Tegucigalpa mañana a primera hora. A ver si zanjamos este asunto y puedo tomarme unas vacaciones. Por cierto, Lis, he localizado a Carmen Prado, la mujer de la que me hablaste. Es maestra y, aunque no se me ocurre cómo podría estar implicada en este asunto, he quedado en reunirme con ella pasado mañana. Si descubro algo nuevo te llamaré —dijo Jesse sin darle demasiada importancia a la cosa.

Después me ofreció una de sus maravillosas sonrisas y añadió:

—Ya sabes dónde encontrarme si me necesitas, aunque dadas las circunstancias en las que solemos coincidir, he de admitir que no me importaría no tener noticias tuyas en mucho tiempo. Y si me puedo permitir el atrevimiento, dada la racha de mala suerte de la que pareces ser víctima últimamente, te sugiero que te quedes tranquilamente en casita, recuperándote y sin meterte en líos.

Traté de devolverle la sonrisa, pero tan sólo fui capaz de dibujar una especie de mueca. Robert se levantó y sin previo aviso abrazó a Jesse de una forma que nos pilló totalmente por sorpresa.

—Es la segunda vez que salvas la vida de mi mujer. Elisa y yo estaremos siempre en deuda contigo.

"Qué bonito es el amor. Quizás el pelotudo de tu marido se sentiría un poco menos agradecido hacia Jesse si supiese que habéis estado liados y que todavía sientes algo por él".

Preferí ignorar la voz que con tan poca delicadeza se mofaba en mi cabeza, y me quedé mirando la puerta por la que se había ido el hombre al que tanto amaba en secreto.

A diferencia de las dos ocasiones anteriores en que la marcha de Jesse me había partido el corazón, esta vez estaba tan abatida por el resto de los acontecimientos que ni siquiera pude entristecerme más de lo que ya estaba. O tal vez, mi falta de reacción se debiese a que por fin me había resignado a la idea de que por muy enamorada que estuviese de Jesse, lo nuestro nunca podría ser.

DECIMOSEXTO DÍA

Al final me quedé en el hospital un día más de lo que estaba previsto; el médico quería estar seguro de que no habría ninguna complicación y Robert no estaba dispuesto a correr el más mínimo riesgo en lo relativo a mi salud y a mi seguridad, por lo que estuvo pendiente de mí todo el tiempo. Tal y como Jesse nos advirtió, aparte de la declaración que hice al FBI, tuve que contar mi versión de los hechos un par de veces más: a la policía y a miembros de una brigada antivicio que trabajaba en las redes de narcotráfico y prostitución de la región. Cuanto más repetía la misma historia, más fácil me resultaba dar credibilidad a los detalles que me había inventado.

Y cada vez que tuve que contar lo ocurrido, Robert estuvo a mi lado, sin decir nada, sujetándome la mano para darme fuerzas, pero sin hacer preguntas ni comentarios. La única vez que quiso hablar del tema fue al poco rato de irse Jesse. Robert me pidió que le explicase la implicación de Santiago en todo aquel asunto. Necesitaba entender lo ocurrido, así que le relaté con detalle lo que mi amigo me había contado por teléfono:

—Por lo visto hace unas semanas llamé a Santiago pidiéndole que me consiguiese un pasaporte falso y que me concertase una entrevista con Consuelo Zambrano y, a través de ella, con otras tres mujeres cuyos apellidos no le di. Según le expliqué, sus nombres bastarían para que Zambrano supiese a quiénes me refería y cómo ponerse en contacto con ellas. Lo curioso es que, aunque cuando Santiago me lo contó no fui capaz de recordar nada, en cuanto colgué el teléfono supe que una de ellas se llamaba Carmen Prado. Ella es la mujer que Jesse ha localizado y con la que va a reunirse uno de estos días.

—¿Has podido recordar cuál es su papel en todo este asunto? —preguntó Robert cada vez más tenso.

—Pues no. Pero con un poco de suerte Jesse averiguará algo cuando hable con ella —me encogí de hombros y continué mi relato deseando terminar con aquel mal trago cuanto antes—. El caso es que Santiago me consiguió el pasaporte y la cita con Zambrano: iba a entrevistarme con ella en Tegucigalpa el día en que se estrelló el avión. Al no presentarme a la cita ni dar noticias durante varios días, Santiago llamó a la oficina y mi secretaria le dio la que por aquel entonces ya era la versión oficial, es decir, que me había ido a España por razones familiares.

—¿Por qué no se le ocurrió llamar a casa y hablar conmigo? —me preguntó Robert extrañado.

El tono de su voz me hizo recordar que Robert no apreciaba mucho a Santiago porque pensaba que seguía enamorado de mí.

—Por lo visto, yo le había pedido que mantuviese todo este asunto en secreto —respondí avergonzada.

Robert explotó de repente, mostrando por primera vez toda la frustración que sentía:

—¡Esta historia es de locos! ¡Por más que lo intento no comprendo cómo pudiste meterte en algo así! ¡¿Qué pudo pasarte por la cabeza para que se te ocurriera pedir un pasaporte falso?! ¿Qué pretendías? ¿Desenmascarar tú solita no sé qué red de narcotráfico? Elisa, es como si no te conociese... —Sin terminar la frase, salió de la habitación dando un portazo.

Me quedé pasmada. Incapaz de reaccionar, temiendo que aquel fuera el fin de mi matrimonio. Hubiese querido poder llorar pero no me quedaban lágrimas. Robert tenía razón al enfadarse de esa manera. Nada de lo que había hecho tenía sentido. Si al menos pudiese recordar los motivos por los que me fui a Honduras...

Tenía que hacer algo. Aunque sólo fuese salir a buscarle por los pasillos... Con gran esfuerzo me incorporé y me puse las zapatillas. Justo cuando me disponía a levantarme, volvió Robert. Me ayudó a recostarme de nuevo y se sentó en el borde de la cama. Parecía agotado y vencido.

—¿Por qué no acudiste a mí...? —preguntó mirándome a los ojos.

Aquellas palabras me dolieron más que cualquier costilla rota. Y si me hicieron tanto daño fue porque me hicieron ver lo irresponsable de mi comportamiento. Irresponsable y sobre todo injusto hacia Robert.

—No lo sé... Sé que me has apoyado siempre... No hay nada que pueda decir para justificar lo que hice. Yo tampoco lo entiendo... Tienes todo el derecho de estar enfadado... Lo único que puedo hacer es decirte que lo siento y suplicarte que me perdones.

A pesar de que me sentía avergonzada, mantuve la mirada de mi marido, con miedo de leer en ella la decepción o el principio del desamor.

—Aunque sé que no me lo merezco, ¿crees que podrás hacerlo?

Robert dudó unos instantes; luego me cogió las manos y suavemente las besó.

—Eres tú la que tiene que perdonarme. No he debido agobiarte con mis acusaciones, sobre todo después de lo que has pasado... Sé que no podemos dar marcha a atrás y borrar todo lo ocurrido, pero al menos me gustaría que pasásemos página. —Hizo una pausa para volver a besarme las manos—. Y sobre todo me gustaría que dejases de tratar de recordar el pasado. Intenta hacer como si la vida nos estuviese dando la oportunidad de hacer borrón y cuenta nueva. ¿Crees que podrías hacerlo? ¿Por nosotros?

Su pregunta había sonado a súplica. Me quedé mirándole fijamente, tratando de entender exactamente lo que me estaba pidiendo.

Mi marido era un hombre acostumbrado a tener control absoluto sobre su mundo, a no dejarse desbordar por los acontecimientos. Desde mi desaparición, nuestra vida se había salido de su curso; de hecho, lo que le acababa de contar confirmaba que las cosas habían empezado a escaparse a su control, incluso antes del accidente de avión. Robert avanzaba ahora por territorio desconocido; un territorio en el que estaba obligado a aceptar y acostumbrarse a su propia impotencia. Era comprensible que lo que más quisiera en aquellos momentos fuese volver a nuestra vida tal y como era antes; una vida en la que lo peor que podía ocurrirnos era discutir con su hermana o no ponernos de acuerdo sobre la manera de fundar una familia.

Aunque le entendía perfectamente y era consciente de que debía ayudarle a recomponer la vida que añoraba, no estaba tan segura de poder hacer lo que me pedía, por mucho que me lo propusiese. Una cosa era apartar de mi mente todo lo sucedido en las últimas semanas, y otra cosa muy diferente era dejar de indagar en mis recuerdos hasta encontrar todas las piezas de mi pasado. Olvidar me llevaría tiempo pero lo que me pedía, dejar de tratar de recordar... ni siquiera estaba segura de que dependiese de mí.

Reflexioné unos instantes antes de decidir que Robert se merecía que lo intentase. Esta vez fui yo la que, devolviéndole el gesto, me llevé su mano a los labios para besarla antes de decir con firmeza:

—Aunque no te puedo prometer que lo consiga, al menos te prometo que voy a tratar de hacer lo que me pides.

Durante el tiempo que permanecí en el hospital, y salvo las veces que tuve que contar lo sucedido a la policía, ni Robert ni yo volvimos a hablar del viaje a Honduras, el accidente o el secuestro.

* * * × *

El jueves por la tarde me dieron el alta. Hubiese preferido ir a un hotel en lugar de volver a casa, pero no le dije nada a Robert. ¿Cómo decirle que el pensar en volver a casa me aterrorizaba? ¿Cómo hacerle comprender que me sentía como si me estuviesen obligando a volver al principio de mi peor pesadilla? Explicárselo con palabras sería difícil; explicárselo sin mencionar el secuestro y todo aquello sobre lo que habíamos decidido pasar página, imposible.

Durante el viaje de vuelta permanecí en silencio. Por más que lo intenté no pude dejar de pensar en el momento en que descubrí el apartamento saqueado, aquel instante cuando en vez de salir huyendo me adentré en la boca del lobo... ¿Cómo pude ser tan tonta? Y qué caro pagué el precio de mi estupidez. Si mis instintos hubiesen funcionado como debían, si hubiese escuchado la voz de la razón y la prudencia, nunca me habrían secuestrado y hoy seguiría embarazada...

"Bueno, querida, ¿no se supone que vas a hacer todo lo posible por dejar atrás el pasado? Dirás lo que quieras, pero el masoquismo intelectual no parece ser la mejor táctica".

Para mi consuelo, entré en casa y no ocurrió nada: no me derrumbé, ni empecé a temblar. El piso estaba en perfecto estado. Cada cosa en su sitio, como si el secuestro no hubiese ocurrido nunca. Tenía que haberme imaginado que Robert haría lo necesario para que la policía liberase el apartamento con tiempo suficiente para que la señora de la limpieza dejase todo ordenado y limpio antes de mi vuelta.

—No creerías que te iba a traer a casa antes de arreglarlo todo, ¿verdad? —dijo Robert dándose cuenta de mi sorpresa al cruzar la puerta.

Le abracé y le di las gracias por haber tenido ese detalle. Lo primero que hice aquella tarde fue darme una ducha para quitarme el olor a hospital que me parecía llevar impregnado en todo el cuerpo. La deliciosa sensación del agua caliente sobre mi piel y el suave aroma del jabón me parecieron el augurio de que, a partir de ese momento, todo iría bien. A pesar de seguir dolorida y magullada, volvía a sentirme optimista, lo cual era en sí mismo todo un éxito.

Mientras me aseaba, mi marido encendió la chimenea. Cuando bajé al salón me ayudó a recostarme cómodamente en el sofá y me ofreció una copa de vino blanco que acepté encantada. Pasamos el resto de la tarde tranquilamente junto al fuego escuchando una emisora de música clásica; Robert sentado a mi lado leyendo unos papeles que se había traído del despacho, yo recostada con los pies en su regazo, contemplando en silencio su elegante perfil y apreciando la nueva oportunidad que la vida nos brindaba.

Cuando anocheció, Robert preparó unos sándwiches que nos comimos frente al televisor: los Knicks de Nueva York estaban disputando un emocionante partido contra los Celtics de Boston. Aunque el baloncesto me deja bastante indiferente, aquella noche fui feliz viendo a mi marido disfrutar con entusiasmo de la victoria de su equipo.

Cuando por fin nos acostamos, Robert se durmió en seguida. Yo, sin embargo, me quedé un buen rato despierta, disfrutando de la sensación de normalidad de nuestro primer día de vuelta a casa. Y es que, a pesar de todo, durante unas horas habíamos sido capaces de no pensar en cómo nuestras vidas habían derrapado últimamente...

Aquella noche, tumbada en la cama junto a mi marido, creyendo que la pesadilla había terminado por fin, volví a hacer planes para el futuro. Decidí que en cuanto me sintiera mejor, Robert y yo nos iríamos a pasar unos días a bordo del *Sweet Meg*. Después volvería a la editorial y retomaría mi trabajo de ilustradora. Pero antes que nada, iría a ver a mi ginecólogo para darle la noticia de mi embarazo, que aunque había terminado trágicamente, demostraba que podíamos concebir, lo que quizás abriría nuevas posibilidades de tratamiento...

Con todos esos planes en la cabeza, me fui quedando dormida, sin imaginar que mi vida iba a dar un último vuelco inesperado y que nada sería como esperaba.

DECIMOSÉPTIMO DÍA

Esa noche tuve un sueño extraño. Mi padre y yo paseábamos por un bonito jardín de árboles altos y césped cuidado. Hacía una tarde espléndida de primavera y el lugar rebosaba de actividad: familias disfrutando del sol sentadas en la hierba, niños correteando, jóvenes conversando junto al estanque y gente mayor echando migas de pan a los patos. Caminando sin prisa llegamos a una explanada amplia en el centro de la cual se levantaba una hermosa capilla de ladrillo claro y planta rectangular, que yo reconocí inmediatamente: se trataba de la capilla de los Scrovegni. Supe que estábamos en la ciudad de Padua, al norte de Italia.

Queríamos visitar la capilla, pero era muy pronto para entrar por lo que nos sentamos a esperar en un banco de piedra frente a la puerta. A nuestro lado, un grupo de niñas jugaba a la ronda bajo la vigilancia atenta de dos monjitas cuya mirada benevolente contrastaba con la rigurosidad de sus largos hábitos negros y blancos. Mi padre sonreía tranquilo, distraído por la escena, mientras yo le miraba con nostalgia, como anticipando el momento en el que nos separaríamos para siempre.

Súbitamente se levantó un aire huracanado y el cielo se cubrió de nubes oscuras y amenazadoras. Angustiada miré a mi alrededor y me di cuenta de que me había quedado completamente sola en lo que ya no era un animado jardín, sino un bosque siniestro. Entonces se puso a llover con fuerza y el rugido del viento se volvió ensordecedor. Quise refugiarme en la iglesia, pero la puerta estaba cerrada. Empecé a golpearla con fuerza pidiendo a gritos que me dejasen entrar.

Los muros de la capilla empezaron a temblar y supe que iban a derrumbarse. Intenté alejarme para evitar que el muro me aplastara pero mis pies, pesados como el plomo, no se movieron del sitio. Aterrorizada e impotente me acurruqué en el suelo con las rodillas en el pecho y los brazos sobre la cabeza, esperando el momento en que alguna piedra se desplomase sobre mí y terminase mi vida.

Pero de repente, todo se detuvo: el ruido, la lluvia y el viento. Los nubarrones se disiparon tan rápidamente como se habían acumulado y el sol volvió a brillar en el cielo. Me puse de pie y miré a mi alrededor: volvía a estar en el centro de un jardín tranquilo. Aunque en apariencia todo había vuelto a la normalidad, me di cuenta de que el lugar estaba desierto y que reinaba un silencio sepulcral.

Empecé a caminar hacia la salida del jardín cuando sentí una cálida brisa. Detrás de mí oí un ruido extraño que me hizo pensar en alguien pasando las páginas de un libro gigante. Me di la vuelta justo a tiempo de ver cómo los muros de la capilla empezaban a volar por los aires como hojas de papel arrastradas por el viento.

Y entonces desperté, asustada y confundida. Me senté de golpe en la cama; aunque todo estaba a oscuras, la luz de la calle me permitió reconocer los muebles de mi habitación. A mi lado, Robert dormía ajeno a mi pesadilla. El reloj de la mesita de noche indicaba que era la una y media de la madrugada. Aparté de mi mente el extraño sueño e intenté dormirme de nuevo, sin éxito. Haciendo el menor ruido posible para no despertar a Robert me levanté, bajé a la cocina y me preparé un vaso de leche caliente y unas galletas. Aunque mi intención era sentarme en el salón junto a las brasas que debían de arder todavía en la chimenea, sentí la necesidad inexplicable de subir a mi estudio en el ático.

Encendí la radio en una emisora de *jazz* y me instalé cómodamente en el sillón de piel que había en un rincón de la habitación con la esperanza de que en poco tiempo volvería a entrarme el sueño. Cuando terminé el vaso de leche, me eché hacia atrás y cerré los ojos, dejándome arrullar por el saxo que sonaba de fondo. Sólo entonces, relajada y tranquila, empecé a repasar la extraña pesadilla que había interrumpido mi sueño.

Una vez más había vuelto a pensar en la pequeña capilla italiana que visité con mi padre tantos años atrás. En la visión que tuve en mi despacho, el interior de aquella capilla se me apareció con sorprendente nitidez y fue entre los frescos que cubrían sus paredes donde encontré la referencia del manuscrito Zambrano. Esta noche, sin embargo, todo había sido un sinsentido; de hecho en mi sueño ni siquiera había podido entrar en la capilla y ver los frescos de Giotto, pues los muros de piedra habían volado por los aires como páginas arrancadas de un libro...

La cabeza empezó a darme vueltas: las hojas de un libro ... los frescos de Giotto... el manuscrito Zambrano... ¡¿Cómo podía haber sido tan idiota?! Abrí de golpe los ojos y supe exactamente dónde mirar. En lo alto de la estantería situada justo frente a mi sillón había una colección de pesados libros dedicados a las obras maestras del arte italiano. Me acerqué a toda prisa y empecé a recorrer con la vista sus lomos: *Lorenzo Lotto: Los frescos de Trescore*; *Fra Angelico: Los Frescos de San Marcos*; *Giotto: La capilla de los Scrovegni...*

El corazón empezó a latirme con fuerza. Me subí a un taburete y cogí el pesado volumen; después, de vuelta en el sillón, lo examiné esperando hallar entre sus páginas el manuscrito desaparecido o, al menos, alguna pista sobre su paradero. Al momento comprendí que allí no iba a encontrar nada. Así que puse el libro sobre la mesita junto al sillón y me acerqué de nuevo a la estantería para coger el volumen dedicado a Fra Angelico, que estaba al lado del que acababa de hojear.

Saqué el tomo de la hermosa sobrecubierta de cartón que lo protegía y pasé sus páginas con impaciencia. Tampoco en ese volumen encontraría nada, así que lo dejé en el suelo y cogí el siguiente, el dedicado a Lorenzo Lotto. Justo cuando me disponía a revisarlo me llamó la atención que, como el de Fra Angelico, este libro también estuviese protegido por una sobrecubierta acartonada, mientras que el de Giotto, siendo exactamente del mismo formato y colección, no lo estuviese... Entonces supe que lo que debía buscar era la caja correspondiente al volumen de Giotto.

Levanté la vista y recorrí el estante de donde había estado cogiendo los libros y enseguida la encontré, en el extremo izquierdo, disimulada entre un tomo dedicado a Leonardo y un catálogo del Louvre. Me subí al taburete y con manos temblorosas cogí la sobrecubierta de cartón: tal como había esperado dentro se encontraba un portafolios blanco marcado con la referencia NF/SP 279. Lo saqué con cuidado y, emocionada, leí su título: *Carne de cañón*. Acababa de encontrar el manuscrito de Consuelo Zambrano, aquel documento que, por alguna razón, yo había ocultado unas semanas antes y era la causa de todo lo que me había sucedido en los últimos días.

Me senté de nuevo en el sillón con el portafolios sobre mis rodillas. Durante un rato permanecí inmóvil, sin atreverme a abrirlo, esperando a que se despertaran de golpe en mi memoria las razones que me llevaron a esconderlo e ir a Honduras. Y mientras esperaba en vano, recordé la promesa que le había hecho a Robert: dejar el pasado tranquilo y retomar mi vida sin mirar atrás... Por un momento contemplé la posibilidad de arrojar aquel escrito al fuego y dejar toda su historia desaparecer entre las llamas... Pero entonces pensé en su autora, en el secuestro, en mi bebé... En todo aquello relacionado directa o indirectamente con esas páginas que ahora tenía en las manos y que escondían la clave de todo. Entonces decidí que tenía que leerlo. Aunque haciéndolo rompiera la promesa que le había hecho a Robert y me complicase la existencia.

"*Carne de cañón*: ...persona o grupo de personas, normalmente pertenecientes a una muy baja posición social, a las que se expone sin miramientos a sufrir cualquier clase de daño, incluso la muerte".

El propósito de este libro no es luchar contra el tráfico humano, ni siquiera denunciar la injusticia que representa; no tengo la intención de acusar a los que venden o a los que compran, ni poner en evidencia una sociedad que permite que ocurra; ni siquiera intento culpabilizar a los que miran para otro lado, o a los que callan y con su silencio otorgan...

No, no pretendo hacer algo que tantos otros hacen mejor que yo: hombres y mujeres valientes, autoridades, periodistas, políticos, gobiernos, organizaciones...

Lo único que pretendo es dar la palabra a unas cuantas víctimas que tuvieron la suerte de sobrevivir, y así rendir homenaje a todas aquellas que no fueron tan afortunadas; seres vulnerables que cada año dejan de ser personas para convertirse en simples objetos de usar y tirar; seres indefensos con los que se trafica; seres a los que se vende, se compra, se engaña, se coarta, se explota, se esclaviza, se maltrata, se prostituye...

Sí, lo único que pretendo es, a través del testimonio de unos pocos, rendir homenaje a todos aquellos a los que, sin miramientos, se despoja de su condición humana para convertirlos en mera carne de cañón.

Las doce mujeres cuyos testimonios siguen a continuación fueron, como tantas otras, víctimas del tráfico humano; a diferencia de la mayoría, las doce consiguieron salir del engranaje infernal y empezar una nueva vida.

Solamente después de haber recopilado sus historias, después de haber sido inspirada por su valentía y entereza comprendí que el primer testimonio debía ser el mío.

Me llamo Consuelo Zambrano y tengo 27 años. Durante casi la mitad de mi existencia he vivido para olvidar y ocultar los hechos que ahora siento la obligación moral de proclamar a los cuatro vientos.

Nací en una familia humilde en un barrio pobre de Tegucigalpa. Hasta los once años viví colmada por la felicidad del que no ha conocido otra cosa, jugando en la calle, peleando con mis hermanos, ayudando en la casa, soñando con ser princesa, maestra o enfermera.

Hasta el día nefasto en que, camino del colegio desaparecí: me raptaron y la niña que fui dejó de existir...

Durante los cuatro años interminables que siguieron a ese día, dejé de ser una persona y me convertí en una cosa que una y otra vez fue vendida, violada, drogada, maltratada... usada y tirada...

Un día, cuando ya había perdido completamente la esperanza, me rescataron. Aunque no creí que pudiese ocurrir, gracias a las personas que a partir de ese momento se cruzaron en mi camino, volví a sentir ganas de vivir.

Gracias a esas personas pasé página: volví a estudiar, me gradué en la universidad, encontré un buen trabajo... Seguí avanzado con la mirada fija en el futuro sin autorizarme a mirar atrás, convencida de que en eso consistía la verdadera fuerza de carácter que me permitiría salir adelante.

Y así fui construyendo mi vida sobre los cimientos inestables de la omisión, sin querer comprender que con el tiempo convertiría mi existencia en una mentira.

Llevaba tanto tiempo haciendo como si lo que ocurrió no hubiese ocurrido, fingiendo que el antes y el después se sucedieron sin ser interrumpidos por un periodo trágico, que aún ahora me cuesta aceptar que el pasado fue un día mi presente, y que hasta que no le plante cara seguirá marcando mi futuro aunque no quiera.

Han sido estas doce mujeres las que me han hecho comprender la cobardía de autosometerme al silencio, el poder catártico de la aceptación y el verdadero valor que demuestra compartir su historia...

El primer testimonio narraba la experiencia de Rita, una joven mejicana de 22 años que a los 14, soñando con ser actriz, dejó su hogar creyéndose las promesas de un gringo que le aseguró que en Hollywood le esperaba una audición para una película. El sueño se convirtió en pesadilla tan pronto pisó el suelo estadounidense. Nunca hubo audición, ni película, ni siquiera

California... Tan sólo un burdel de postín en el que una serie de caballeros distinguidos consumían sin consideración los cargamentos de carne nueva. A medida que la frescura de Rita se fue marchitando, la fueron enviando a otro antro peor, y después a otro, y a otro, y en cada nuevo lugar la clientela fue también degenerando, hasta convertirse a sus ojos en un conjunto de patanes sin rostro. Un día, aprovechando el despiste del borracho de turno, Rita consiguió escapar y refugiarse en una iglesia donde, con la ayuda de gente buena, pudo encontrar la fuerza de volver a construirse una vida digna.

Leí a continuación la historia de María, una chica de 18 años que a los 7 había sido secuestrada del parque en el que jugaba para alimentar una red de pedofilia en la Costa Este de Estados Unidos hasta que, dada por muerta, fue arrojada a un vertedero. La encontró el conductor de un camión de basura y gracias a una organización humanitaria, pudo reunirse con su familia y recuperar su vida de antes.

El tercer testimonio era el de Ernestina, una mujer guatemalteca que durante meses y muchos esfuerzos juntó el dinero necesario para pagarse su pasaje a Estados Unidos donde, supuestamente, le esperaba un trabajo como empleada doméstica. Dejó su país convencida de que ese empleo le permitiría mandar dinero a sus hijos. Lo que Ernestina no imaginaba era que en realidad estaba pagando a un coyote que la vendió como esclava. Durante más de un año la obligaron a trabajar de sol a sol sin pagarle jamás un centavo, maltratándola física y moralmente, dándole de comer restos y amenazándola con denunciarla al servicio de inmigración si se quejaba. Hasta que un día, su hijo mayor, con la ayuda de una organización no gubernamental, pudo rescatarla y llevársela de nuevo a casa.

Un ruido en el piso de abajo interrumpió bruscamente mi lectura. Sin pensarlo, escondí a toda prisa el manuscrito bajo el sillón, cogí el libro de Giotto que había dejado sobre la mesita y fingí haberlo estado hojeando.

—¿Te pasa algo, cariño? Son las cuatro y media de la madrugada.

Robert había abierto la puerta con suavidad y desde su umbral me miraba preocupado.

—No me ocurre nada. Me despertó un mal sueño y como no podía volver a dormirme, me preparé un vaso de leche caliente y vine a leer un rato. Precisamente ahora iba a volver a la cama —mentí para evitar que Robert supiera que seguía rebuscando en un pasado que había prometido dejar atrás.

Volvimos juntos a la cama pero, incapaz de conciliar el sueño, seguí dándole vueltas a lo que acababa de leer. Según Jesse, la red de traficantes que estaba siendo desmantelada quería eliminar el manuscrito, y a cualquiera que lo hubiese leído, por temor a que lo que allí se contaba pudiese implicar a ciertas personalidades. Sin embargo, por muy trágicos que fuesen, ni la introducción de Zambrano, ni ninguno de los tres testimonios que yo había leído hasta el momento daban detalles que permitiesen a la policía relacionarlos con personas o lugares concretos.

Aunque podría ser que los que querían destruir el manuscrito no supiesen exactamente lo que se decía en él. Bastaba con saber que Zambrano estaba entrevistando a varias de sus víctimas para que sus testimonios fuesen considerados como una amenaza potencial. La policía podría, por ejemplo, utilizar los testimonios de esas mismas mujeres para identificar clientes o proxenetas.

Lo que resultaba aún más sorprendente era que yo, después de haber leído aquellas páginas, hubiese sentido la necesidad de dejarlo todo e irme de incógnito a Honduras para entrevistarme con su autora. Nada de lo que había recordado sobre mí misma me hacía pensar que el tema del tráfico humano me preocupase más de lo normal. Y aunque así fuese, como bien había dicho Robert, yo ni siquiera era periodista, por lo que no se me ocurría ninguna razón que justificase la decisión de investigar por mi cuenta. Y aunque suponía que entre los testimonios que no había leído aún encontraría los de Carmen Prado, Rocío y Marina, las otras tres mujeres con las que había intentado reunirme, dudaba mucho que en ellos pudiese encontrar algo que diese sentido a toda esta historia.

Quizá fuese mejor así... quizá fuese mejor que nunca averiguase lo que me había motivado... ¿Por qué seguir hurgando en algo que olía tanto a podrido? ¿Acaso no había sufrido ya bastante? ¿Por qué no podía olvidar todo aquello y retomar mi vida donde la había dejado, felizmente casada con aquel hombre que tantas veces me había demostrado su amor y su apoyo?

Profundamente dormido, Robert se dio la vuelta y me puso la mano sobre el estómago. Giré la cabeza y le adiviné en la penumbra. Aparté de mi mente el manuscrito y pensé en nosotros. Aunque no me acordase completamente de nuestra vida antes del accidente, mi memoria reciente estaba llena de detalles que me demostraban lo mucho que le importaba... Recordé el alivio que había sentido en su voz cuando le llamé desde Tegucigalpa, el calor de su abrazo cuando me vio en el hotel, su discreción cuando me dejó sola para llorar después de despedirme de Jesse, su comprensión al escuchar mi historia, la manera en la que me había contado cómo nos enamoramos, su reacción al escuchar mi primer te quiero...

¿Y qué si no era capaz de recordar mi amor hacia Robert antes del accidente? Lo cierto es que me estaba volviendo a enamorar de él. Distraída puse mi mano sobre la suya y la acaricié despacio. El suave sonido metálico de nuestros anillos al rozarse me hizo pensar en aquella noche en el barco en que había recordado nuestra boda; sonreí al acordarme de como Robert se había sacado el anillo del bolsillo para volver a ponerlo en el dedo...

De repente un escalofrío atravesó mi cuerpo. Cerré los ojos y empecé a temblar. Aterrorizada vi caer el velo opaco que me había mantenido al abrigo de mi memoria... y entonces recordé.

* * * * *

Las cosas entre Robert y yo no iban bien desde hacía algún tiempo. La punta visible del iceberg era el tema del embarazo que no venía y que había convertido nuestras relaciones sexuales en una rutina programada a la que nos sometíamos, casi exclusivamente, cuándo y cómo tocaba. Cada ciclo traía consigo una nueva decepción que al principio tardábamos varios días en superar y que al final se estaba convirtiendo en una especie de estado de ánimo permanente. Empezar el proceso de inseminación artificial no había hecho más que empeorar la situación.

Al fracasar el primer intento in vitro, desmoralizada y harta, le planteé a Robert lo de la adopción. Dadas las circunstancias, la pelea que siguió a continuación, y que fue la más grande que habíamos tenido nunca, podía haber sido beneficiosa para nuestra pareja pues nos obligaba a expresar nuestros sentimientos y puntos de vista con sinceridad. Por muy distantes que pareciesen nuestras posiciones, hablar nos animaba a replantearnos opciones y a buscar un terreno de acuerdo.

Sí, aquella pelea podía haber sido algo bueno si no fuese porque aumentó aún más mis sospechas acerca de Robert.

Aunque me costase reconocerlo, eran sobre todo las dudas que desde hacía algún tiempo tenía sobre su ética profesional y su calidad humana las que estaban minando mi confianza en él y poniendo en peligro nuestro matrimonio.

Cuando nos conocimos, una de las cosas que más me atrajo de Robert fue su pragmatismo y su capacidad a relativizarlo todo, especialmente los conceptos morales. Del mismo modo, según Robert, lo que le atrajo de mí fue el idealismo y mi creencia en que existían unos principios morales indiscutibles que debían servir de brújula al comportamiento; cada individuo optaba por seguir o no esos principios según las circunstancias.

Durante los primeros años de nuestra relación tuvimos conversaciones apasionantes sobre el bien y el mal, lo correcto y lo incorrecto y la delicada línea que los separa. Nuestras opiniones diferían sobre todo en lo que se refiere al derecho: nada hay de excepcional en que Robert y yo, un abogado y una ilustradora infantil, discrepásemos sobre si lo legal puede ser o no moralmente cuestionable, o si el derecho a una defensa de calidad implica que el abogado ponga los intereses de su cliente por encima de cualquier otra consideración.

Pero con el tiempo, la visión tan diferente del mundo que nos atrajo y que alimentó muchos momentos enriquecedores, nos fue alejando. Empezamos a evitar cuestiones conflictivas que casi siempre se terminaban conmigo tachando a Robert de cínico, y con él criticando mi tendencia simplista a ver la vida en blanco o negro, sin matices ni tonos intermedios.

Por desgracia, lo que me había estado carcomiendo últimamente no eran nuestras diferencias intelectuales, sino la dirección que estaba tomando la carrera de mi marido: sus decisiones profesionales, lo que éstas decían de su carácter y las consecuencias que podrían tener sobre nuestras vidas.

No me considero una persona ingenua; cuando cinco años antes Robert entró en la prestigiosa firma *Newman, Stein y Asociados*, yo sabía que tendría que trabajar para clientes de reputación dudosa: todos los bufetes de esta categoría cuentan con una importante cartera de clientes entre los que figuran algunos más o menos reprochables. Por eso no me escandalicé cuando tuvo que defender los intereses de un laboratorio farmacéutico que había ocultado los efectos nocivos de su medicamento estrella o de un empresario que se había pulido el fondo de pensiones de sus trabajadores jugando en bolsa.

Lo que me inquietaba cada vez más era el hecho de que desde hacía algún tiempo, el bufete de mi marido parecía haberse especializado en clientes cuyo nombre estaba a menudo relacionado con el crimen organizado. Siempre he creído en aquello de "dime con quién andas y te diré quién eres"...

En alguna ocasión traté de hablarle a Robert de mis inquietudes al respecto, pero a menudo cambiaba de tema o se burlaba de mis temores. Siempre me tranquilizaba diciendo que incluso en el caso de clientes dudosos, su firma sólo se encargaba de sus negocios legales, y que parte de su trabajo como abogado consistía en asegurarse de que dichos negocios se mantuviesen dentro de los márgenes de la ley. Y a pesar de mis dudas, terminaba por aceptar las justificaciones de Robert y creerme que nunca cruzaría la línea de la legalidad.

Hasta que un día decidí dejar de mirar y de hacer preguntas, lo que me resultó mucho más cómodo: al fin y al cabo, no hay más ciego que el que no quiere ver... Debí haber insistido, haber seguido cuestionando y expresando mis miedos, dándole a Robert la oportunidad de convencerme, de refutar mis sospechas. Pero en lugar de eso opté por silenciar mis miedos y alimentar con ellos una desconfianza visceral que, en mi interior, esperaba el mejor momento para saltar y terminar con la lógica y la razón...

Eso fue exactamente lo que ocurrió a mediados de septiembre, cuando recibí *Carne de cañón*, un manuscrito más que empecé a leer sin demasiado interés pues, desde que habíamos publicado un par de libros sobre el tráfico humano, recibíamos a menudo escritos en torno al mismo tema, muchos de ellos tan desgarradores como el de Zambrano.

Me disponía a dejarlo de lado cuando leí el testimonio de Marina, una jovencita que a los 15 años llegó a Estados Unidos creyendo que había conseguido una beca para una escuela hotelera cuando, en realidad, lo que consiguió fue ser explotada sexualmente durante casi un año y medio. Marina recordaba con cierta nostalgia la última persona que la trató con respeto, un señor muy bien vestido que vino a verla nada más llegar a la casona donde viviría sus peores pesadillas. En ese entonces, Marina seguía creyendo la farsa que le habían contado, por lo que no le sorprendió que aquel hombre le pidiera su pasaporte para tramitarle el visado, o le hiciera una serie de preguntas personales a las que ella no tuvo reparos en contestar. A diferencia de los patanes con los que había tratado desde que salió de Honduras, aquel hombre tan educado y distinguido le inspiraba confianza. En su testimonio, la muchacha hablaba muy poco del aspecto de aquel individuo, sin embargo describía con todo detalle la alianza de oro que llevaba puesta y que le llamó la atención por haberla visto antes en una revista: se trataba de un anillo compuesto de tres aros entrelazados, cada uno de ellos de distinto color.

Aquella descripción correspondía exactamente a mi anillo de bodas, así que el recelo que había estado oculto en mi interior se despertó de golpe: por más que me repetí que sólo era una coincidencia, que mi sortija era uno de los modelos clásicos de los que Cartier vendía cientos, en mi cabeza el hombre educado y distinguido que mencionaba Marina empezó a parecerse a Robert.

Así que seguí leyendo, buscando a mi marido en aquellas historias sórdidas. Y con la mirada distorsionada por la sospecha, creí encontrarle en los testimonios de otras dos chicas hondureñas que habían sido vendidas para entretener a hombres influyentes. Ambas mencionaban a un señor muy educado que les confiscó el pasaporte y las sometió a una serie de preguntas personales. La primera, Carmen Prado, mencionaba a "un hombre alto y apuesto de ojos color miel"; la segunda, una tal Rocío, lo describía como "un gringo que parecía uno de esos picapleitos de las películas y que hablaba español muy bien pero con acento".

Al igual que el anillo, aquellas vagas descripciones podían corresponder a cualquiera y sin embargo, yo no podía dejar de pensar que aquello era algo más que una simple coincidencia. Asqueada por aquellos pensamientos y aterrada ante la posibilidad de que fuesen ciertos, entré en conflicto conmigo misma. ¿Qué demonios me estaba pasando? ¿Acaso me estaba volviendo paranoica? Una cosa era estar dolida con Robert porque no quería que adoptásemos a un niño, o tener dudas sobre su ética profesional a causa de los clientes a los que representaba, pero otra cosa muy diferente era pensar que podía estar implicado en una red de trata de mujeres y niñas.

Terminé por meter el manuscrito en un cajón con la firme intención de no volver a pensar en él hasta que volviese a ser capaz de leerlo fríamente como una editora objetiva, dejando de lado mis obsesiones. Para conseguirlo, también me quité el anillo de bodas y lo guardé en mi mesita de noche, su presencia en mi dedo era un recordatorio constante de todas esas ideas desagradables y sin sentido.

Prácticamente había conseguido sacar de mi mente todo este asunto, cuando una tarde entré en el despacho de Robert para decirle que su taxi al aeropuerto acababa de llegar y le vi guardando en su maletín lo que me pareció ser un taco de pasaportes de colores diferentes. Lo que en otras circunstancias me hubiese pasado totalmente desapercibido, me pareció en aquel momento un comportamiento comprometedor que confirmaba mis sospechas. Pude haberle dicho algo, pero en lugar de eso me quedé plantada sin decir nada hasta que se fue.

Pasé la noche haciendo conjeturas y sintiéndome cada vez peor. Por un lado, me sentía fatal por sospechar así de Robert y ni siquiera haberle brindado la oportunidad de defenderse. Por otro lado, me sentía aún peor sólo de pensar que si lo que me temía era cierto, no estaba haciendo nada para ayudar a las pobres inocentes cuyos pasaportes me pareció haber visto.

Comprendí que no podía seguir así, que debía confirmar o descartar de una vez por todas mis dudas o iba a volverme loca.

Primero contemplé la posibilidad de hablar con Robert sobre ello tan pronto volviese de su viaje: le contaría como el manuscrito había despertado mis sospechas y le pediría que me explicase de quiénes eran aquellos pasaportes que le había visto meter en el maletín.

Pero pronto comprendí que nada bueno saldría de aquella conversación: si Robert era inocente, sólo conseguiría hacerle daño al escuchar lo que yo, su mujer, había sido capaz de imaginar sobre él. Si por el contrario era culpable, lo más seguro es que lo negase rotundamente, e incluso cabía la posibilidad de que tomase medidas contra las mujeres cuyos testimonios podían ser utilizados en su contra.

Después de mucho pensar, en la madrugada de aquella noche en blanco, decidí que lo mejor sería actuar con discreción y a espaldas de Robert. Viajaría a Honduras en secreto y me entrevistaría con Carmen, Rocío y Marina. Les enseñaría una foto de Robert: eso me permitiría comprobar, de una vez por todas, si mi marido y el hombre que les había confiscado los pasaportes eran la misma persona.

A partir de ese momento dediqué todo mi tiempo a afinar mi plan: para evitar un escándalo en caso de que toda la historia hubiese sido únicamente el fruto de mi paranoia, le pediría a Santiago Ochoa que me consiguiese un pasaporte falso —mi buen amigo no sólo vivía en Tegucigalpa sino que allí tenía contactos en las altas esferas y los bajos fondos—. Para no dejar rastro llevaría conmigo dinero en efectivo.

Con la distancia me doy cuenta de lo disparatado de mi plan y lo poco que iba con mi carácter, prudente y razonable. No entiendo cómo pude seguir adelante con aquella descabellada empresa. La única explicación que se me ocurre es que, como a Don Quijote, todos los años leyendo historias extraordinarias, combinados en mi caso con el tratamiento hormonal y el embarazo cuya existencia desconocía aún, habían distorsionado mi percepción de la realidad y dado carta blanca a una imaginación desbordante...

"...Eso, o lo que en la selva creímos que era locura pasajera resulta ser un rasgo de tu carácter". Sentí una cierta satisfacción al darme cuenta de que mi voz interior formaba parte de mí y no había sido únicamente causada por la amnesia.

A pesar de las inconsistencias de mi plan, lo puse en marcha tal y como lo había decidido. En menos de tres semanas viajé a Tegucigalpa con el nombre de Lisa Hamilton, convencida de estar haciendo lo correcto: pronto sabría con seguridad si mi marido era culpable o inocente.

Durante todo el viaje estuve dándole vueltas a las consecuencias que todo aquello tendría sobre mi matrimonio. Llegué a la conclusión de que, fuese cual fuese el resultado de mi búsqueda, nuestras vidas nunca volverían a ser como antes. Si mi marido era inocente, no podría volver a mirarle a la cara sin confesarle lo que había sido capaz de imaginar. Mis actos ponían en evidencia una desconfianza y una falta de respeto tal que dudaba mucho que Robert quisiera seguir compartiendo su vida conmigo. Independientemente de cuál fuese su reacción, tendría que considerar si todas mis dudas y sospechas infundadas no eran la excusa para justificar que mis sentimientos hacia él y mi deseo de empezar una familia a su lado estaban dando un giro paulatino e irreversible.

Si, por el contrario, se confirmaban mis temores y comprobaba que Robert estaba tomando parte en las horrendas actividades de las que hablaba *Carne de cañón*, no me quedaría más remedio que denunciarle a las autoridades, entregarles el manuscrito y los testimonios de aquellas chicas con las que me iba a entrevistar. Y a partir de ese momento seríamos arrastrados por un tornado infernal que destrozaría nuestras vidas y las de mucha gente a nuestro alrededor.

Pensé en mi suegra y mis cuñados, y en cómo les afectaría el escándalo. También pensé en Susan y en la editorial, y en lo poco que les iba a ayudar una publicidad tan negativa. Y reflexionando en todo eso me di cuenta de que, aun sabiendo lo que debía hacer, no estaba tan segura de que llegado el momento tendría la fuerza de hacerlo.

No necesité poner a prueba mi entereza moral, pues el avión en que volaba se estrelló. Y aunque me salvé milagrosamente, mi psique, incapaz de seguir haciendo frente a los acontecimientos, se quebró en mil pedazos que ocultó bajo el manto de la amnesia.

Mientras no tuve memoria, una parte de mí quiso creerse la quimera de una vida tranquila y sin complicaciones: un marido atento y un matrimonio perfecto. Pero el resto de mí se negó a aceptar la mentira y trató de despertarme a la realidad a través de sensaciones, sueños y tantas otras señales encriptadas que hasta ahora no había sabido interpretar.

Hoy, cuando por fin se despertaba en mí el recuerdo, tenía que aceptar que mis problemas sólo habían quedado en suspenso. Después de casi tres semanas seguía exactamente en el mismo punto donde me encontraba aquel fatídico día en que viajé a Honduras. Un punto a partir del cual no podía avanzar sin averiguar si mi marido era inocente o no.

Cerré los ojos y deseé con todas mis fuerzas poder dar marcha a atrás. ¡Ojalá no hubiese recibido nunca aquel maldito manuscrito...!

De nuevo fui consciente de la mano de Robert sobre mi vientre. Traté de aferrarme al amor que había sentido entre nosotros hacía apenas unos instantes, pero lo único que sentí fueron ganas de salir corriendo. No me moví: seguí tumbada a su lado mirando las sombras en el techo, obligándome a aceptar que era demasiado tarde, que había recibido *Carne de cañón* y que no había vuelta a atrás.

Hasta que amaneció...

* * * * *

Miré el reloj. Eran las seis menos cuarto de la mañana. Si no había conseguido dormir hasta ese momento, ya no iba a hacerlo; lo mejor sería dejar de intentarlo. Robert seguía dormido a mi lado. Me levanté despacio para no despertarle y me metí sigilosamente en el cuarto de baño. Mientras me duchaba traté de poner en orden las ideas a las que había estado dando vueltas toda la noche.

Carmen Prado, la única víctima que había querido que su verdadero apellido figurase en *Carne de cañón*, era la única persona que podía identificar o disculpar definitivamente a Robert. Las otras dos mujeres que mencionaron al hombre educado cuya descripción podía corresponder a la de mi marido, Marina y Rocío, no habían querido que apareciesen sus apellidos; encontrarlas ahora que Consuelo Zambrano había muerto iba a ser prácticamente imposible.

Jesse había averiguado dónde vivía Carmen Prado, iría a verla y me llamaría si averiguaba cuál era su relación con mi viaje o con el manuscrito que mis secuestradores querían eliminar a toda costa. Cuando Jesse y yo acordamos este plan, el papel de Carmen o del manuscrito en el asunto seguían siendo un misterio; hoy conocía las respuestas a esas preguntas, pero Jesse todavía no lo sabía.

Tan pronto como pudiera, sin despertar las sospechas de Robert, llamaría a Jesse y le pediría que, tanto si había visto ya a Carmen como si no, volviese a entrevistarse con ella para enseñarle alguna de las fotos de mi marido que había en Internet. Intentaría explicarle de alguna manera mis sospechas hacia Robert. Estaba segura de poder contar con la ayuda y la discreción de Jesse.

Si Carmen identificaba a mi marido como al hombre que le confiscó el pasaporte, Jesse sabría cómo actuar; a fin de cuentas él había estado trabajando en el desmantelamiento de la red hondureña y de sus ramificaciones en Estados Unidos, por lo que exponer a cualquier individuo implicado formaba parte de su misión.

Si por el contrario Carmen Prado no reconocía a Robert, yo pasaría definitivamente página sin jamás mencionarle el más mínimo detalle de lo ocurrido. Aunque en el pasado no me había creído capaz de volver a mirar a mi marido a la cara sin confesarle mis elucubraciones, los acontecimientos de las últimas semanas habían hecho de mí una persona diferente; no iba a expiar mis culpas a expensas de hacerle daño a Robert. Si era inocente no sabría jamás que yo había dudado de él hasta el punto de creerle implicado en las más horrendas actividades; tampoco sabría jamás que habían sido mis neuras las culpables de todo lo que nos había ocurrido últimamente.

Con las cosas mucho más claras y una vez tomadas estas decisiones, me sentí extrañamente tranquila, capaz de guardar la calma y comportarme con naturalidad hasta descubrir la verdad. Cuando salí del cuarto de baño un delicioso aroma a café recién hecho llenaba la casa.

Volvía a estar sin móvil —mis secuestradores se habían encargado de eso—, por lo que antes de salir de la habitación cogí de mi mesita de noche la servilleta de papel en la que Jesse me había escrito su dirección y teléfono hacía poco más de una semana. Al mirar el pedacito de papel, recordé con nostalgia aquella mañana en el hotel de Tegucigalpa: Jesse y yo nos habíamos confesado nuestros sentimientos y habíamos aceptado también que lo nuestro nunca podría ser. Mirando hacia atrás, me pregunté si lo que había sentido por Jesse habría sido real o un truco más de mi subconsciente para hacerme olvidar la verdad de la que huía... Qué lejano me parecía ahora lo que en realidad había ocurrido hacía tan poco tiempo...

Mi voz interior cortó en seco el hilo de mis pensamientos: "¡Colega, no te cortes! Añade sal a tu vida haciéndote pajas mentales sobre la realidad de lo que sentisteis y las implicaciones morales que esos eventuales sentimientos podrían tener sobre tu monótona existencia. Total, de perdidos al río". No cabía duda de que mi álter ego era cada vez más insolente. Sin embargo, tenía razón: aquél no era el momento de ponerme a pensar en menudencias.

Salí de la habitación y bajé a desayunar. Camino de la cocina me asomé por el despacho. Robert estaba al teléfono; era el momento perfecto para hacer la llamada que tenía que hacer. Marqué el móvil de Jesse. Mientras esperaba a que respondiese la llamada me distraje mirando el mapa del tiempo en la televisión que estaba encendida con el volumen en el mínimo.

—Dígame —respondió una voz somnolienta que reconocí enseguida.

—Jesse, soy Elisa. Siento despertarte tan temprano. Si quieres puedo volver a llamarte dentro de un rato.

—No, Lis, no te preocupes. Me encanta escuchar tu voz. De todos modos pensaba llamarte esta misma mañana. ¿Qué tal estás? ¿Te han dejado salir ya del hospital?

—Sí, me dieron el alta ayer. Me encuentro mucho mejor.

Sabía que Robert no tardaría en salir de su despacho, así que fui directamente al grano:

—¿Has conseguido ver a Carmen Prado?

—Precisamente por eso quería llamarte... —Jesse vaciló un instante antes de continuar— ...La asesinaron hace dos días. No sabía cómo decírtelo.

Sus palabras me dejaron helada: la única persona capaz de aclarar mis dudas sobre Robert había desaparecido para siempre; todo mi plan se desmoronaba de golpe.

—¿Sabes si su muerte está relacionada con el manuscrito? —le pregunté angustiada.

—Espero que no. Carmen Prado era una modesta maestra. Su asesinato parece haber sido el resultado de un acto de violencia fortuito de los que abundan por aquí.

—Es decir, lo que me estás diciendo es que te parece factible que su muerte sea sólo una coincidencia —el simple hecho de ponerlo en palabras me resultaba ridículo; sin embargo deseaba tanto que Jesse me convenciese de ello...

—Supongamos por un instante que, como temes, la asesinasen por estar relacionada con la red. ¿Por qué no lo hicieron mucho antes? ¿Por qué no la mataron hace más de dos semanas como a Consuelo Zambrano? Incluso suponiendo que fuese la propia Zambrano la que les dio su nombre bajo tortura, ¿por qué habrían esperado tanto tiempo para borrarla del mapa? Tardaron menos en localizarte a ti aunque vives en otro país. ¿No ves que no tiene sentido? —preguntó Jesse esforzándose por hacerme seguir su razonamiento.

—¡Maldita sea! ¿Puedes decirme qué tiene sentido en toda esta historia? Lo siento, pero a estas alturas tengo dificultades para creer en la casualidad.

No pude evitar que la frustración y la rabia que sentía se manifestasen en mi voz.

—No te enfades, Lis, de todos modos poco importa ya: en las últimas veinticuatro horas se han llevado a cabo todas las detenciones de las que te hablé. No creo que tengas que volver a preocuparte por el paradero o el contenido del manuscrito.

La voz neutra con que Jesse había estado hablando se volvió mucho más personal y apremiante:

—Deberías pasar página, olvidar este asunto y seguir con tu vida. Eres una mujer extraordinaria y te mereces lo mejor. Aunque me cueste reconocerlo, Robert parece ser un buen tipo que te quiere de verdad...

—Jesse...

Por un instante estuve a punto de contarle todo lo que había recordado la noche pasada, mis sospechas y mis miedos, pero antes de empezar me di cuenta de que aquél no era ni el momento ni el lugar apropiado. Así que me limité a agradecerle todo lo que había hecho y me despedí sin más.

Después de colgar, me quedé un buen rato considerando las palabras de Jesse. Que Robert me quería era evidente; que fuese un buen tipo estaba por verse; que yo pudiese vivir feliz a su lado haciendo caso omiso de mis dudas era exactamente el quid de la cuestión...

¿Sería capaz de aferrarme a la posibilidad de que mis sospechas fuesen infundadas y alejar de mi mente todas las ideas escabrosas?

"¿Por qué no?" —preguntó mi voz interior—. "Todo el mundo es inocente hasta que se demuestra lo contrario. Y al fin y al cabo no tienes ninguna prueba sólida que apoye tus conjeturas. Sin embargo, durante las últimas semanas Robert te ha demostrado una y otra vez el tipo de compañero que es. Además, si lo piensas, hacía tiempo que no estabais tan unidos: tú misma dijiste que te estabas volviendo a enamorar de él... En cierto modo volvéis a estar tan unidos como al principio de vuestra relación".

Mi voz interior tenía razón una vez más: no tenía pruebas y la única persona capaz de inculpar o disculpar a Robert había desaparecido para siempre... Quizá debía seguir su consejo y el de Jesse... Me serví una taza de café, valorando seriamente la posibilidad de volver a ser esa ingenua feliz que había sido durante meses ... Entonces comencé a hacer planes, a inventarme escenarios hipotéticos en los que todo podría volver a ser como antes...

Podría tratar de quedarme embarazada... Seguro que cuando eso ocurriese, vería las cosas de otra manera. Le pediría a Robert que dejase su trabajo y empezásemos una nueva vida en otro sitio. Recordé con nostalgia aquella noche en la que Robert me había parecido tan cansado y deseoso de cambiar de vida. ¿Qué era lo que había propuesto que hiciésemos? ¿Criar salmones en Alaska...? Si había sido sincero en esa ocasión, recibiría de buen grado mi proposición...

Seguí dándole vueltas a lo fácil que sería hacer como si los dos últimos meses no hubiesen ocurrido nunca... Incluso estuve a punto de subir a buscar el manuscrito que había dejado la noche anterior bajo un sillón en mi estudio y destruirlo. Pero entonces un rostro en la pantalla del televisor me llamó la atención: se trataba de Roberto Paredes, el hombre al que Robert recurrió en el aeropuerto de Tegucigalpa cuando nos dimos cuenta de que mi pasaporte no tenía el visado de entrada necesario para salir del país. Subí el volumen para escuchar a la presentadora dar parte de la noticia:

"...Roberto Paredes, número dos de la Secretaría de Seguridad de Honduras, fue detenido esta madrugada en una operación conjunta entre las fuerzas del orden estadounidenses y hondureñas. Según fuentes oficiales, las detenciones llevadas a cabo la noche pasada, y entre las que figuran la del empresario Ernesto Herrera, así como las de varios altos cargos gubernamentales y delincuentes fichados en ambos países, ponen fin a una importante red de narcotráfico y trata de personas que operaba desde hace años en nuestro continente..."

"Blanco y en botella...". Aquellas palabras retumbaron en mi cabeza. Recordé que en el aeropuerto de Tegucigalpa Robert me había presentado a Roberto Paredes diciendo que era alguien con el que había tenido el gusto de trabajar en varias ocasiones. También recordé que Paredes había mencionado a un don Ernesto. No podía tratarse de una simple coincidencia, otra de tantas...

De repente una idea aterradora cruzó mi mente: las dos únicas personas que conocían la existencia de Carmen Prado eran Jesse y Robert; yo no sólo le había mencionado su nombre a mi marido sino que le había explicado la razón por la que Jesse iba a entrevistarse con ella. La cabeza empezó a darme vueltas y me flaquearon las piernas. Apenas tuve tiempo de apoyar la espalda contra la pared: en cuclillas y sujetándome la cabeza con ambas manos, traté de controlar el temblor que se había apoderado de mí.

En ese momento Robert entró en la cocina. Al ver el estado en el que me encontraba, corrió a mi lado para ayudar a levantarme. El simple roce de sus manos me produjo una especie de descarga eléctrica:

—¡No me toques! —Le aparté con violencia y me incorporé de un salto.

Nuestras miradas se cruzaron: el espanto que leí en su rostro era probablemente la respuesta lógica al estado en el que me encontró, la reacción que acababa de presenciar y el terror que debía de leerse en mi expresión.

—Por favor, dime qué te ocurre... —suplicó, esta vez sin tratar de acercarse a mí.

—El asesinato de Carmen Prado... tú eres el único al que le hablé de ella... —La velocidad con que los cabos iban atándose en mi cabeza no me daba tiempo a formar frases coherentes—: ...te dije que Jesse iba a verla. ¡Tú sabías que podía comprometerte, así que hiciste que la asesinaran!

—Tranquilízate, Eli. No sé de qué demonios me estás hablando. Cariño, sentémonos...

—¡No me llames cariño! —le interrumpí con vehemencia.

La calma con la que Robert intentaba tranquilizarme sólo estaba consiguiendo ponerme aún más histérica. A mis ojos, mi marido empezaba a parecerse a un monstruo capaz de llevar a cabo mis peores pesadillas.

—¿Fuiste tú el que hizo que me secuestraran? ¿También querías que me eliminasen?

—¿Qué? —La perplejidad en la expresión de Robert se transformó en horror y crispación— ¡No!... ¡Por el amor de Dios! ¡¿Cómo se te puede ocurrir semejante barbaridad?!

Robert había levantado la voz de manera inusual. Le observé con atención: la sorpresa y agravio con que reaccionó parecían sinceros. Durante unos instantes nos quedamos en silencio, observándonos con recelo y sin saber qué decir. Yo no podía pensar con claridad. Era incapaz de ordenar las ideas tan horribles que se agolpaban en mi mente. Durante un segundo creí que iba a desmayarme o perder definitivamente el juicio o ambos. Solo quería salir huyendo.

No podía hacerlo. Acababa de dejar que Robert se enterara de lo que me atormentaba; a estas alturas lo único que me quedaba por hacer era terminar de contarle el resto de mis sospechas, ponerle al corriente de todo lo que hasta hacía unas horas no recordaba. Me acerqué al fregadero y me serví un vaso de agua que bebí lentamente de espaldas a Robert. Me senté en la mesa y algo más tranquila le invité a sentarse frente a mí.

Empecé a hablar con toda la calma que pude conseguir: quería que mi marido comprendiese exactamente la gravedad de mis acusaciones y para eso necesitaba explicárselo con claridad. Le conté cómo durante meses me había estado preocupando su trayectoria profesional y cómo había tratado en varias ocasiones de ponerle al corriente de mis temores sin conseguir que nunca me tomase en serio. Le hablé de la manera en que *Carne de cañón* pareció concretar mis dudas, pero cómo, a pesar de ello, había tratado de ignorar mis sospechas hasta aquella tarde en que le encontré manipulando un taco de pasaportes. Le expliqué la manera en que fue tomando forma mi estrafalario plan de viajar a Honduras para entrevistarme con las tres mujeres que, a mis ojos, podrían eximirle de culpa. Por último le hablé de la forma en que el hallazgo del manuscrito la noche pasada había desencadenado el recuerdo de los hechos que le acababa de relatar.

—Hace un momento me entero de que Carmen Prado, el único testigo que podía reconocerte, ha sido asesinada. Y a continuación oigo en la televisión que Roberto Paredes, el hombre al que me presentaste en Honduras, es una de las personas implicadas en la red que ha sido desmantelada... Robert, cada vez tengo menos dudas... Todo parece apuntar a tu culpabilidad...

Hice una pausa para dejar pasar el nudo que se me había formado en la garganta. Por mucho que quise mantener un tono neutral, cuando volví a hablar soné triste y vencida pues en el fondo hablé para mí misma:

—Lo más curioso es que, aun después de que Jesse me contara lo del asesinato de Prado, había contemplado seriamente la posibilidad de pasar página, de enterrar para siempre mis temores y mis dudas sobre ti. Incluso había pensado en pedirte que dejases tu trabajo y nos fuésemos a otro sitio a formar... —Mi voz se quebró y ni siquiera fui capaz de terminar la frase.

—¿Y por qué no me lo pides? ¿Por qué no lo hacemos? ¿Por qué no empezamos una nueva vida? ¿Qué es lo que ha cambiado? Yo te sigo queriendo más que a nada en el mundo y estoy dispuesto a dejarlo todo por ti y empezar de cero.

Le miré aturdida tratando de entender el sentido de sus palabras: ¿no había escuchado lo que acababa de contarle? ¿Era aquella una confesión en toda regla? Me di cuenta de que había estado deseando que Robert se indignara y a gritos negara todas mis acusaciones. Más que nada en el mundo quería oírle decir que estaba loca, que mi perversa imaginación me había hecho montarme no sé qué historias para no dormir a partir de una serie de desafortunadas coincidencias.

—Robert, acabo de explicarte que estoy convencida de que has participado activamente en una red de tráfico de mujeres, ¿y lo único que tienes que decir es que me sigues queriendo?

—Lo único que estoy tratando de decir es que mi trabajo es y ha sido siempre sólo eso, mi trabajo. Jamás te he fallado como marido, compañero o amigo: jamás te he sido infiel o te he faltado al respeto. Siempre te he puesto por delante de todo y hoy estoy dispuesto a dejar mi trabajo, si eso es lo que me pides, para que sigamos siendo felices.

Una vez más le miré atónita antes de empezar a hablarle casi a gritos:

—¿Acaso no entiendes que necesito que defiendas tu inocencia? ¿No entiendes que si mis acusaciones son ciertas poco importa lo que me hayas querido o lo fiel que me hayas sido? ¿No comprendes que nunca podremos volver a ser felices? —Sentí que estaba a punto de volver a perder los estribos. Cerré los ojos y respiré hondo—. Por favor, dime que no estás involucrado en los hechos que cuenta *Carne de cañón*, dime que tú no tienes nada que ver con lo que pasaron esas mujeres, que quitarles el pasaporte y permitir que padecieran como lo hicieron no formaba parte de "tu trabajo".

No pude seguir reteniendo el llanto, así que tras una breve pausa seguí hablando entre sollozos.

—Pero si estás aceptando tu implicación... Te lo suplico, Robert, dime al menos que tienes algo más que añadir en tu defensa, que no te crees que tu fidelidad y tu amor puedan disculpar tus actos; dime que al menos comprendes por qué voy a tener que denunciarte a las autoridades...

Mi marido se levantó y salió de la cocina sin decir nada. Yo no daba crédito a lo que estaba viendo. Reteniendo la respiración seguí el sonido de sus pasos: fue al despacho y luego volvió a la cocina. Cuando entró, llevaba en la mano el manuscrito que yo había dejado la noche anterior en el ático. Debió cogerlo cuando me estaba duchando esta mañana. Robert se sentó de nuevo frente a mí. Hojeó el documento sin prisa mientras yo seguía observándole anonadada. Al cabo de unos minutos levantó la vista; la frialdad y la distancia que vi en su mirada me dieron miedo.

—¿Qué quieres que te diga? ¿Que no entiendo ni comparto tu indignación? ¿Que no todos podemos permitirnos el lujo de vivir en un mundo de fantasía como el tuyo? ¿Un mundo en el que el valor de cada ser humano es idéntico? Lo siento, Elisa, pero en el mundo real todos y cada uno tenemos un papel asignado en la cadena alimenticia. Hay personas cuyo valor para la sociedad es fundamental: individuos que crean riqueza e impulsan el progreso, líderes que guían a las masas por el buen camino... y hay otras personas, como las miserables a las que haces referencia —dijo mientras pasaba con desprecio las páginas del manuscrito—, cuyo único propósito y valor en la vida es el de satisfacer las necesidades de los más fuertes.

Sus palabras se me estaban clavando como un cuchillo en el corazón. ¿Podía ser cierta aquella falta absoluta de escrúpulos o se trataba simplemente de una prueba más de su hipocresía y carencia de moral? ¿Era posible que me hubiese casado con un sociópata sin darme cuenta? ¿Alguien cuya distorsionada escala de valores no le permitía diferenciar entre el bien y el mal?

—O tal vez prefieres que te diga que todas tus acusaciones se basan en conjeturas y suposiciones sin fundamento. ¿Acaso no sabes que la red a la que te refieres ha sido desmantelada y que nada ni nadie la ha relacionado, directa o indirectamente, con ninguno de los clientes de mi bufete, ni con mi bufete o ni mucho menos conmigo personalmente? ¿De verdad crees que estas páginas podrían ser utilizadas como evidencia? Vamos, Elisa, si hasta tú misma has reconocido que no tienes pruebas concretas, que todas las personas que podrían involucrarme a mí o a mis clientes han desaparecido; sin sus declaraciones no hay nada en el manuscrito que pudiese ser utilizado por la policía.

Robert se levantó y se sirvió con parsimonia una taza de café, dándome el tiempo necesario para asimilar todo lo que me acababa de decir. Ni siquiera se había molestado en tratar de convencerme de su inocencia; tan sólo se había limitado a hacerme comprender que tanto si le creía inocente como si no, no tenía nada que pudiese utilizar contra él.

Empecé a repasar en mi cabeza lo que pasaría si a pesar de todo decidiese dar parte a las autoridades: lo único que podría conseguir sería que me tachasen de loca paranoica. No tenía pruebas, era cierto. Aun así, podía intentarlo.

Robert volvió a sentarse y, como si hubiese leído mis pensamientos, añadió:

—Amor mío, llevo un tiempo muy preocupado por tu equilibrio emocional. Ya sabes: el golpe en la bañera, la amnesia, el secuestro, el aborto... Me da miedo que todos esos acontecimientos estén afectando seriamente a tu juicio. Quizás te convendría pasar unos meses en un centro de reposo.

—Detrás de su voz suave y cariñosa se escondía una amenaza apenas velada.

Me quedé mirándole boquiabierta y sin poder dar crédito a lo que decía. ¿Era aquél el hombre del que me había enamorado? ¿El mismo junto al que había querido pasar el resto de mi vida hasta hacía apenas unas horas?

Robert se sacó un mechero del bolsillo del pantalón y ante mis ojos prendió fuego al manuscrito. Ni siquiera traté de evitarlo, no tenía fuerzas. Me quedé allí sentada, observando cómo el papel se consumía lentamente en el fregadero, dejando que se secaran mis lágrimas mientras aceptaba mi impotencia: no sólo había sido incapaz de desenmascarar a Robert, sino que ni siquiera había podido salvar el manuscrito...

Qué idiota había sido pensando que un enfrentamiento con mi marido me serviría para disipar mis sospechas. Recordé una vez que Robert me había dicho que, como abogado de la defensa, rara vez estaba realmente seguro de si su cliente era inocente o culpable, y que de todos modos tampoco importaba: lo fundamental para él era poder demostrar su inocencia, y para el fiscal, su culpabilidad...

En cuanto me sentí con fuerzas, me levanté y, sin decir nada, subí a la habitación. Cogí una maleta pequeña del armario y la fui llenando con lo más imprescindible. Me disponía a abrir la puerta de la calle cuando la voz de Robert a mi espalda me detuvo:

—No tenemos por qué terminar así. Dejemos que todo esto sea un mal sueño. Lo unidos que hemos estado estas últimas semanas me hace pensar que todavía me quieres y que aún podemos salvar lo nuestro.

Sin poder evitarlo, por mi mente empezaron a desfilar los momentos vividos a su lado desde el accidente: nuestro primer encuentro en el *hall* del hotel de Tegucigalpa, el fin de semana en Charleston, la tarde de ayer... Sentir nostalgia me produjo náuseas. No quería que Robert se diese cuenta del efecto que habían tenido en mí sus palabras, así que me di la vuelta dispuesta a obligarme a decirle sin vacilar que nada de lo vivido en las últimas semanas había sido cierto.

Pero al mirarle a la cara no le reconocí. A pesar de la ternura que reflejaba su expresión comprendí que el hombre que tenía frente a mí no era el hombre del que me enamoré, sino el hombre despreciable en que se había convertido. No era él con el que contemplé el atardecer en el *Sweet Meg* o con el que hice el amor en el despacho apenas unos días atrás. Aquél no era al que tanto amé sino un hombre por el que sólo sentía desprecio y la necesidad urgente de perderle de vista. Y ese pensamiento me hizo sentir un poco mejor.

Podría haberle explicado todo eso y un montón de cosas más; podría haberle dicho que entre nosotros ya no quedaba nada, que había dejado de quererle; podría haber tratado de explicarle las razones por las que mis sentimientos habían cambiado tan radicalmente... Podría haberlo hecho pero no lo hice: ya me daba igual que comprendiese o no mis decisiones y mis actos.

—Adiós, Robert.

Dos palabras me bastaron para poner fin definitivamente a un capítulo importante de mi vida. Después, sin mirar atrás, salí para siempre de aquella casa que un día fue mi hogar.

OCHO MESES DESPUÉS

Los días que siguieron al accidente de avión podían haber sido los peores de mi vida. Perdida en medio de la selva, sola y asustada, habiendo olvidado mi pasado y sabiendo que mi futuro era incierto, traté de aferrarme al breve lapso de tiempo que recordaba convencida de que eso me permitiría seguir luchando, desenterrar mi pasado y retomar mi vida.

Los meses después de dejar a Robert fueron aún peores. Recuperé la memoria y, sin embargo, de nuevo volví a sentirme completamente perdida y sola, esta vez atrapada en el infierno de los recuerdos; un infierno desde el que era imposible vislumbrar el futuro. Durante semanas me acosté cada noche rogándole al cielo que me devolviera la amnesia, que el pasado se desvaneciera en mi memoria hasta dejar de existir; durante semanas me desperté cada mañana con la esperanza de que todo hubiese sido un mal sueño...

Poco a poco he ido aceptando que el pasado no se desvanece por ignorarlo. Por suerte, también he descubierto que con el tiempo todas las heridas, por muy dolorosas y profundas que sean, se convierten en simples cicatrices, marcas en la piel que no duelen pero que nos recuerdan lo vivido, de dónde venimos.

Hoy, ocho meses más tarde, ya no me duele el pasado. Puedo volver a mirar atrás. Mis cicatrices, como mis errores y mis aciertos, han hecho de mí la que soy...

Aquella tarde de otoño al salir del que fue mi hogar con Robert, me fui directamente al aeropuerto y cogí el primer vuelo a Madrid: quería alejarme lo más posible de la vida que abandonaba, poner tierra de por medio, huir y refugiarme en algún sitio donde pudiese estar sola. Solo envié un *email* a Susan diciéndole que me separaba y que me iba a España para pensar.

Durante muchos días estuve encerrada en el piso donde había vivido mi padre hasta su muerte, tratando de huir de los recuerdos. Al principio, estuve sumida en un estado catatónico del que sólo salía de vez en cuando para bajar a comer algo. El resto del tiempo me alimentaba de café y biscotes. Todavía estaba muy débil físicamente y esa dieta no ayudó a acelerar la recuperación. Me daba igual. No me sentía con fuerza moral para afrontar la realidad y me pasaba los días acostada.

Una llamada telefónica me sacó de mi letargo haciéndome caer aún más en la depresión y el abatimiento. Llevaba algo más de una semana en Madrid cuando sonó el teléfono. Dejé que saltase el contestador porque no tenía ganas de hablar con nadie.

—Eli, soy Robert— la voz suave de mi marido llenó la habitación e hizo que el corazón me diese un vuelco. —Susan me ha dicho dónde estás. Comprendo que necesites tiempo para pensar. Siento muchísimo la manera en que derraparon las cosas el último día. Dame la oportunidad de explicarme e intentar que me perdones. Por favor, Elisa, no te rindas o al menos déjame que luche por lo nuestro. ¿Recuerdas lo que juramos? En lo bueno y en lo malo, hasta que la muerte nos separe... Para mí nada ha cambiado. Te quiero.

Robert colgó y yo me quedé aún más hundida. Sus palabras me obligaron a mirar de frente todo lo que había perdido, lo que no volvería a ser.

"...*Robert es igual que su padre: siempre con prisa, siempre queriendo más, incapaz de distinguir lo superfluo de lo que importa, de comprender que el fin casi nunca justifica los medios, y que en el largo viaje de la vida, lo que importa no es llegar al destino, sino el camino que recorremos hasta conseguirlo. Yo fui la conciencia y la perspectiva para Daniel, su escala de valores, lo mismo que tú lo eres para Robert*".

Con amargura recordé las palabras de mi suegra aquel fin de semana en Charleston. A diferencia de ella, yo no había sido capaz de ser la conciencia y la perspectiva de mi marido... Desde el fondo del abismo en el que me encontraba, me pareció que había sido yo la que no había dado la talla: le había fallado a Robert, a su madre y a mí misma.

Había permitido que Robert quemase el manuscrito de Consuelo Zambrano, y con ello había consentido que su última voluntad nunca llegase a realizarse. En mi locura autodestructiva empecé a sentirme responsable no sólo del asesinato de Carmen, sino también lo que le había ocurrido a Rocío y Marina. Si hubiese mirado la verdad de frente y actuado en consecuencia, si hubiese insistido para que Robert cambiase de trabajo tal vez se hubiese evitado su desgracia... Si no hubiese elegido la vía más fácil, vendarme los ojos, quizás mi matrimonio seguiría existiendo...

Durante los días que siguieron me fui ahogando cada vez más en un mar de culpabilidad y remordimiento. Pasaba el tiempo haciendo conjeturas sobre lo que podía haber hecho y no hice, lo que podía haber evitado y no evité.

Hasta que un día mi voz interior se rebeló y me obligó a reaccionar: "Chica, aburres a los muertos. Además de ser una melodramática quejumbrosa, eres una egocéntrica del copón de la baraja: ¿así que tú eres la culpable de toda la miseria del universo, verdad? ¡¡¡Joder, pues córtate las venas de una puta vez o reacciona!!!! ¿Por qué te odias a ti misma por no haberte dado cuenta de lo que era tu marido en lugar de odiarle a él por haber sido un cerdo sin escrúpulos? ¡Basta ya de lamentarte por lo que no hiciste! ¿No te das cuenta de que con ello no vas a conseguir nada? Concéntrate en lo que has aprendido y piensa en lo que puedes hacer a partir de ahora".

No sé si fueron aquellas duras palabras o que había llegado el momento, pero lo cierto es que a partir de ese día mi visión y actitud hacia la vida empezaron a cambiar radicalmente. A los pocos días tomé tres decisiones que puse en práctica de inmediato.

La primera fue dejar de huir: seguir escondiendo la cabeza debajo del ala no iba a mejorar mi situación. Volví a Manhattan y me instalé en el pequeño apartamento que tenía frente a las Naciones Unidas.

La segunda decisión fue pedir el divorcio: poco importaba que Robert hubiese dejado de ser la persona con la que me casé, o que hubiese sido yo la que había tardado en descubrir su verdadera naturaleza, lo cierto era que ya no le amaba. Le despreciaba y no quería seguir teniendo nada con él.

Los trámites fueron mucho más fáciles de lo que había previsto. Robert aceptó todas mis condiciones sin protestar e incluso me cedió el dúplex que habíamos compartido. Todo se hizo a través de nuestros abogados, así que no volvimos a vernos y Robert tampoco intentó ponerse en contacto conmigo de nuevo.

Debo reconocer que aunque no me lo esperaba, su actitud no me sorprendió del todo. Era coherente con la manera en la que siempre había sido conmigo. Como me dijo la última vez que nos vimos, él nunca me había fallado como marido, compañero o amigo; quizá su actitud actual probaba que por fin se había dado cuenta de que me había fallado como persona.

Cada vez pienso menos en nosotros y la rabia que sentía al principio se ha ido apagando poco a poco. Con el tiempo espero poder mirar atrás y recordar únicamente los buenos momentos que también existieron, pero que todavía parecen desproporcionadamente pequeños.

La tercera decisión fue dejar de sentirme culpable por lo que le pasó a Carmen y las demás. Por mucho que me costase tenía que aceptar que, aunque hubiese descubierto la verdad sobre Robert después de leer el manuscrito, no habría podido hacer nada por ellas. Tal vez el asesinato de Carmen Prado estuviese directamente relacionado con la información que le di a Robert; nunca lo sabría. Para expiar mis culpas lo que podía hacer era tratar de aportar mi granito de arena en la lucha contra la trata de personas.

Empecé por dedicarle todo el tiempo que me sobraba, ahora que había abandonado por completo la ilustración y que me había desligado totalmente del día a día de la editorial. Quería entender en profundidad lo que es el tráfico de personas, un problema extremadamente complejo y cuya solución sólo podrá ser la consecuencia de una iniciativa global y conjunta.

Durante semanas me pasé el día devorando todo lo que podía encontrar sobre el tema: libros, informes oficiales, documentales, coloquios...

Hace cuatro meses, en un evento benéfico de la UNICEF conocí a Alba Benedetti, presidenta de una organización sin fines de lucro cuyo propósito es la prevención y la ayuda a las víctimas del tráfico humano. Congeniamos desde el primer momento. Al terminar el evento nos fuimos a tomar un café y después a cenar. Hablamos durante horas. Además de su visión y entusiasmo, me maravilló el trabajo de fondo que estaba llevando a cabo su organización y los resultados concretos que había conseguido hasta el momento.

—Admiro vuestro tesón y el de la gente que colabora con vosotros. Es increíble que no os rindáis nunca —reconocí mientras esperábamos la cuenta.

—No te creas, muchas veces la magnitud de la tarea y la escasez de recursos te dan ganas de tirar la toalla. En esos momentos, son precisamente los resultados cuantificables de los que te he hablado los que te ayudan a sobreponerte y seguir luchando —me explicó Alba con pasión.

Y de repente, mientras la escuchaba, comprendí que aquella era la causa a la que quería dedicar mi vida. Para empezar, antes de que se acabase la velada, le extendí un cheque sustancioso; me pareció justo dedicar parte del dinero que había sacado por la venta del dúplex a ayudar a Alba a llevar a cabo su misión.

Al día siguiente la llamé para ofrecerme como voluntaria en su organización. Alba aceptó mi solicitud encantada. Y cuando dos meses después me ofreció un puesto de responsabilidad, acepté sin dudar. Paso mis días organizando eventos para captar fondos, creando campañas de concienciación en torno al problema del tráfico, fomentado la colaboración con organizaciones sobre el terreno, creando partenariados... Entro temprano y no tengo hora de salida. Estoy dedicada en cuerpo y alma a esta organización y a su misión.

Me encanta lo que hago y la sensación de estar colaborando en una buena causa ha vuelto a dar sentido a mi vida. Y poco a poco, voy sintiéndome en paz conmigo misma.

VIERNES, SAN ANTONIO, TEXAS

Durante los ocho meses que han pasado desde que rompí con mi antigua vida, una persona ha estado siempre más o menos presente en mi pensamiento: Jesse. La última vez que hablamos fue aquel fatídico día en que me anunció por teléfono el asesinato de Carmen Prado. Aquella mañana Jesse se despidió de mí para siempre, deseándome lo mejor en mi vida con Robert, y desde entonces no he vuelto a tener ningún contacto con él.

Es cierto que al principio, durante las semanas de depresión, no quise hablar ni con Jesse, ni con nadie. Después entré en una fase en la que debía tomar decisiones y reorientar mi vida. Durante ese periodo me prohibí pensar en Jesse pues me estaba costando mucho trabajo superar mi fracaso matrimonial y no quería añadir a mi confusión el recuerdo del que fue sólo un efímero amante.

Cuando empecé a sentirme mejor, aunque seguía teniendo ganas de hablar con él, me pareció que ya era demasiado tarde. Si quería haber compartido con Jesse los verdaderos motivos de mi separación, tenía que haberlo hecho antes. Si lo que pretendía era hablar con él como si nada, todavía no me sentía con fuerzas para hacerlo.

Y así fui dejando que pasara el tiempo... resignada y convencida de que nuestros caminos nunca volverían a cruzarse. Hasta que hace un mes Alba me pidió que la sustituyera en el simposio centroamericano que tendría lugar en San Antonio, la ciudad donde vivía Jesse. Desde entonces no he podido dejar de pensar en él. A veces me sorprendo repasando mentalmente el tiempo que compartimos, momentos escasos que se cuentan casi con los dedos de las manos: los días que estuvo inconsciente en la cueva, el camino hasta Comayagua, nuestro breve rencuentro en Tegucigalpa y el día en el hospital después de mi secuestro.

Es curioso que aunque recuerdo ciertos detalles con claridad, he empezado a olvidar muchos otros: por ejemplo, me acuerdo perfectamente de la manera en que reaccionó mi cuerpo cuando me metí en su saco de dormir, su sentido del humor, el color exacto de sus ojos, la conversación que tuvimos en el coche la noche en que dejamos San Germán... y sin embargo soy incapaz de recordar con exactitud sus rasgos, su olor, el sonido de su voz.

Desde que supe que iba a venir a San Antonio he estado barajando la posibilidad de llamarle; invitarle a tomar algo como lo haría con cualquier amigo... Era una idea tentadora, pero no me atreví a llevarla a cabo porque tenía miedo: miedo de que Jesse me malinterpretase y creyera que después del divorcio me había estado contando a mí misma historias románticas sobre nosotros...

Quizá lo que temía era que se diese cuenta de que eso era exactamente lo que había estado pasando. Porque tengo que reconocer que últimamente no dejo de pensar en aquel momento en Tegucigalpa, cuando me propuso que me fuese con él y que utilizásemos el tiempo que nos llevaría descubrir mi pasado para conocernos mejor y decidir si queríamos construir un futuro juntos. Sí, debo admitir que desde hace semanas sueño despierta en lo maravilloso que sería que retomásemos las cosas desde ese punto.

En realidad, si no le había llamado no fue porque temía que descubriese lo que siento por él, sino por miedo a comprobar que él no siente lo mismo por mí. Porque hoy tengo claro que le quiero. Y sé que es absurdo y pueril porque, aunque vivimos momentos intensos, no nos hemos visto desde entonces...

Pero cuando llegué a San Antonio el lunes pasado, lo primero que hice fue llamar a su móvil.

—El número marcado no existe. Por favor, compruébelo y marque de nuevo —una voz mecánica cortó de cuajo mis esperanzas y mis miedos.

He dedicado toda la semana al trabajo. He llenado cada minuto de los últimos cuatro días con conferencias, coloquios y talleres de debate; he conseguido mantener mi mente distraída y no pensar en la decepción que sentí al darme cuenta de que la única vía que podía permitirme volver a contactar con Jesse, ya no era válida.

Esta tarde se clausuró el simposio y volví a la habitación dispuesta a marcharme sin más. Y entonces he tenido la loca idea de ir en persona a la dirección que me dio. Tal vez haya cambiado su móvil, pero siga viviendo en el mismo sitio. Me digo que es una tontería: a nadie se le ocurre presentarse de repente en una casa sin haber sido invitado. Y de todos modos, lo más probable es que ya no viva allí. He estado a punto de aceptar ese razonamiento sin rechistar.

Hasta que me he dado cuenta de que casi vuelvo a tomar el camino más cómodo: optar por hacer lo menos arriesgado, porque aunque cabe la posibilidad remota de que ver a Jesse resulte el principio de algo maravilloso, lo más probable es que se convierta en una experiencia dolorosa más para recordar.

Por un instante he visto asomar a la persona cobarde y timorata que fui: la misma que durante tanto tiempo prefirió callar sus temores en lugar de afrontar a su marido. La misma que prefirió seguir mirando a otro lado en lugar de arriesgarse a romper su matrimonio. No quiero volver a mirar atrás y arrepentirme de lo que pude haber hecho y no hice, especular sobre lo que habría podido ser y no fue.

Dispuesta a hacer de ese lema la guía de mi vida, he decidido ir a visitar a Jesse mañana a primera hora. Si ya no vive allí, al menos lo habré intentado. Según Google Maps, su casa queda a un par de manzanas del hotel, así que después de desayunar me iré dando un paseo y llamaré a su puerta.

Como una colegiala, y con mi tendencia a hacer conjeturas, recorro mentalmente los diferentes escenarios posibles: suponiendo que no esté en casa, le dejaré una nota para que sepa que pasé por ahí y que me hubiese gustado que nos viésemos un rato. La bola estará entonces en su campo. Pero si está, le diré simplemente que pasaba por San Antonio y que tuve ganas de verle. Le invitaré a un café. Si me dice que está ocupado y no puede, me limitaré a desearle buena suerte. Si por el contrario acepta encantado, nos pondremos al corriente de nuestras vidas; le dejaré que me cuente si se ha replanteado las cosas como tenía pensado y yo le hablaré del divorcio y de mi nuevo trabajo.

Y quizás entonces le confiese que mis sentimientos por él no han cambiado. Y en el peor de los casos me dirá que él ya no siente nada por mí. Y aunque me dolerá, cosas peores me han pasado en la vida...

"Querida, comparado con esto, el cuento de la lechera es de una tensión trepidante. No creo que tu estupidez crónica haya alcanzado cimas tan altas ni siquiera durante la adolescencia, y mira que eras bobalicona en aquella época" —se burla mi voz interior.

Vale, me estoy pasando; voy a dejar de pensar sandeces. Lo importante es que mañana voy a tratar de ver a Jesse. Y que, como mucho, me arrepentiré de haberlo hecho.

DOMINGO, SAN ANTONIO, TEXAS

Para mi gran sorpresa, a pesar de la excitación, el viernes por la noche dormí de maravilla. Me desperté al día siguiente fresca como una lechuga y de muy buen humor. Seguía estando muy nerviosa; me seguía sintiendo insegura y me aterrorizaba la idea de ser rechazada, sin embargo estaba más animada de lo había estado desde hacía una eternidad.

Me duché y me vestí canturreando. Me decidí por una falda negra ajustada y una blusa azul de seda que hacía resaltar el color de mis ojos; aunque me pareció un atuendo demasiado serio para presentarse en casa de alguien un sábado por la mañana sin avisar, sólo había traído ropa de trabajo y no tenía mucho entre lo que elegir.

Bajé a desayunar a la cafetería del hotel. Aunque no tenía ni pizca de hambre —tenía el estómago encogido por los nervios—, me obligué a tomarme una pieza de fruta y una tostada con el café.

A las nueve y media, con el plano que había impreso, salí a la calle y empecé a caminar sin prisa a lo largo del paseo del Río, una pintoresca calle peatonal bordeada de comercios, bares y restaurantes. San Antonio se levantaba bajo un sol espléndido y yo quería disfrutar de cada instante.

A pesar del ritmo tranquilo de mi paso, tardé apenas quince minutos en llegar a la dirección de Jesse, el 221 de la calle Palosanto. Desde la acera de enfrente me quedé observando unos minutos el edificio de tres pisos, de paredes en estuco claro, techo de tejas rojas y balcones de madera oscura y hierro forjado. Respiré hondo y con paso decidido crucé la calle.

La entrada al edificio se hacía a través de un arco amplio de color terracota que daba a un jardín interior. En el centro había una fuente de piedra. Aquí y allá un banco de madera o una silla de metal invitaban a sentarse. Las puertas de los diferentes apartamentos estaban organizadas a lo largo de galerías abiertas que daban al jardín. Me hizo gracia que aquel lugar se diese un aire con el hotel en el que nos habíamos quedado en San Germán del Camino.

Subí al segundo piso donde, según indicaba el buzón, se encontraba el apartamento de J. Morgan. Tuve dificultades para salir del ascensor pues tenía la sensación de que mis pies se habían quedado pegados al suelo. Volví a respirar hondo y me obligué a salir. Me arregle la ropa y llamé a la puerta tratando de disimular mi nerviosismo. La sonrisa que se me había dibujado en los labios se desvaneció tan pronto como alguien abrió y me di de bruces con la única posibilidad que no había contemplado la noche anterior: que Jesse no estuviese solo.

Siempre me han parecido forzadas e inverosímiles las escenas de las películas en que la protagonista llama a la casa del chico y le abre la puerta una mujer despampanante recién salida de la ducha: entiendo que en las películas utilicen este recurso para que la protagonista se dé cuenta de que el chico se ha estado acostando con otra, pero francamente, ¿quién abre la puerta envuelta en una toalla?

"Al parecer la chica que se está acostando con Jesse" —contestó carcajeándose mi álter ego mientras mi mente absorbía la criatura que había abierto la puerta. Era una mujer joven, alta, de pómulos marcados y ojos azules de gato. Llevaba una toalla enrollada en la cabeza y otra cubriendo apenas parte de su cuerpo escultural. Durante una fracción de segundo su expresión mostró sorpresa, pero enseguida me preguntó con amabilidad el motivo de mi visita.

—Buenos días, ¿qué desea?

—Humm... Yo... Verá, soy amiga de Jesse... Pasaba por aquí... Pero no quiero molestar, así que lo mejor es que me vaya... —farfullé sin poder disimular lo incómoda que me sentía.

—No, no me molesta. Jesse acaba de salir pero volverá enseguida... —respondió con naturalidad. Después sonrió, lo que hizo que se iluminasen sus perfectas facciones— ...De hecho pensaba que sería él. Olvida llevarse la llave a menudo. Si quiere puede pasar a esperarle.

Por un momento estuve a punto de salir huyendo. Pero al final decidí que sería una grosería imperdonable. Jesse no se merecía que actuase de esa manera, así que, tratando de devolverle la sonrisa, acepté su invitación y entré.

—Bueno, si está segura que no le molesto. Me llamo Elisa. Conocí a Jesse en Honduras.

Extendí la mano tratando de corregir la actitud torpe y maleducada de la que había hecho gala hasta ahora.

Al pasar a su lado me sentí completamente pequeña e insignificante: a pesar de mis diez centímetros de tacón le llegaba a la barbilla. Cuando creí que no era posible sentirse peor me di cuenta de que, bajo la toalla que llevaba enrollada al cuerpo, se adivinaba una protuberancia inconfundible: aquella criatura perfecta con la que Jesse compartía su apartamento estaba embarazada.

—Hola. Me llamo Jo. ¡Espera un momento! —exclamó de repente al mismo tiempo que me examinaba de arriba abajo con descaro—. ¿No serás tú la Lis de la que tanto habla Jesse?

Asentí, al tiempo que trataba de descifrar la expresión de su cara.

—Vaya, se va a llevar una gran sorpresa cuando te vea. Pasa, pasa. Ponte cómoda mientras me visto. Disculpa que esté todo patas arriba pero como puedes ver estamos en plena mudanza.

Discretamente eché un vistazo rápido al salón: era un espacio amplio y luminoso de suelos de parqué y muebles funcionales. Dos puertas correderas de cristal se abrían a un balcón con vistas a la calle. A la derecha se podía ver una cocina americana y a la izquierda un pasillo que lógicamente daba a la o las habitaciones. Varias cajas y maletas confirmaban lo de la mudanza.

Jo desapareció por el pasillo, no sin antes proponerme que me sirviese una taza del café que acababa de hacer. Aproveché su ausencia para tratar de recuperarme. Qué idiota había sido al pensar que después de más de ocho meses Jesse seguiría soltero y sin novia. La verdad es que esa chica le pegaba cien mil veces más de lo que le podía pegar yo. No sólo era muy guapa, como él, sino que además era bastante más joven que yo; no debía de tener más de 23 o 24 años. Y además, le pegase o no, iban a tener un hijo...

"Aquí la Tierra llamando a patética, patética ¿me oyes? Ante semejante humillación, yo si fuese tú, que lo soy, me iría echando chispas. ¿Qué te parece si nos vamos al bar del hotel y ahogamos en alcohol nuestras penas?". Quería hacerle caso a mi voz interior, pero no sabía cómo hacerlo sin guardar un mínimo de decoro.

Entonces, milagrosamente, sonó mi móvil. Era Alba para saber qué tal había ido el congreso. Aunque mi jefa y amiga no lo sabía, me estaba dando la justificación perfecta para salir de aquella casa lo antes posible.

Jo volvió vestida al salón justo a tiempo de oírme decir, alto y claro:

—Por supuesto. Lo entiendo. No te preocupes. Salgo inmediatamente para allá; llegaré en menos de quince minutos.

Acto seguido corté dejando a mi amiga sorprendida y con la palabra en la boca. Después me dirigí a mi anfitriona.

—Jo, lo siento mucho pero tengo que volver inmediatamente a mi hotel. Me alegra haberte conocido. Saluda a Jesse de mi parte y dile que simplemente había pasado a decirle hola. Ya hablaremos en otro momento. —Volví a estrecharle la mano y sin darle tiempo a reaccionar, salí a toda prisa.

Había andado apenas unos cien metros cuando volvió a sonar mi teléfono. Como era de imaginar, Alba no entendía lo que acababa de pasar y quería asegurarse de que todo iba bien.

Me disculpé sin dar demasiados detalles y luego le expliqué brevemente lo interesante que había sido el simposio. Mientras lo hacía, me senté en la primera terraza que encontré, una cafetería mejicana decorada con un sinfín de farolillos de colores. Alba se alegró mucho. Quedamos en seguir hablando en persona.

Un camarero joven se acercó tan pronto como me vio terminar de hablar. Pedí un café y un dulce de coco —aunque no pensaba ceder a la tentación del alcohol a esas horas de la mañana, tenía la intención de ahogar mis penas en cuantas más calorías mejor—.

Mientras esperaba que me trajesen el pedido, me quedé mirando a los transeúntes tratando de mantener a distancia los pensamientos sombríos que querían apoderarse de mi mente.

Y entonces vi a Jesse, que se acercaba por el mismo camino por el que yo había venido. Llevaba una camisa de cuadros sobre una camiseta negra y vaqueros desgastados. Me pareció más guapo que nunca. Como una tonta traté de esconderme tras la carta. Pero Jesse me vio enseguida, sonrió y se dirigió hacia mí con paso firme y decidido.

—¡Lis! Creía que Jo estaba tomándome el pelo. Me dijo que te había oído decir que estabas a diez minutos del hotel, así que supuse que habías venido por aquí.

Se sentó frente a mí, me tomó la mano que tenía sobre la mesa y me la presionó afectuosamente a modo de saludo haciendo que me derritiera. Por suerte, en ese preciso instante volvió el camarero con mi pedido. Agradecí la interrupción que me permitía retirar la mano sin levantar sospechas. No estaba segura de poder ocultar el efecto que me causaba un simple roce.

Jesse pidió otro café y después volvió a dirigirse a mí con su maravillosa sonrisa:

—¡Menuda sorpresa! ¿Qué te trae por San Antonio?

—He participado en un congreso sobre colaboración centroamericana en materia de lucha contra el tráfico humano.

—A pesar de que traté de hablar con naturalidad, mis palabras sonaron altisonantes.

—¿Y qué tiene eso que ver con tu trabajo en la editorial?

—Nada, en realidad. Ahora trabajo para una organización de prevención y lucha contra la trata de personas.

La pregunta de Jesse me permitió lanzarme en una serie de explicaciones que, aunque innecesarias, me dieron tiempo de reponerme.

Con interés, Jesse me hizo muchas preguntas sobre el tipo de acciones que llevaba a cabo la organización, y sobre el trabajo concreto que yo realizaba para ellos. Poco a poco me fui sintiendo más cómoda.

—Y por eso estoy aquí. Intenté llamarte pero el número que tengo está fuera de servicio. Siento haberme presentado en tu casa sin avisar pero me daba pena irme sin saludar —dije cuando me sentí capaz de volver al aquí y ahora.

—No te disculpes. No sabes cuánto me alegro de que lo hayas hecho —dijo con sinceridad—. Lo único que lamento es no haber estado en casa. Espero que Jo no te haya hecho sentir incómoda.

—No, qué va, al contrario. Ha sido muy amable y me alegro de haberla conocido —dije comprobando que volvía a tener la capacidad de mentir con espontaneidad—. Es guapísima. Supongo que con lo del embarazo debéis estar muy felices.

—Bueno, no nos lo esperábamos, así que mi madre se lo ha tomado un poco a la tremenda. Ya te comenté que es una mujer muy religiosa y le hubiese gustado que los bebés llegasen después del matrimonio y esas cosas, pero en fin, poco a poco se va haciendo a la idea.

No sé si oír que lo del embarazo había sido un accidente y que no había habido boda me hacía sentirme mejor o peor.

—Hablando de bebés, ¿cómo os va a vosotros? ¿Habéis conseguido quedaros embarazados?

La pregunta me tomó completamente por sorpresa y Jesse se dio cuenta.

—Perdona mi brusquedad, Lis. No he querido meterme en lo que no me importa. ¿Cómo está Robert? —preguntó ofreciéndome la oportunidad de cambiar de tema.

—No lo sé. Hace mucho que no le veo. No divorciamos hace varios meses.

Jesse me miró sorprendido.

—Vaya, lo siento mucho.

De repente me sentí fatal. La noche anterior, antes de que me venciese el cansancio, había estado soñando despierta. En mi imaginación, después de decirle a Jesse que me había divorciado, le confesaba que seguía enamorada de él; entonces él me tomaba en sus brazos y nos besábamos y éramos felices para siempre. Por supuesto, en mi sueño Jesse no iba a tener un bebé con Miss Universo.

Jesse me seguía mirando sin saber muy bien qué decir. Esquivé su mirada pues temí que descubriera cómo me sentía. Quise decir algo para cambiar de tema, pero me faltaban las palabras. Me di cuenta de que Jesse estaba alargando la mano para volver a apoyarla sobre la mía. La retiré bruscamente; no podía permitir que me tocase y se diese cuenta de que estaba temblando.

De la manera más inesperada, me puse en pie y me fui deprisa sin ni siquiera despedirme.

"Bueno, supongo que si querías que estuviese seguro de que te falta un tornillo, ésta era la mejor manera de hacerlo" —pensé mientras intentaba correr tan rápido como me lo permitían mis tacones.

Jesse me alcanzó en seguida.

—Espera...

Me cogió de la mano y me obligó a detenerme. Después, sin previo aviso, me tomó en sus brazos y me besó. Durante un momento maravilloso, me colgué de su cuello y respondí apasionadamente a su beso, prolongando aquel momento que tanto había añorado.

Pero entonces recordé a Jo y al bebé. De golpe me solté de su abrazo y, para sorpresa de los viandantes, le pegué una bofetada fuerte y sonora que acompañé de un: "¡¿Qué demonios estás haciendo?!"

Jesse se llevó la mano a la cara y desconcertado trató torpemente de disculparse.

—Perdóname. Al oír lo del divorcio pensé que habías venido porque todavía sentías algo por mí. No he querido ofenderte.

Hizo una breve pausa y frunció el ceño. Cuando volvió a hablar lo hizo con tono mucho menos conciliador.

—Y, de paso, déjame añadir que tu respuesta inmediata ha sido, cuando menos, ambigua. Lis, por una maldita vez en la vida me gustaría que me dijeses claramente lo que piensas.

Sus palabras y actitud acentuaron mi frustración.

—Por supuesto que mi respuesta ha sido ambigua. ¿Cómo quieres que sea? ¿Acaso no sabes el efecto que causas en mí? ¿Quieres que te sea sincera? Pues vale, voy a serte sincera: claro que te sigo queriendo y claro que vine a verte con la intención de confesarte mis sentimientos. Y ahora dime tú a mí: aparte de para perder hasta la última gota de dignidad que me quedaba, ¿para qué ha servido mi confesión?

La sorpresa en el rostro de Jesse parecía sincera. Me cogió la mano y volvió a acercarse a mí:

—Pues sirve para que yo no me sienta totalmente ridículo cuando te diga que yo también te sigo queriendo, que no pasa un día sin que tenga que controlar las ganas de llamarte y que si hubiese sabido lo del divorcio, hace tiempo que habría ido a verte...

Le puse la mano en la cara y dejé que la besara.

—Lis, no te entiendo. Desde el principio he sido compresivo y he tratado de aceptar que aunque sintieses algo por mí, tu marido se interponía entre nosotros. Pero ahora que ese obstáculo ya no existe, ¿por qué sigues negándote a que por lo menos le demos una oportunidad a lo nuestro?

El tono sincero con el que había dicho aquello me desarmó por completo; cada vez entendía menos lo que estaba ocurriendo.

—Me niego porque vas a tener un hijo con una mujer que te pega cien mil veces más que yo. No importa que haya sido un accidente; no importaría incluso que me asegurases que lo único que ibais a hacer era criar al niño juntos. Yo sé que no podría soportarlo...

El desconcierto y la sorpresa que se dibujó en el rostro de Jesse hizo que me callara.

—¿Puede saberse de qué me estás hablando?... Espera un momento... ¿No pensarás que...?

De repente Jesse rompió en carcajadas. Me quedé atónita sin poder reaccionar, tratando de entender qué era tan divertido hasta que Jesse consiguió controlarse y sin deshacerse de ese aire burlón tan característico, volvió a tomarme en sus brazos.

—Jo es mi hermana. Les he cedido mi apartamento unos días hasta que terminen de pintar su casa nueva.

Cerré los ojos sintiéndome completamente estúpida. Después volví a abrirlos. Yo también empecé a reírme.

—¿Cómo he podido ser tan idiota? Ahora que lo pienso, Jo se parece mucho a ti: la misma estructura ósea, los mismos ojos azules, el mismo pelo rubio oscuro.

Jesse me calló con un beso al que, esta vez, respondí sin controlarme.

Tal como lo había soñado, el resto del día y la noche estuvimos juntos, poniéndonos al corriente de nuestras vidas y recuperando el tiempo perdido.

No sé si tendremos futuro juntos. Hay muchas cosas que nos separan. Pero tampoco importa. Vamos a conformarnos con ir inventando el día a día, y después, el tiempo dirá.

AGRADECIMIENTOS

Dicen que la escritura es una aventura solitaria. Sin embargo, esta novela no habría sido posible sin el apoyo de tantas personas que creyeron en mí y me acompañaron en el camino. Quiero dar las gracias a Chyli y Leticia, las primeras personas que leyeron lo que llevaba escrito y me animaron a seguir. A mis primeros lectores, familia y amigos por su tiempo y sus opiniones sinceras. A Bea, a Juan Carlos y a Hortensia por todas las horas que dedicaron a corregir el manuscrito.

Gracias también a cuatro profesionales como la copa de un pino que aceptaron trabajar conmigo: a Ana Vidal, mi asesora literaria, por ayudarme a mejorar el texto y por su paciencia infinita; a María José de Dios, por llevarme de la mano al complejo universo de las redes sociales; a John Seckler, por haber sabido plasmar mi trama en una cubierta increíble, y a Michelle Tompkins, por prestarme un poco de su sabiduría en materia de comunicación.

Y un agradecimiento especial a todos aquellos que sin conocerme me regalaron sus comentarios de apoyo a través de Facebook.

www.ingramcontent.com/pod-product-compliance
Lightning Source LLC
Chambersburg PA
CBHW061935170626
46813CB00006B/2403